신의
연기

신의 연기 3

초판 1쇄 인쇄일 2016년 3월 23일 ┃ **초판 1쇄 발행일** 2016년 3월 28일

지은이 백락 ┃ **펴낸이** 곽중열 ┃ **담당편집 팀장** 이범수
편집부 신연제 이윤아 김은경 홍현주

펴낸곳 (주)조은세상 ┃ 출판등록 제 2002-23호
주소 경기도 연천군 미산면 청정로 1355
TEL 편집부 02)587-2966 ┃ FAX 02)587-2922
e-mail bukdu@comics21c.co.kr

©백락 2016
ISBN 979-11-5832-463-6 ┃ ISBN 979-11-5832-360-5(set) ┃ 값 8,000원

신의 인기

3

백락 白樂 현대판타지 장편소설

NEO MODERN FANTASY STORY

북두
(주)조은세상

CONTENTS

신의
연기

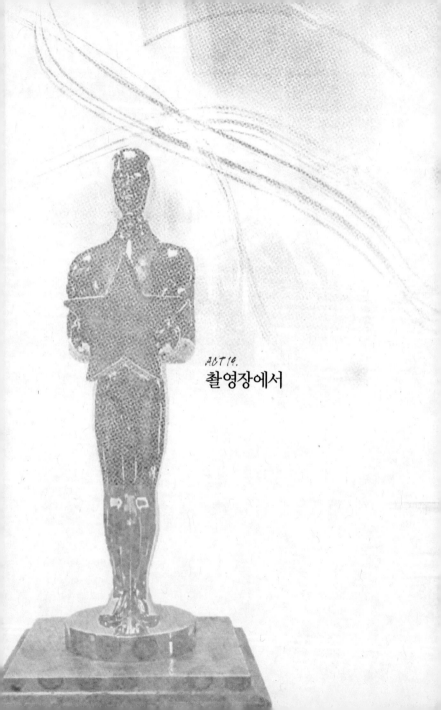

ACT 19.
촬영장에서

촬영장에서

[핫뉴스] '양과 늑대' 연기자 강신의 주연 첫 도전!

[기사 입력 2015 – 10 - 10]

[KE = 정보경 기자] 영화 '양과 늑대' 의 본격적인 촬영은 10월 말 순에 들어간다. 촬영은 3개월간 이루어질 예정이며 개봉은 2016년 3월로 2016년 추리 스릴러의 첫 포문을 열 예정이다.

각본을 직접 쓴 이종화 감독이 메가폰을 잡는다.

양과 늑대는 '한 여인을 잃은 사이코패스의 복수를 담은 내용' 이다. 한편, 제작관계자는 "추리 스릴러 기존의 틀을 부순 도전적인 작품"이라 평하며 "강렬하고 화끈한 카타르시스가 있는 작품"이자 "특히 남민수 (강신 분)와 박건 (이석균 분)의 대립이 재밌을 것."이라고 말했다.

극 중의 배경은 고등학교다. 제2의 여고 기담 같은 작품이 될 수 있을지 귀추가 주목된다.

연기자 이석규는 충무로에서 탄탄한 연기력으로 인정을 받은 배우며, 연기자 강신은 〈바람의 공주〉에서 서윤도 연기로 화제를 모은 바 있다. 연기자 강신이 어떤 새로운 모습을 보일지 상상해보는 것도 이번 영화의 관전 포인트가 아닐까 한다.

정보경 기자 ukiss@keon.com

[연관뉴스]

ㄴ[양과 늑대] 이종화 감독 "오랜만에 메가폰을 잡으니 떨린다"

ㄴ[영화 톡톡] 2016년 흥행작이 될 수 있을까?

☆　　★　　☆

"스탠바이! 큐!"

이종화 감독의 사인이 무전기에서 떨어졌다.

'SCENE(*장면) #28-3 '회상' /CUT(*장면 구성단위) 1 –1 /TAKE(*찍은 횟수) 1' 라고 적힌 클래퍼가 탁 부딪쳤다.

신은 큐 사인이 떨어지기도 전에 배역에 몰입하고 있었다.

큐사인은 신을 그저 거들뿐.

신은 기계의 부위 쪽에 납땜하기 시작했다.

치이익!

하얀 연기가 공중으로 모락모락 피었다. 서브 카메라를 든 촬영감독이 신의 얼굴과 움직이는 팔을 자세히 찍었다.

기계를 다루는 신의 동작은 능수능란했다.

한두 번 다뤄 본 동작이 아닌 게 같은 게 전문가처럼 보였다.

그러던 이때, 바깥에서 무언가 소리가 났다.

쿵!

가벼운 소리도 아니다.

적당한 무게감이 있는 무언가가 떨어지는 소리다.

바야흐로 사건의 시작을 알리는 소리였다.

물론 이건 사건상의 흐름이었다. 지금 촬영하는 부분은 남민수가 회상을 하는 부분에 들어가게 된다.

한편, 신은 창가 쪽 날씨를 스리슬쩍 바라보았다.

날씨가 우중충했다.

신은 자리에서 일어나 제작실 바깥으로 나서기 시작했다.

그녀가 오지 않으니 뭔가 이상하다고 생각한 것이다.

신은 우산을 들고 제작실 바깥으로 나섰다.

창가에 부착된 카메라가 신의 모습을 담아냈고, 신은 사전에 약속된 동선을 따라 움직였다. 모니터를 지켜보던 이종화 감독이 사인을 내렸다. 스태프들이 분주히 움직였다.

신이 현관에 서서히 나서자 3M 높이에 떠 있는 크레인 타워에 부착된 스프링클러에서 물이 뿜어져 나왔다.

쏴아아아ㅡ.

스프링클러에서 떨어지는 물줄기가, 샤워기의 가느다란 물줄기 같았다.

신은 후두두 떨어지는 빗줄기 속에서 우산을 펼치고는 소리가 난 곳으로 이동했다.

지금 신이 향하는 곳은 극 중에서 구교사라 불리는 곳이었다.

아무도 찾지 않는 곳답게 허름한 곳이었다.

게다가 이곳은 학교 후문 쪽에 있는 곳이라 사람들 눈에 잘 띄지 않는 은밀한 곳이었다.

분위기도 뭔가 을씨년스러웠다.

잠시 후, 신이 마주하게 된 건 사람이 아니었다.

교복을 입은 마네킹이었는데, 그것도 딱딱한 콘크리트 바닥 위에 기괴한 자세로 비틀린 마네킹이다. 가발까지 쓴 마네킹이 신을 바라보니 뭔가 분위기가 싸했다.

'이종화 감독님은 배우 괴롭히는 악취미가 있다니까.'

지금 이 순간에도 카메라는 그녀를 바라보는 신을 담아내고 있었다.

신은 마네킹의 눈동자를 응시하며 생각했다. 남민수를 사랑한 그녀라면 지금 이 순간 어떤 말을 가장 하고 싶을까 하고.

그녀는 무어라 말하려고 입술부터 방긋거릴 테다. 신은 그녀의 말을 알아들을 수 없다.

아니, 그녀가 말을 하려는 건지 고통에 몸부림을 치는 건지도 모른다. 말이 통하지 않는 걸 알게 된 그녀는 남민수를 향해 손을 뻗으려고 할 테다. 마지막으로 남민수를 만져보고 싶을지도 모른다.

그녀는 천천히 손을 뻗지만, 그녀의 손은 남민수에게 닿지는 않는다. 그녀의 머릿밑에서 붉은 액체가 서서히 흘러나오고 있으니까.

마네킹의 머리에서 흘러나오는 가짜 피가 빗물 속에서 서서히 퍼져나갔다.

이때, 마네킹의 눈동자에서 빗물이 흘러내렸다.

눈물인지 빗물인지 알 수 없었다.

'남민수의 그녀는 세상과 소통하는 유일한 창구였지.'

소중한 사람을 잃었다는 측면에서 보면 남민수와 신은 닮았다. 신이 이전 배역들보다 남민수에 몰입할 수 있는 것도 이런 게 닮아서인 것일지도 몰랐다.

마네킹을 바라보는 신의 주위에서 음울한 분위기가 흘러왔다. 신은 화를 내지도 않고 분노하지도 않고 그녀를 아무 말 없이 바라만 보았다.

쏴아아아–!

이종화 감독은 쏟아내리는 빗줄기 속에서 무척 담담한 모습으로 서 있는 신의 표정을 중점적으로 담아냈다.

'절제적이고 기계적인 눈빛 좋아.'

신의 눈동자가 서늘한 게 무감각하면서 쓸쓸해 보였다.

우중충하면서 고요한 분위기에 맞물려 아무렇지도 않아 하는 신이 더더욱 슬퍼 보였다.

'이번에는 픽스 샷(*카메라를 고정해놓고 찍는 샷)이 좋겠지.'

비옷을 둘러쓴 이종화 감독이 외쳤다.

"컷! 지금의 이 장면 한 번 더 찍어보자고."

스프링클러가 멎었다.

스태프들이 분주히 움직였다.

마네킹을 치우고 마네킹에서 흘러나온 붉은 액체를 빗자루질로 깨끗이 닦아내기 시작했다. 잠시 대기하는 사이 이종화 감독이 신을 불러내어 신이 한 연기에 대해 모니터링을 했다.

"좀 있다가 여배우를 바라보면서 찍는 거야."

"네."

"이대로 쭉 가는 거야. 이전의 느낌 그대로 가져가자."

이번 장면에서 투입되는 여배우는 바람의 공주에서 신과 호흡을 맞춘 기녀 화월 역이자 〈양과 늑대〉 사전 테스트를 함께 찍기까지 한 남혜정이었다.

그녀는 이 영화에서 1인 2역으로 출연하게 되었다. 각각의 배역은 이랬다. 남민수의 연인 박은혜와 남민수에게 첫 번째로 희생되는 진소희였다.

남혜정이 이 배역에 캐스팅된 건, 이 감독이 신과 함께 찍은 사전 테스트를 인상 깊게 본 것에 있었다. 또, 그녀의 성이 남민수와 같은 성씨래서 이 감독의 마음에 든 것도 있었다.

그녀가 맡은 역은 조연에 불과했으나, 그녀는 신과 호흡한다는 사실이 그저 기쁘기만 했다.

곧이어, 그녀는 마네킹과 똑같은 모양새로 바닥에 드러누웠다.

영상 편집을 위해서 한 치의 오차도 없이 정확해야 했다.

차가운 바닥에 볼품없이 누워야 했으나 그녀는 군말 없이 이종화 감독의 요구를 수행했다.

'극 중에 작은 배역은 없었다. 모든 배역 하나하나가 소중해.'

이때 신과 남혜정의 시선이 마주쳤다.

'열심히 하자.'

그립 팀(*카메라의 이동을 담당하고 카메라의 셋업을 도움)에 속한 카메라 담당 스태프가 카메라를 점검했고, 음향 감독은 이전의 테이크에서 빗소리가 잘 담겼는지 마이크 상태를 확인했다.

"미리 스탠바이하시고. 동선은 그대로! 3, 2, 1!"

이종화 감독의 사인에 맞춰 스프링클러에서 물줄기가 쏟아져 나왔다.

쏴아아아ㅡ.

세찬 빗줄기 속에서 남혜정의 몸이 빠르게 젖었다.

"큐!"

신은 이전의 감정을 그대로 잡아내며 남혜정을 바라보았다.

이번에 카메라는 신의 어깨너머를 주시했다.

그러자 신의 시각에서 남혜정이 뿌옇게 잡혔다.

한 프레임 안에 두 사람을 담아낸 카메라 시선 초점이 남혜정 쪽으로 서서히 넘어가면서, 남혜정의 생생한 연기를 잡아냈다.

사 등분선 틀 안에서 빗물에 젖어가는 '주희'는 숨을 헐떡이고 있었다.

신은 그녀에게 다가서지 않았다.

그저 바라보았다.

무엇보다 애잔한 건 신을 바라보는 그녀의 표정이었다. 신을 향해 무어라 속삭이려고 꿈틀거리는 입술, 신을 바라보면서 흔들리는 동공은 이제 더는 볼 수 없다는 안타까움을 드러냈다. 그리고 신을 향해 애써 내뻗으려는 손은 추위에선지 죽음에 대한 두려움에선지 덜덜 떨리고 있었다.

이종화 감독은 이번 샷도 마음에 든 듯 만족스러운 표정을 지었다.

'남혜정, 쟤도 이름이 서서히 알려지겠어. 재능이 있어. 재능이.'

이때, 그녀의 손이 힘없이 바닥으로 축 늘어졌다.

물줄기는 그녀의 몸 위로 하염없이 쏟아 내렸고, 얼굴 위로도 쏟아 내렸다.

툭툭 떨어지는 물방울이 그녀의 얼굴선을 타고 주르륵 흘러내렸다.

이때, 남혜정은 눈물을 흘렸다.

'그래, 이거지. 비인지 눈물인지 모를 물.'

이때, 신은 그녀에게 다가가 눈동자를 조용히 감겨주었다.

죽는 게 억울해서 눈을 감지도 못한 것이다.

그녀의 명복을 비는 신의 분위기는 숙연했다.

그리고 신은 옥상 쪽을 슬며시 바라보았다.

이 대목은 남민수는 그녀가 사고를 당한 것이라는 걸 알아차린 것이다.

"컷! 잠시 십오 분 쉽니다."

스프링클러의 물이 멎었다. 스태프들이 남혜정에게 다가와 담요와 수건으로 덮어주었다. 신도 물을 뚝뚝 흘리며 추위에 오들오들 떠는 남혜정에게 수건을 내밀었다.

"고생 많았어."

"고마워."

알고 보니 남혜정도 신과 동년배인 열여덟 살이었다.

같은 소속사인 데다 나이까지 같아 신은 남혜정과 빠르게 친해졌다.

이때, 스태프들이 드라이기를 네다섯 개를 동원하여 남혜정을 재빨리 말려주었다.

'출발이 순조롭네.'

오늘 촬영은 이것으로 끝난 게 아니었다.

남혜정이 옥상에서 떨어지는 스턴트 연기도 따로 찍어야 했고, 진소희와 마주하는 인트로 장면과 전교생이 보는 앞에서 진소희가 떨어지는 장면도 찍어야 했다.

아무래도 영화라는 게 단기간에 찍어야 하다 보니 이 특성에 맞게 효율적으로 찍어야 했다. 촬영 시간도 돈이고 촬영 필름도 모두가 돈이다. 기간이 길어지면 길어질수록, 촬영 필름을 소비하면 소비할수록 제작비가 많이 투자된다.

35mm 필름(* 영화 촬영에 널리 쓰이는 필름) 한 캔 400ft(121.92M) 기준으로 대략 4분을 찍을 수 있는 데, 이 필름 한 캔이 이십에서 삼십 만원을 호가한다.

이종화 감독 같은 경우 정말 필요로 하고 원하는 장면에 한해서만 필름을 아낌없이 투자하는 스타일이라서 촬영계획을 빠듯하게 몰아붙이는 경향이 있었다.

'다그치고 쪼는 거 다 좋아. 이거는 다 이해할 수 있는데 말이지.'

이해되지 않는 건 신을 바라보는 한 시선이었다. 그는 티를 내고 있지는 않지만, 신의 눈에는 그의 나쁜 감정이 훤할 정도로 보였다.

'그렇게나 경계하고 싫어하면 모를 수가 없잖아.'

한 배우의 감정 구체에서 누군가를 경계할 때 나타나는 노란색과 화가 치솟을 때 나타나는 주황색이 뒤섞여 있었다.

'기분이 안 좋다는 파란색도 섞여 있잖아.'

대본 리딩 이후 회식 모임을 할 때도, 영화가 잘 되게 해달라고 고사를 빌 때도 신은 이 명백한 적의를 확연하게 느낄 수 있었다.

신이 생각해봤을 때 그가 신을 싫어할 이유는 딱히 없었다.

잘못을 저지른 것도 딱히 없었고, 이렇다 할 접점도 없었다.

그러나 가만 생각해보면 신은 연기에 대한 재능이 뛰어났으며 사람들에게 인정받고 있었다. 어쩌면 이런 신을 시기하고 질투하는 걸지도 몰랐다.

'지난번에서 호흡을 맞춘 배우들은 다 잘 나가는 배우였으니. 이런 사람도 있는 거겠지.'

일단 신은 배우 '민세현'을 모른 척하기로 했다.

'아직은 움직이지 않았으니까.'

그래도 무슨 일을 저지를지 모르니 만반의 대비는 갖추며 예의주시하기로 했다.

잠시 후, 남혜정의 촬영이 이어졌다. 한데, 이종화 감독이 찍기로 한 건 그녀가 옥상에서 떨어지는 부분이었다. 오늘 촬영할 부분이 빠듯한지라 이 감독은 그녀가 옥상에서 왜 떨어지게 된 것인지 찍는 건 추후로 늦추기로 한 것이다.

지금 이 시점에서 가장 중요한 초점은 남민수다. 나머지 인물들의 초점은 촬영을 진행해가면서 시서히 맞춰도 되기 때문에 촬영을 뒤로 당겨도 상관없었다.

"이제 다음 장면으로 건너뜁니다."

이종화 감독의 말에 사람들이 움직였다.

그러던 이때.

"쳇. 누굴 봉으로 아는 것도 아니고."

신은 민세현이 투덜거리며 흘리는 말을 귓등으로 흘리지 않았다.

'자기중심적이네.'

작품이란 건 다 함께 만들어 가는 것이다.

이렇다 보니 서로 양보하고 타협하는 부분이 있기 마련이었다.

자기가 찍어야 할 파트가 싹 다 날아간 것도 아닌데 화를 낼 것도 없었다. 한데, 민세현의 감정 구체에서 주황색이 늘어나기 시작했다.

'분노를 점점 느끼잖아.'

이 불똥은 이종화 감독보다는 신에게 향할 가능성이 컸다.

아무래도 신을 노리기 쉬울 테니 말이다.

이에, 신도 기분이 슬슬 좋지 않았다.

'내가 만만해 보이나.'

신의 입가에 미소가 맺혔다. 남민수가 지을 법한 싸늘한 미소. 신은 표정관리를 하며 이 미소를 가리는 데 애썼다.

그러던 이때, 신은 민세현과 시선을 마주쳤다. 민세현은 왜 쳐다 보냐는 아니꼽다는 표정으로 신을 바라보았다. 신이 고개를 숙이자 민세현이 흥하며 고개를 휙 돌렸다.

신은 속으로 중얼거렸다.

'날 건드리기만 해봐. 가만 안 놔둘 거니까.'

두 사람 사이에 흐르는 이상한 기류를 감지한 남혜정은 일단 잠자코 있기로 했다.

'이번 촬영장 왜 이러지.'

곧이어, 찍게 될 부분은 영화 전개에서 사람들의 이목을 강렬히 잡아끄는 인트로 부분이었다.

촬영 장소는 구교사 지하.

양의 늑대 제작진이 분주히 움직이며 세팅을 완료했다.

신과 남혜정은 지하로 들어섰다. 지하 특유의 쿰쿰한 냄새가 코를 찔렀다.

"분위기가 확 살겠네."

이종화 감독이 후후 웃으며 말했다.

"이런 건물이 있는 학교 찾느라 꽤 고생했지."

파이프가 낙후된 것인지 물이 아래로 뚝뚝 떨어지고 있었다.

이 물방울 소리는 사방으로 튀어대며 지하공간 속에서 울려 퍼져 나가고 있었다.

뚝-. 뚝-.

한편, 천장에 매달린 파라핀 전등이 진자의 추처럼 움직임을 반복하며, 소음이 간헐적으로 울려 퍼지고 있었다.

끽-. 끽-.

"여기 으스스하네요. 빨리 찍고 나가고 싶다."

"그런 마인드 좋아. 이 장면에서 다음으로 이어지는 장면도 빨리 찍어야 하거든."

남혜정이 괜한 이런 말을 꺼냈나 싶은 표정을 지었다. 이종화 감독이 껄껄 웃으며 말했다.

"물론 저녁 먹고 할 거야."

잠시 후, 간단한 리허설이 시작되었다.

"장소가 좁다 보니 두 사람 밀착해야 해. 알겠지? 우리도 있을 곳이 없어서 밀착해야 하거든. 하하하!"

남혜정은 이종화 감독의 눈치를 보며 살살 웃었다. 이에, 이종화 감독은 머쓱한 표정을 지었다.

"방금 내 개그 안 웃긴가? 아무튼, 스크린에 두 사람 모습 동시에 담아내야 하니까. 자세는 그대로 유지하는 거야. 그리고 혜정 양은 이 의자에 축 늘어져 앉아 있고, 신이는 남혜정 양에게서 떨어진 채로 있다가 가까이 다가서서 남혜정 양의 상태를 확인하는 거야."

이 밖에도 구도와 동선에 말을 맞추고 촬영에 들어가기로 했다.

장소가 장소인지라 신과 혜정은 소형 마이크를 장착하기로 했다.

"혹시나 싶어 말하는 건데 마이크 치지 마! 그리고 신아, 클랩퍼 한 번 쳐볼래?"

첫 주연인 영화에, 인트로에 해당하는 첫 장면, 슬레이트를 한번 쳐보는 것도 의미 있을 듯싶었다.

"그렇게 해주시면 저야 영광이죠."

"하하, 그래 좋아. 카메라에 파란핀 등 불빛 안 맺히네."

음향감독이 OK 사인을 보내자 스탠바이가 완료되었다.

"3, 2, 1, 큐!"

신은 [SCENE #1 - 'INTRO' / CUT 1/ TAKE 1]이라 적힌 슬레이트를 들고 슬레이트를 탁 부딪쳤다.

그리고 이 큐 사인에 의자에 축 늘어져 앉아 있던 남혜정이 눈을 서서히 뜨기 시작했다. 한데, 눈이 머리카락에 가려져선지 앞이 잘 보이지 않는다. 아니, 망막에 뭔가 서린 것인지 눈앞이 뿌옇게 아른거렸다.

그녀의 머리 위로 하얀빛을 내뿜는 파라핀 등이 움직이고 있었다.

도대체 이곳이 어딜까 하고 눈꺼풀을 이리저리 깜빡거리는 그때, 그녀 앞에 한 검은 그림자가 서 있었다.

신, 아니 남민수의 그림자였다.

그녀는 왜 자신이 이러한 몰골로 이곳에 있는지, 아니, 자신에게 왜 이런 짓을 저지른 것인지 묻고 싶지만, 그녀가 할 수 있는 것이라고는 살짝 벌려진 입 사이로 숨결을 거칠게 내쉬는 게 고작이었다.

이때, 신은 그녀를 지그시 응시했다.

신은 그녀를 그저 피와 살로 이루어진 고깃덩어리로 바라보고 있었다.

시선에는 흥분도 분노도 실리지 않았으나 그녀가 내지르는 비명과 고통을 기대하는 것처럼 보이기도 했다.

신의 시선에 혜정은 자신의 몸이 난도질당하는 걸 느꼈다. 오싹함을 느끼는 건 물론 입안의 침이 바짝바짝 마르는 걸 느꼈다. 이종화 감독도 입술이 타들어 가는 것을 느꼈다.

'지난번보다 감정 투사가 더 강해졌어.'

지금의 신은 평소 때와 다른 신이었다.

신 주위로 싸늘한 한기가 흘렀다.

이때, 카메라 렌즈가 기이한 광기로 일렁이는 신의 눈동자를 담아냈다.

신은 남혜정의 턱을 잡고 그녀의 상태를 이리저리 살피고는 말했다.

"이제 정신이 든 모양이군."

그녀의 피부에 닿은 신의 손길은 송장같이 차가웠다.

"지금 손발에 힘이 없고 몸에는 아무 감각이 없을 거야. 고통도 없을 거야. 이제 호흡이 서서히 얕아지다, 잠에 빠져들겠지. 너에게는 축복이야."

그녀의 동공이 흔들거렸다.

"네 처지가 이렇게 된 것에는 어떠한 유감도 없어. 내가 받은 걸 그대로 돌려주는 것이니까."

신은 냉소가 어린 시선으로, 무미건조한 표정으로 입을 열었다.

"양이면 양답게 살아야지."

신은 모래시계를 집어 들고 아래로 뒤집어 놓았다. 모래시계의 모래가 아래로 흘러내렸다.

째깍째깍.

어디선가 시계 소리가 울리고 있었다.

조용해서 정신을 기울이지 않으면 들을 수 없는 소리.

신은 남혜정의 소매를 걷고서 그녀의 손목에 걸려 있는 시계를 잠시 만지작거렸다. 그러자 소리가 울렸다.

달칵-.

극중의 남민수가 이렇게 하는 건 수사에 혼선을 빚기 위해서다. 물론, 초동수사에 한해서겠지만 말이다.

그래도 나름대로 교묘한 트릭이다. 남민수의 계산에 따르면 대략 하루 정도의 시간을 벌 수는 있었다.

이때, 신은 그녀의 손목시계를 힐긋 바라보았다. 시계가 가리키고 있는 지금 시각은 밤 아홉 시 오십 분.

째깍째깍.

시계 소리에 맞춰 모래시계의 모래가 다 떨어졌다.

"컷! 여기서 더 강렬하게 가보자고!"

잠시 후, 큐 사인에 맞춰 신과 남혜정이 연기에 들어가려고 하던 순간이었다.

이종화 감독이 손을 들며 외쳤다.

"잠시만, 잠시만. 오 분 대기."

두 사람은 대기하며 감정을 잡기 시작했다.

신은 눈을 감고서 대사를 중얼거리며 남민수에 더 몰입하기 시작했다.

한편, 신이 보여준 사이코패스 연기에 이 감독은 고무되어 있었다.

'사이코패스 살인마를 제대로 표현해보고 싶은데……'

영화 관람객이 신의 눈빛과 표정을 보기도 전에 이 공간에 신이 서 있는 걸 보는 것만으로도 섬뜩함을 느낄 정도로 신의 캐릭터를 좀 더 강조해보고 싶었다.

'저 녀석이 연기를 잘하니 욕심이 더더욱 꿈틀거려. 내 반드시 해내고 만다.'

이를 해내기 위해 이 감독은 혼이라도 바치는 건 물론 악마와 거래할 용의까지 있었다.

이렇게 마음을 독하게 먹는 건 당연했다.

이번 작품은 이 감독의 필모그래피에서 정말 중요한 의의를 지니는 영화였으니까.

이종화 감독은 교복을 입고 있는 신을 위아래로 예리하게 훑으며 턱을 쓰다듬었다.

'역시 부족해. 부족해. 인간 백정을 표현하기에는 뭔가 부족하단 말이지.'

이때 좋은 영감이 떠올랐다.

이 감독은 무전기에 명령을 내렸다.

"아, 잠시만. 의상팀, 작업복 있으면 들고 와. 정 없으면 스태프 입는 거 공수해 와. 깨끗할 필요는 없어. 그리고 작업 공구 세트도 들고 오고 비닐 팩도 가져오고."

잠시 후, 신이 받게 된 건 검은 앞치마였다.

신은 교복 마이를 벗고 위에 검은 앞치마를 휘둘렀다. 그러자 도축업자처럼 보였다.

스태프들이 스템플러 건을 들고 비닐을 벽과 천장에 찍어대기 시작했다.

모든 곳에 비닐을 다 치는 건 아니었다.

혜정이 있는 곳과 입구 쪽이었다.

세팅이 금방 완성되었다.

여기에 오래된 환풍구도 탈탈 돌아가니 분위기가 이전보다 으스스했다.

"자, 이제 가보자고. 대사와 지문에 너무 얽매이지 말고, 배역에 완전히 몰입해서 강렬하게 가보는 거야! 혜정 양 정말 나 무서워서 죽을 거 같다는 공포에 떨어봐요."

의자에 앉은 남혜정이 난감한 표정으로 고개를 살짝 끄덕였다.

이종화 감독의 요구는 어려운 요청이었다.

그녀는 약물에 취해 있기에 그녀의 움직임은 제한된 상태라 감독의 요구에 맞춰 미쳐 날뛸 수도 없는 노릇이었다.

즉, 혜정은 호흡과 눈빛 그리고 입술로만 이 감독의 요구를 표현해야 했다.

확실히 까다로운 요구.

하나, 그녀가 하는 건 신의 연기에 반응하는 리액팅 연기다.

결국, 이 장면의 관건은 신이 어떻게 하느냐에 달려 있었다.

"신이 네가 정말 무섭게 굴어봐. 이 남혜정 양이 정말로 무섭다고 느낄 정도로."

"연쇄 살인마처럼요?"

"그렇지! 지난번 사전 테스트 때보다 좀 더 무섭게! 그리고 행동과 대사를 좀 더 바꿔 보자고."

"어떻게요?"

"어려울 건 없어. 여기서는⋯⋯."

이 밖에도 이종화 감독은 침을 튀길 정도로 열렬한 웅변을 토해내며 두 사람에게 명령을 내렸다.

신은 최고의 장면을 반드시 만들어내고 말겠다는 이 감독의 집념을 느꼈다.

'어쩌면 남민수의 완벽주의는 이런 감독님 태도에서 나온 건지도 모르겠네.'

잠시 후, 신은 혜정과 살짝 떨어진 곳에 서서 이 감독의 신호를 기다리기로 했다.

"스탠바이!"

진작에 신은 다른 사람이 되어 있었다. 밝고 경쾌한 신은 온 데 간데도 없고 시선을 아래로 내리깔고 입술은 굳게 다문 한 청년이 있었다.

'입꼬리도 일자로 되어 있는 데다 얼굴의 근육도 굳어 무슨 표정을 짓는지 알 수 없군. 저런 포커페이스 아주 좋아.'

모니터를 바라보는 촬영감독도 사람의 얼굴이 어떻게 저리 순식간에 변하나 감탄했다.

"큐!"

이종화 감독의 사인이 떨어지자 신이 간결한 동작으로 비닐을 슥 걷어냈다. 그리고는 남혜정이 있는 곳으로 천천히 들어섰다. 이 여유로운 동작이 신이 상위포식자처럼 보이게끔 했다.

이종화 감독은 침을 꿀꺽 삼키며 신의 다음 동작을 응시했다.

신이 그녀를 힐긋 바라보았다. 별거 아닌 듯 바라보았으나 신의 시선은 냉소적이었다.

이종화 감독은 모니터를 가득 메운 신의 눈빛에 빨려드는 걸 느꼈다.

순간 닭과 돼지를 도살하는 도축장에 온 듯한 기분이 들었다.

'그래, 이거라고! 이거!'

지금의 신은 인간 백정이면서 윤리와 죄의식을 다 무시하는 살인 기계였다.

남혜정에게 가까이 다가선 신은 제 턱을 천천히 쓰다듬었다. 그녀를 어떻게 처리해야 하나 고민하는 거 같았다. 하나, 그녀의 죽음 방식은 이미 결정되어 있었다.

이종화 감독은 바짝 마른 입술에 침을 축이며 두 사람의 모습을 담아냈다.

그녀는 정신을 잃은 척 연기를 하고 있었으나 신은 그녀가 깨어있다는 걸 알 수 있었다. 초식동물이 내뿜는 겁먹은 기류를 육식동물이 눈치채지 못한다는 건 이상한 일이었으니까.

"이제 정신이 들었을 텐데."

차가운 목소리에 남혜정의 몸이 움찔 떨렸다. 호흡이 거칠어지고 가슴이 부풀어 올랐다. 신은 그녀의 앞에 놓인 의자에 앉고는 그녀를 응시했다. 그러다 신은 그녀의 얼굴에 손을 대었다.

차가운 촉감.

남혜정은 눈썹을 파르르 떨었다.

신은 그녀를 정성스레 쓰다듬었다.

그녀를 어루만지는 것이 금방이면 이 고통의 순간에서 해방된다고 말하는 거 같기도 했고 두려움에 떠는 동물을 다독이는 수의사 같기도 했다.

이때, 이 감독은 기이한 것을 느꼈다. 신의 손길이 이 감독의 얼굴에도 닿는 것 같이 선명한 느낌을 받은 것이다.

"지금 손발에 힘이 없고 몸에는 아무 감각이 없을 거야. 테트로도톡신이라는 독에 취해 있으니까."

신은 그녀의 상태에 나긋한 어조로 설명하기 시작했다.

"아무런 고통도 없을 거야. 이제 호흡이 서서히 얕아지다, 잠에 빠져들 테니까. 너에게는 축복이라고 해야 할까."

아무 걱정도 말라는 듯 말하지만, 신의 태도는 어딘가 심드렁해 보였다. 그리고 이 행동묘사는 축복이라는 단어와 기묘한 조화를 이루었다.

신은 자리에서 서서히 일어났다.

의자가 끽 끌렸다.

남혜정의 동공이 흔들거렸다.

죽음이 다가온 것이다.

그녀의 입술이 살짝살짝 벙긋거렸다. 제발 살려달라고 외치는 듯했다.

"네 처지가 이렇게 된 것에는 어떠한 유감도 없어. 내가 받은 걸 그대로 돌려주는 것이니까."

신의 눈은 어딘가 공허했다. 그럴 만도 했다. 남민수가 느끼고 있는 허무와 상실감은 그 어떤 것으로도 채워질 수 없는 것들이었으니까.

신은 지금 지독하면서 쓸쓸한 고독에 미칠 것만 같았다. 그러나 이를 표현할 수 없었다. 신은 아득한 절망감 위로 추락해야만 했다.

살려달라는 그녀의 애원 따위 신은 그저 바라보는 것만으로 무참히 짓밟아대고 있었다.

지금 이 순간 신은 폭군이었다.

그러던 이때, 신의 눈빛이 강렬하게 번뜩였다.

기이한 열기로 일렁이고 있었다.

차가우면서도 뜨거웠다.

소름이 오싹 끼친다.

이종화 감독은 희열을 느꼈다.

'이건 지면으로 도저히 묘사할 수 없는 최고의 장면이다!'

도입부부터 이런 멋진 컷을 얻어내다니 최고였다.

이종화 감독은 기뻐서 소리치고 싶었다.

그러나 이 희열을 억누르기로 했다.

아직 끝난 게 아니었다.

신은 정적을 유지했다. 아무 말도 내뱉지 않았다.

한데, 분위기는 긴장감으로 달아오르고 있었다. 이 절제와 압축적인 표현이 극의 분위기를 한층 더 끌어올리고 있는 것이었다.

이종화 감독은 숨통이 옥죄여오는 걸 느꼈으나 이 긴장을 카메라로 담아내며 속으로 외쳤다.

'아니야… 아직 아니야. 더 참아… 억눌러…!'

그리고.

신은 그녀의 귓가에 냉소적으로 속삭였다.

"양이면 양답게 살아야지."

이것이 그녀가 살아서 듣는 마지막 말이었다.

"컷! OK!"

☆　★　☆

다음 촬영으로 넘어가기 전에 저녁을 먹기로 했다.

첫 출발부터가 정말 순조로웠으니 분위기는 화기애애했다.

"잘 먹겠습니다!"

"맛있겠다!"

사람들은 옹기종기 모여 저녁을 먹기 시작했다. 반찬도 푸짐하고 맛있는 게 밥이 배로 술술 들어갔다. 그러던 이때, 한 남자 배우가 신을 힐긋 바라보았다. 신의 옆자리에서 밥을 먹던 남혜정이 신에게 조용히 말했다.

"민세현 선배님이랑 무슨 일 있어?"

"아니. 아무것도."

"그런데 왜 저래?"

신은 시큰둥하게 말했다.

"널 좋아하나 보지."

"에이, 무슨……. 너는 사람을 좋아하는 데 노려보면서 봐?"

"케바케니까."

"흐음……."

남혜정은 고개를 갸웃했다.

'내 착각인가.'

잠시 후, 스태프와 연기자들이 한 교실에 모여들었다.

이 교실에 모인 배우들 대부분이 몸 값싼 학생 엑스트라다.

이중에도 나름대로 비중 있는 단역들도 있었다.

민세현, 박희주, 김경훈, 김정석 이 네 사람이었다.

뭐, 남민수에게 희생될 먹잇감에 불과한 조연들이지만.

아무튼, 이종화 감독 입장에서 주연도 아닌 엑스트라나 조연이 NG를 내서 촬영하는 건 필름만 아까운 일이었다.

그렇기에 이종화 감독은 이 장면을 한 번에 담아내고 싶었다.

교단에 선 그는 주위를 둘러보며 위압감 있게 말했다.

"이번 컷은 신경 써주셔야 합니다. 실수하지 않게 정신 바짝 차려야 합니다."

그리고 이종화 감독은 대본을 바라보며 리허설을 하기 시작했다.

"우선 사건이 일어나기 전에 교실 앞쪽 카메라가 여러분의 모습을 담을 거예요. 상우야, 넌 데모찌 똑바로 해라."

"알겠습니다!"

이 데모찌라는 말은 카메라를 트라이포드(*삼각대)에 고정하지 않고 어깨나 손으로 들고 찍는 걸 의미했다.

"그리고 나중에 사건이 발생하고 스피커에서 소리가 나면 시선이 교실 창가 쪽으로 향할 겁니다. 대본 보면 그렇죠?"

"네."

"이제 바깥에 사다리차 카메라가 여러분 담을 거예요. 왼쪽은 보지 마세요."

신도 대본을 읽으며 카메라 동선에 따른 행동묘사를 맞췄다.

잠시 후.

"그럼 이제 해봅시다!"

학생 역을 맡은 단역들이 책상 위에 있는 교과서나 참고서로 시선을 돌렸다.

"스탠바이! 큐!"

곧이어, 사각거리는 샤프심 소리, 문제집 종이를 넘기는 소리만이 교실 내부를 울렸다.

잠시 후, 한 중년 남자가 문을 열고 들어왔다.

야자를 담당하는 선생 단역이었다.

그는 교실에 있는 학생들을 이리저리 살피다가 비워진 두 자리를 바라보고서는, 인상을 찌푸렸다.

"수능이 어느새 코앞인데……."

학생들 사이에서 '꼰대'라 불리는 그는 학생들에게 잔소리를 시작하기 시작했다.

"너희는 명문 지일고를 이끌어 갈 역사의 주역이야. 공부에 한시라도 소홀하지 말고 화장실 갈 시간은 아껴. 알겠어? 학생의 본분은 어디까지나 공부라는 걸 명심해라."

야자감독 선생의 말에 학생들은 하나같이 네라고 대답했다.

학생들의 데면데면한 반응에 선생 단역을 맡은 배우가 혀를 쯧쯧 찼다.

"요즘 애들은 기가 다 빠진 거 같다니까. 지금 빈자리! 야자 빠진 사람 누구야?"

아이들은 서로의 얼굴을 훑어보았다. 이때, 누군가가 말했다.

"진소희랑 민세현이요."

"쯧쯧, 지금이 어느 땐데 야자에 빠져."

남자 선생의 손이 교탁 위에 놓인 출석부로 향해가기 시작한다.

　후면 카메라가 교실 구석 한쪽에 앉아있는 신을 담아냈다. 그리고 신은 집게손가락으로 책상을 속도는 느리지만, 규칙적인 주기로 툭툭 쳐대고 있었다.

　한편, 책상 모퉁이에는 모래들이 아래로 흘러내리고 있는 모래시계가 있었다. 신은 집게손가락으로 책상을 한 번 더 툭 친다. 이때 선생님은 펜을 잡아 쥐었다.

　모래시계의 모래들이 바닥에 다 떨어지는 정확한 순간, 야자감독 선생은 펜 뚜껑을 눌렀다.

　딸칵.

　이 부분은 지문 상으로는 이렇게 나와 있다.

　'조그마한 스파크가 펜 내부에서 일어나며, 펜 내부에 설치된 기계 장치는 무선 신호를 보낸다. 그러자 칠판 밑에 설치된 기계 기판의 불빛이 초록빛이 점등되며, 특정한 전기 신호를 송신한다. 신호는 기계장치와 이어진 섬유 케이블을 따라 이동하기 시작하고, 0.001초도 채 되지 않아 방송실의 방송장치까지 전해진 전기 신호는 특정한 음역에 있는 주파수를 전송한다.'

　남민수의 천재성이 잘 드러나는 대목. 물론 이 부분은 이종화 감독이 4K 카메라로 따로 촬영할 부분이었다.

　음향을 담당한 스태프가 사인을 보냈다. 그러자 스피커에서 이명이 흘러나왔다.

삐이이이이이이익-.

학생들이 인상을 찌푸리며 귀를 잠시 막았다.

이때, 한 노랫소리가 스피커에서 울려 퍼졌다.

"학교 종이 땡땡땡 어서 모이자. 선생님이 우리를 기다리신다."

발음을 또박또박 구사하는 남녀 성우의 목소리들과 텔레비전의 기계음이 뒤섞인 소리였다. 이 소리는 서로 기괴하게 어우러지고 있었다. 음이 계속해서 흘러나오더니 "사이좋게 오늘도 공부 잘하지."라는 가사도 흘러나왔다.

장내에 있는 모든 이들은 숨 멎은 상태로 침묵을 유지했다.

곧이어, 학생들은 서로의 얼굴을 쳐다보았다.

서로의 침묵 속에서 이상한 기류가 흘렀다.

이때, 드르륵거리는 진동 소리가 울려 퍼졌다.

장내의 모든 이들의 시선이 진동의 진원지로 향한다. 야자감독 선생님 쪽이다. 정확히는 교탁 내부. 선생이 교탁에서 폰을 집어 들자 진동이 멎었다.

그것도 잠시, 여기저기서 진동이 울려대기 시작했다.

웅! 웅웅! 웅웅웅!

진동소리는 반 전체를 메운다. 폰 액정화면에는 '용서해줘'라는 글자가 가득 채워진 문자 메시지가 쉴 새 없이 밀려 들어왔다.

문자 발신인은 진소희.

학생들이 중얼거렸다.

"소희는 여기 없는데……?"

"문자가 왜 이렇게 미친 듯이 들어와!"

그러던 이때, 한 여학생이 떨리는 손가락으로 창문 바깥을 가리키며 아이들을 불렀다.

"얘들아! 저게 뭐야!"

어둡긴 하지만 가로등 불빛으로 사물의 형체는 분간할 수 있는 정도다. 본교 바로 건너편에 있는 구교사 건물 옥상 난간 위에 무언가가 서 있는 것쯤은 똑똑히 보인다.

옥상에 서 있는 어스름한 형체의 정체는…….

이때, 한 학생이 외쳤다.

"사, 사람 아냐……?"

학생들이 창가 쪽으로 우르르 몰려들었다.

사실 어스름한 형체는 사람이 아니라 마네킹이었다.

학생 단역을 맡은 배우들도 이 사실을 알고 있었으나 아무것도 모른 척하고 마네킹을 사람으로 받아들이고 있었다.

"저, 정말이잖아…!"

지금 이 순간 단역들은 자신마저 속이는 거짓말쟁이들이었다.

이때, 옥상 난간 위에 서 있는 긴 머리의 형체가 당장이라도 쓰러질 것처럼 위태롭게 비틀거렸다. 그러다가도 균형을 간신히 유지했다.

한데, 형체의 움직임은 뻣뻣했다. 이리저리 움직이는 게 마치 줄에 매달린 관절 인형이 춤을 추는 것만 같았다.

한 편의 기이한 곡예를 감상하던 학생들이 중얼거렸다.

"왜 저러지…?"

"꼭 살려달라는 거 같지 않아?"

"그런데……. 쟤 소희 아냐?"

여학생 단역이 다급하게 말을 이었다.

"우리 학교 교복 입고 있잖아."

학생들이 우왕좌왕했다.

이때, 여학생 진세연 역을 맡은 박희주가 핏기가 가신 얼굴로 손톱을 물어뜯었다. 저런 상황이 눈앞에 연출될 수 있는지 말도 안 되기 때문이었다. 그녀는 중얼거렸다. 그럴 리가 없어, 그럴 리가 없잖아.

박희주가 굳은 얼굴로 교실로 들어온 민세현과 시선을 잠시 교환했다.

1초도 채 되지 않은 짧은 시간이었으나 많은 말이 오갔다.

민세현은 조용히 어금니를 깨물었다. 지금의 상황이 마음에 들지 않았다.

신은 이 두 사람을 조용히 응시했다.

지금 남민수는 이 사태를 관전하고 이 모든 것을 뒤에서 조종하는 흑막이었다.

이제 이들에게 친구가 죽는 걸 보여주는 건 공포심을

주기 위해서다. 이게 첫 번째 목표고 두 번째 목표는 이들을 덫에 몰아가기 위해서다.

"선생님! 경찰 신고해요. 아니, 구급차 빨리……!"

"으, 응. 알겠다."

선생님이 허둥지둥 나서며 교실 미닫이문을 열며 바깥으로 나섰다. 이때, 미닫이문이 압력을 감지하는 센서 위로 스쳐 지나갔다.

센서기에 부착된 신호기가 특정한 신호를 전달하자 칠판 밑에 설치된 기판 위 켜져 있던 녹색 램프의 불빛이 꺼지고, 레드 램프 위로 불빛이 들어왔다.

이를 카메라로 지켜보던 이종화 감독이 무전기로 사인을 내렸다.

"조감독 움직여."

한편, 구교사 주변에서 조감독이 여러 스태프와 대기하고 있었다. 이종화 감독의 사인이 무전기에서 떨어지자, 조감독이 무전기에 대고 말했다.

"엔지니어 팀 기계 작동 이상 없지요?"

무전기가 울렸다.

- 치직. 이상 없습니다. 제대로 작동합니다. 치직.

남민수, 아니, 제작진이 구교사 옥상에 사전에 설치해 둔 기계장치 구조는 이랬다.

일단 옥상 쪽에 도르래가 장치되어 있고, 건물 내부에 장치된 기계장치가 이 도르래를 담당하고 있었다. 이 도르래를 휘감고 있는 기다란 줄은 다섯 갈래 줄로 나누어져 마네킹의 무게중심이 아래로 쏠리지 않도록 지탱하고 있었다.

"줄 끊으세요!"

– 알겠습니다.

엔지니어 팀이 기계장치를 작동시켰다. 사전에 설치해 둔 카메라가 마찰음을 끼익 내뱉는 기계장치를 담아냈다.

그러자 마네킹을 팽팽하게 지탱하고 있던 줄이 툭툭 끊어졌다. 힘을 잃은 줄들은 도르래 쪽으로 빨려 들어가기 시작했다.

끼리리리릭–!

줄이 엉키지 않도록 바닥에 고정된 다섯 개의 꺾쇠도 픽 뽑혀나가더니 바닥에 데구루루 나뒹굴었다.

이때, 교복을 입은 마네킹의 무게중심이 급격하게 아래로 쏠리더니 추락하기 시작했다.

그리고 이 말도 안 되는 광경을 마주하고 있는 학생들은 믿기 힘들다는 표정을 짓고 있었다. 눈앞에서 일어나고 있는 일이 좀처럼 실감 나지 않아서였다.

"소희가 떨어진 거 거짓말이지……?"

이때 진동 소리가 반 전체를 울려댔다.

웅! 웅웅웅! 웅웅웅!

메시지가 미친 듯이 폰을 울려댔다. 메시지의 내용은 이랬다.

'내가 잘못했어.'

남민수는 이렇게나마 그녀의 넋을 달래주고 싶었다.

진소희는 그녀에게 잘못했다는 말을 하지 않았으니까.

몇 초간의 정적이 흘렀다.

학생 단역들은 지금 눈앞에 일어나는 이 순간이 진짜로 일어난 현실임을 깨닫고 만다.

이종화 감독은 이 공포가 맴도는 분위기를 카메라로 잡아내고는 말했다.

"컷! 좋았어요. 좋아. 잠시 대기하시고."

학생 단역들은 그 자리에서 기다렸다.

"여학생 세 분! 소영 씨 보라 씨 유나 씨만 비명 지르는 게 따로 녹음할게요."

이종화 감독이 손가락 세 개를 펼쳐 들며 말했다.

"바로 갑니다. 3, 2, 1."

큐 사인이 떨어지자 단역들이 소리를 질렀다.

"꺄아아아아아악!"

시월의 차가운 밤공기를 가로지르는 여학생들의 비명을 끝으로 밤까지 이어진 촬영이 마무리되었다.

"다들 수고하셨습니다! 추가 촬영을 할 출연자 제외하고 나머지 돌아가셔도 됩니다. 이틀 뒤 아침 시간에 촬영 세트장에서 뵙시다."

촬영이 끝나도 신은 기뻐할 수 없었다.

'추가 촬영에 자동당첨이라니.'

물론 이 추가 촬영에 남혜정도 포함되어 있기에 그녀는 계속해서 대기하고 있었다.

추가로 찍을 촬영분은 진소희가 기계장치에 매달려 추락하여 죽는 장면, 남민수가 어떤 트릭을 써서 학교 사람들의 시선을 피해 구교사 옥상에 그녀를 데려간 것인지에 관한 장면들이었다.

진소희 부분은 방금 찍은 장면과 교차 편집을 하여 한 영상으로 합쳐질 테지만 신이 찍는 부분은 통으로 편집될 가능성이 농후했다.

이런 부분까지 넣어버리면 초반부가 늘어질 수도 있어서였다.

그런데도 찍는 건 DVD 판을 출시할 때 편집한 장면을 추가 편성을 할 수 있기 때문이었다.

'그나저나 혜정이는 극 중에서 두 번이나 죽네. 드라마에서도 죽고.'

작품에 처음으로 출연할 때 극 중에서 죽는 배역을 맡게 되면 배우로 승승장구하게 된다는 낭설이 있다.

'영화에 출연하는 게 처음이래서 극 중에서 죽는 2역을 선뜻 맡다니.'

물론 두 배로 잘 나가고 싶어하는 욕심은 이해한다.

그렇지만 극 중에서라도 죽는 건 꺼림칙한 일이었다.

'뭔가 사고세계가 독특한 친구야.'

원래 사람은 비슷한 사람끼리 어울리는 법이었다.

☆　　★　·　☆

이틀 뒤.

이후의 촬영이 진행되었다.

촬영장소는 교실을 똑같이 재현한 세트장이었다.

학교 건물을 모든 요일 동안 대관할 수 없어서였다.

이 감독은 어쩔 수 없이 교실 내부나 내부에서 일어나는 사건 같은 건 세트장에서 찍고 학교 전체가 나오는 건 학교를 대관하는 날 몰아서 찍기로 했다. 이렇다 보니 촬영 일정이 빠듯한 것도 있었다.

"자, 리허설한 대로 가보는 거에요. 스탠바이! 큐!"

한 책상에 영정사진과 흰 조화들이 수십 개가 쌓여 있었다.

이종화 감독은 이 영정 사진을 사각 프레임 안에 담아내다 반 전체를 서서히 담아냈다.

반 전체의 분위기는 무거웠다. 분명 어제까지만 해도 웃고 떠들었던 친구가 지금 자리에 없었으니까.

학생들은 이를 내색하지 않으려고 쉬쉬했다. 그러나 빈자리에 눈이 한 번씩 힐끔 하고 돌아가는 건 어쩔 수 없었다.

이때, 맨 뒤쪽에 호주머니에 손을 찔러 놓고 앉아 있던 민세현이 책상을 발로 찼다.

책상이 쿵 넘어지는 소리에 아이들의 시선이 민세현

에게 닿았다.

카메라의 시선도 민세현으로 향했다.

"이 새끼들이. 지금 뭘 야리냐, 아주 개 같네."

사나운 표정을 짓던 민세현이 의자에서 일어났다. 운동으로 다져진 떡 벌어진 어깨와 건장한 체구가 풍기는 위압적인 기세에 모두가 입을 꾹 다물었다.

"듣자하니 아주 꼴값을 떨더라. 귀신? 그딴 게 이 세상에 있을 리가 없잖아."

진소희의 죽음 이후 학생들은 '구교사'의 귀신이 소행을 벌인 게 아닐까 하고 떠들어댔다. 방과 후 과학실에서 인체 모형이 돌아다닌다는 것 같은 학교 괴담이었다.

이런 허무맹랑한 괴담이 학생들 사이에서 퍼지는 건, 불안이 전염병처럼 퍼진 것을 보여주는 것이기도 했다.

"다들 기본 머리가 있을 거 아니야. 생각해봐. 걔가 자살한다고? 뭐 때문에?"

성적도 우수하고, 집안 형편도 유복한 데다 성격도 밝고 쾌활해서 친구들 사이에서도 호평이 자자한 아이가 자살이라니.

이때, 민세현이 확신에 찬 어투로 말했다.

"진소희는 누군가가 죽인 거야."

지일고 학생들 전원이 기숙사 생활이다. 밤이 되면 교문이 잠긴다. 지하주차장은 지상과 연결되어 있지만, 교직원들만 이용할 수 있다.

즉, 밤이 되면 학교는 외부와는 잠시 단절된다. 학생들의 활동구역은 제한될 수밖에 없다.

"아무도 찾지 않는 구교사로 가서 왜 눈에 띄는 방식으로 죽음을 선택했겠냐."

이것은 사람들의 시선을 끌기 위한 행동이다.

"미친 듯이 쏟아지는 메시지와 스피커에서 나온 소리는 누군가에 의해 의도가 된 게 틀림없지. 범인은 학교 내부 사정에 대해 훤히 꿰차고 있는 내부 인물이나 다름없어."

민세현의 말에 학생들은 섬뜩한 느낌이 들었다. 범인이 학교 내부 사람이라면, 누구든지 될 수가 있다. 선생님일 수도 있고 경비일 수도 있고…….

이때, 말도 안 되는 한 가지 추측이 모두의 머릿속에 떠오른다.

민세현이 슬며시 웃었다.

이제야 깨달았느냐는 표정이었다.

"그래, 진소희 죽인 새끼 분명 여기에 있어."

민세현의 황당한 주장에 학생 단역들은 말도 안 된다며 부정했다. 그러나 마음 깊은 곳에서는 불신이 스멀스멀 피어올랐다.

그동안 알고 지내온 친구 중에 정말 범인이 있을 리는 없겠지만……. 만에 하나 천만 분의 가능성이겠지만 이 반의 사람 중 누군가가 범인이라면?

지금 이 순간 선량한 탈을 쓰고서 범인이 아닌척하고 있는 거라면? 만약. 지금 모두의 반응을 '범인'이 곁에서 살피고 있는 거라면?

이때, 반 아이들 사이로 기묘한 긴장감이 피어올랐다. 서로를 바라보는 시선도 이전과는 달라졌다.

이때, 학생 중 누군가가 중얼거린다.

"어제 사고가 일어날 때 두 자리가 비어있지 않았어?"

어제 자리에는 없었지만, 오늘 자리에 있는 사람이라면, 딱 한 사람이다. 모두의 시선이 민세현에게 향한다.

"왜 내가 진소희를 죽였을까 봐?"

민세현이 콧방귀를 꼈다.

그러나 민세현을 바라보는 학생들의 눈빛은 심상치 않았다.

도둑이 제 발 저려 하듯 지금의 민세현도 그런 걸지도 몰랐다.

조금만 생각해보면 민세현이 꾸민 게 아니라고 생각하겠지만, 어제 일로 이성은 공포에 전염되어 마비된 상태였다.

"이것들이 단체로 실성했나."

이때 한 남학생과 시선이 닿았다. 반 전체를 대신하여 희생될 제물이었다. 민세현이 미소를 찍 지으며 남학생에게 걸어가 물었다.

"넌 어떻게 생각해?"

남학생 단역은 민세현의 시선을 스리슬쩍 피했다.

"난…. 그… 그게……."

"그게 아니면 뭔데!"

민세현이 남학생의 얼굴을 주먹으로 후려쳤다.

퍽!

남학생 단역이 바닥에 널브러졌다. 책상과 의자가 넘어지는 요란한 소리가 울렸다.

넘어지는 연기가 참으로 실감 났다.

화를 토해내는 성난 사자에 아이들이 질겁하며 자리에서 일어났다. 아무도 민세현을 말릴 생각을 하지 못했다. 초식동물은 육식동물에 잡아먹히는 가련한 양들이다. 발버둥을 쳐봤자 헛된 저항에 불과했다.

학생들은 눈을 질끈 감으며 공포에 벌벌 떨었다. 이 아이들의 반응이 아주 마음에 든 것인지 민세현의 입가에 미소가 씩 맺혔다.

그러던 이때, 입가가 한쪽으로 실룩였다.

오직 단 한 사람이 겁을 먹지 않고 있어서였다.

바로 신이었다.

민세현은 얼굴을 딱딱히 굳히며 신이 있는 쪽으로 한 걸음 한 걸음 향했다. 맹수의 제왕은 자신을 거스르려고 하는 이를 가만히 놔둘 수 없다.

어쩌면 이 두 사람의 대립은 결정된 것인지 몰랐다.

맹수 두 마리는 같은 영역에 있을 수 없는 법이니까.

하나, 민세현은 이 맹수에도 급이 있다는 걸 눈치채지 못하고 있었다.

남민수는 이 육식동물조차 잡아먹는 무지막지한 포식자. 아니, 괴물이다.

카메라가 민세현의 동선을 그대로 따라가며 민세현의 얼굴 옆까지 바짝 붙었다.

이때, 민세현은 미소를 지으며 물었다.

"혹시 네가 진소희를 죽인 범인이냐?"

이 대사에 극 중의 남민수는 이렇게 대답한다.

"그래, 내가 죽였지."

민세현은 신의 말에 웃음을 피식 흘렸다. 내용 여부보다는 아무런 감흥도 없이 말하는 신의 태도가 재수 없기만 했다.

이에, 발끈한 민세현이 신의 멱살을 잡았다.

"재수 없는 새끼."

서로의 숨결을 느낄 수 있을 정도로 거리가 가까워졌다.

이때, 책상을 툭 건드리는 신의 집게손가락이 멎었다. 이종화 감독의 사인에 수업 종이 울렸다.

딩동댕동.

민세현이 인상을 일그러트리며 말했다.

"나대지 마라. 내 눈에 띄면 죽여버릴 수 있으니까."

민세현이 내뱉는 엄중한 경고는 대사에 불과했으나 신

에 대한 악한 감정이 그대로 드러나고 있었다. 신은 이 상황이 그저 어이가 없었다.

'실제에서도 나를 미워하고 극 중에서도 나를 미워하고. 이 감독님이 이를 의도한 건 아닐 테지만……'

우연과 우연이 겹치는 일치.

가끔가다 이런 기묘한 일이 벌어지고 하는 게 바로 세상이었다.

당하는 입장에서 썩 유쾌하지는 않은 경험이다.

한편, 민세현의 감정 구체에서 주황색의 비중이 이전보다 더 늘어나 있었다.

'내가 뭐했다고 나를 이렇게 싫어하는 건지 이해할 수 없네.'

이 정도면 악연이 아닐까 싶었다.

이때, 이종화 감독이 말했다.

"컷! 민세현 군이 재수 없는 새끼라고 대사치는 부분 다시 가보죠. 이때 두 사람 시선 마주치는 거로 가는 겁니다. 알겠죠?"

"네."

"알겠습니다."

민세현이 신을 잡고 있던 멱살을 놓았다. 신은 옷매무시를 가다듬으며 정리정돈 했다. 거리를 벌린 두 사람은 감정을 다시 잡기 시작했다.

"3, 2, 1…! 큐!"

이종화 감독의 큐 사인이 떨어지자 민세현이 극에 몰입하며 욕지거리를 내뱉었다. 그리고 신의 멱살을 잡았다. 목을 꽉 잡는 걸 보니 이번에는 감정을 제대로 실었다.

'이러면 나도 질 수 없지.'

신은 남민수가 바라볼 법한 싸늘한 시선으로 민세현을 응시했다.

두 사람의 시선이 닿자 분위기가 험악하게 변했다.

두 사람은 금방이라도 치고받고 싸울 거 같았다. 이종화 감독은 만족스러운 표정을 지으며 이 두 사람을 사각틀 안에 담아냈다.

'강렬한 투 샷이구나!'

신과 눈빛을 마주치고 있던 민세현은 속으로 중얼거렸다.

'윽. 무슨 눈빛이······.'

신은 살인마의 섬뜩한 시선을 제대로 표현해내고 있었다.

'내 눈빛이 사육장에서 만들어진 맹수의 눈빛이면 이건 타고난 맹수의 눈빛이야.'

대초원 위에서 군림하는 맹수의 눈빛이 이런 것일지도 모른다.

동물적인 감각과 본성에 기댄 원초적인 눈빛이기에 인위적인 꾸밈이 없었다.

'감각이 얼마나 뛰어나면 이런 걸 표현하는 것이지.'

육식동물이 내뿜는 역겨운 노린내가 코에 닿는 거 같았다.

민세현은 제대로 된 재능이란 게 무엇인지 뼈저리게 느낄 수 있었다.

'나로서는 흉내 낼 수도 없고 도달할 수 없는 까마득한 차원……'

이 눈부신 재능 앞에 어설픈 재능은 너무 조악했다. 태양 앞의 반딧불이었다.

이 거대한 벽 앞에 마주 선 민세현은 절망감에 휩싸였다.

이것도 잠시.

신에 대한 열등감과 질투가 속에서 들끓었다.

'이 자식은 나보다 더 잘 나가고, 대중에게서도 인정받고……'

잘 나가는 신이 부러운 한편 자신에 대해 화가 났다. 질수 없었다. 이기고 싶었다. 민세현은 눈을 부라렸다. 재능이 있다면 신의 자리에 서 있는 건 자신이었을지도 몰랐다.

'그 재능만 없었어도 네 자리는 내 거라고.'

어떻게든 신의 연기에 맞서고 싶었다. 이겨내고 싶었다. 독기까지 품었으나 신의 시선을 마주할 수 없었다. 겁이 난 것이다.

'진짜로 날 죽일 거 같은 눈빛이야.'

민세현이 시선을 스리슬쩍 내리깔았다. 맹수가 더 무서운 맹수 앞에서 꼬리를 내린 것이다.

'기선제압에서 밀렸다……. 내 패배야.'

이때, 이종화 감독이 탐탁잖은 표정으로 입을 열었다.

"컷! 아니, 민세현 군 일단 눈을 계속해서 마주쳐야죠. 무서워해야 하는 거 맞는데 미리 피하면 어떡하나."

"죄송합니다. 이번에는 똑바로 가보겠습니다."

이번에도 풀리지 않았고 다음번에도 잘 풀리지 않았다. NG는 무려 다섯 번이나 이어졌다.

이종화 감독이 한숨을 쉬며 말했다.

"잠시 조금만 쉬었다가 한 번 더 가봅시다."

민세현은 고개를 푹 숙였다.

"…죄송합니다."

이종화 감독은 민세현을 크게 나무라지 않았다.

연기란 게 때로 잘 풀리지 않는 경우가 있다는 걸 그도 잘 알고 있기 때문이었다.

그러나 배우 입장에서 역할을 똑바로 소화하지 못해 NG가 계속 나면 주눅이 드는 건 물론 죄책감에 휩싸이기 마련이었다.

'이게 다 이 녀석 때문이야. 난 아무 잘못도 없어. 잘해 냈다고.'

민세현은 답답한 마음에 한숨을 푹 쉬다 주위를 둘러보았다.

사람들 시선이 분산되어 있었다.

내심 이때가 적기가 아닌가 싶었다.

민세현은 신의 귓가에 조그맣게 속삭였다.

"내가 아까 말했잖아. 까불거리지 말라고."

'결국, 이렇게 나오는구나.'

신은 실소가 흘러나올 거 같았다. 자신이 못 해내는 걸 남에게 분풀이하다니.

물론 연기가 잘 안 풀리면 화가 날 수도 있다.

신경질을 부릴 수도 있었다.

그러나 이렇게 다른 사람에게 얼굴 앞에다 분풀이하는 건 연기를 잘하고 못 하고를 떠나서 사람이 덜된 거다.

'정신이 썩었네. 썩었어. 심성도 배배 꼬이고.'

"머리 굴리는 소리 들린다. 감독님 불러봐봐. 네 편이잖아. 응?"

사람들 반응을 보아하니 민세현이 지껄이는 말을 아무도 못 들은 듯했다.

이에 신도 반격을 개시하기로 했다.

신은 오른쪽 뺨을 맞으면 왼쪽 뺨을 내주는 성인군자가 아니었다.

"너나 까불지 마세요."

"…뭐?"

"나에 대해 안 좋게 생각해도 나 계속 참았는데 진짜. 선배 대접을 해주려고 해도 선배 대접을 해줄 수가 없네.

이 자식아."

"너 지금 이 자식이라고?"

"그럼 이 자식을 이 자식이라 부르지 저 자식이라 불러?"

"허…"

"선배가 선배다워야 대접해주지. 그리고 연기자라면 연기로 말해야지. 이게 뭐냐, 진짜. 찌질하게. 멱살 잡는 거에 악랄한 감정이나 싣고……. 근데 오늘 양치는 하고 왔나? 입 냄새 장난 아니네."

신의 신랄한 말에 민세현은 멍한 표정을 지었다.

'아까 느낀 역겨운 냄새란 내 입 냄새였나.'

지금 이게 중요한 게 아니었다.

'평소 행동하는 거랑 완전히 다르잖아. 이거.'

이때, 이종화 감독이 말했다.

"두 사람 가까이서 뭐하는 거야?"

"아, 선배님과 이야기 맞춰보고 있었어요."

신이 하하 웃자, 민세현도 웃으며 말했다.

"하하, 맞습니다."

두 사람은 사이가 좋다는 걸 강조하기 위해 어깨동무까지 했다. 겉으로 웃음을 짓고 있으나 서로가 다른 생각을 하고 있었다.

'어떻게 해야 이 이중적인 모습을 모두에게 보여주면서 이 건방진 놈을 골탕먹이지?'

신도 정말 짜증이 났다.

'이제 나도 한계다.'

최근 신은 당장에라도 폭발해도 이상하지 않은 다이너마이트와도 같은 상태였다. 신이 내적 자아로 완전히 끌어올린 남민수라는 자아가 신의 내부에서 강하게 꿈틀거려대고 있기 때문이었다.

'어떻게 조져야 잘 조졌다고 소문이 날려나.'

신의 무의식에 깃든 남민수 자아가 신에게 방법을 알려주었다.

'일단 기다려야지.'

째깍째깍.

신의 귓가에서 시계 초침이 울렸다.

'이제 곧 움직일 거야.'

틀림없었다.

남민수의 계산은 소름이 끼칠 정도로 정교하니까.

☆　★　☆

양과 늑대의 내용 초반부는 이렇게 흘러간다.

학생의 죽음에 학교이사회는 사건을 자살로 규정하며 사건이 커지지 않게 하려고 안간힘을 쓴다. 학교이사회 입장에서는 한 학생이라는 개인보다 학교 평판이 더 중요했다. 살인사건이라도 일어난 학교라고 소문나면 학교의

명성에 누가 되니까.

　이러던 차에 박건 검사가 움직인다. 사건을 알음알음으로 처리해달라는 학교 이사회의 부탁을 검찰이 들어주기로 한 것이다.

　그러나 박건 검사는 부패 검사가 아니었다. 소신 있고 부정부패를 척결하는 검사였다. 박건은 학교로 이동하여 사건을 조사하다 사건에서 심상치 않은 냄새가 난다는 걸 직감한다. 그리고 사건 현장에서 각종 증거를 발견해내며 사건이 자살 사건이 아닌 살인 사건임을 확신한다.

　이러다 박검사는 남민수와 우연히 마주치고 자살 사건과 남민수가 얽혀있다고 직감하게 된다. 수사가 급속도로 진전되고 남민수는 곧바로 두 번째 계획을 실행하기로 한다.

　바로 폭로전이었다.

　이날은 학교 강당에서 진소희를 위해 단체 조문을 하는 날이었다.

　남민수는 한 여학생에게 가족이 조직폭력배에 협박당하는 사진을 보내줘서 그녀가 단상에 올라갈 때 한 편지를 강제로 읽게 한다. 그녀가 할 역할은 남민수의 대역이었다.

　그녀는 모든 사람 앞에서 학교이사회가 저지른 짓을 폭로한다.

　이사회는 이 사실을 극구 부인하지만, 대강당 스피커에서 이런 소리가 흘러나온다.

"도대체들 지금 정신이 있는 게야 없는 게야! 그런 나약한 쓰레기 같은 사고방식이니 시답잖은 소동이 학교에서 일어났겠지! 정신 똑바로 차리고 어떻게 해서든 입막음 다 하도록 하고."

학교이사회는 박은혜의 죽음을 이처럼 은폐했다.

이제 남민수가 이를 밝히려는 건 정의의 사도라서가 아니었다.

단지 받은 그대로 돌려주는 것에 불과할 뿐이었다.

이에 대해서는 어떠한 유감도 없었다.

ACT 15.
카타르시스

ACT 15.
카타르시스

민세현은 신을 엿 먹일 수단을 연구하고 또 연구했다.

물이나 커피에 약을 타 신이 이를 마시게 하는 건 통하지 않을 가능성이 농후했다. 또, 누군가가 이를 마실 수 있으니 아무래도 위험부담이 있었다.

'반드시 엿 먹이고 말 거야. 개자식.'

민세현은 일단 신이 주의와 경계를 풀 때까지 진득하게 기다리기로 했다.

이러던 차에 기회가 다가왔다.

대본이 수정된 것이다.

'이건 하늘이 내려준 천운의 기회야.'

민세현은 신의 대본을 바꿔치기해야겠다고 마음먹었다.

단순한 골탕이 아니었다.

신을 아예 엿 먹이는 방법이었다.

여기서 민세현은 기회를 좀 더 엿보기로 했다.

'스태프와 배우들의 관심이 촬영에 쏠려 있을 때 움직여야지.'

때가 드디어 왔다.

민세현은 행동을 개시하기로 했다.

'카메라 울렁증에나 걸려라.'

이 정도면 악담을 퍼붓는 수준이었다.

그리고 민세현이 하는 짓거리를 몰래 지켜보는 사람이 있었다.

혜정이었다.

'뭐야, 저 선배 미친 거 아니야?'

그녀는 신과 민세현 사이에서 흐르는 이상한 기류를 알아차린 지 오래였다. 혹시나 싶어 민세현을 예의주시하고 있던 차였다. 한데, 민세현이 수상한 행동을 보이자 그녀는 싸한 느낌이 들어 민세현을 뒤쫓기로 한 것이다.

'어머머, 어떻게 저런 일을 저지를 수 있는 거지?'

남혜정은 신에게 쪼르르 가서 이에 대해 일러바쳤다.

신의 반응은 이랬다.

"아, 그래?"

"아, 그래라니."

그녀는 제 일처럼 화를 냈다.

"연기가 안 된다 싶으면 발전할 생각을 해야지. 이렇게 나오는 건 정말 치졸하잖아!"

배우로서 하지 말아야 하고 넘지 말아야 하는 선이 있었다.

민세현은 이 선을 넘은 거다.

"신성한 촬영현장에서 대본 바꿔치기라니!"

"그렇게 할 거라는 거 알고 있었어."

"뭐…?"

신이 웃음을 피식 흘렸다.

"나도 그 선배 대본 바꿨어."

"지, 진짜?"

"어."

남혜정이 포복절도하며 웃었다. 그리고는 엄지를 척 내밀었다.

"잘했어!"

"받은 대로 그대로 돌려주는 것이니까."

혜정이 남민수의 대사로 신의 말을 이었다.

"어떠한 유감도 없지!"

☆　★　☆

신의 이야기를 전화로 듣던 이강우가 껄껄 웃었다.

– 그것참 쌤통이겠구나.

"눈에는 눈, 이에는 이죠."

페어플레이라는 말이 괜히 있는 게 아니다.

- 이후에 어떻게 됐니?

"친해진 스태프 형이 알려줬는데 촬영하는 날 식겁했다네요. 아마 당일 대사가 달라진 걸 알고 낭패를 겪었겠죠."

- 너에게 화를 엄청나게 냈겠구나.

"현장에 안 계셨는데 어떻게 그리 잘 알아요?"

- 하하하. 그런 사람이 자기합리화를 잘하고 원인을 외부로 잘 돌린단다. 일종의 자기방어 기제지.

이강우 말대로였다. 민세현은 제 잘못은 죽어도 인정하지 않았다. 촬영을 가까스로 끝낸 후 화를 씩씩 내면서 신을 때리려고까지 했다.

하나, 이에 순순히 당할 신이 아니었다.

민세현의 공격을 피하고는 강렬한 한 방을 먹여 주었다. 덕분에 촬영현장은 난장판이 되었다.

스태프들이 쌍코피를 흘리며 미쳐 날뛰는 민세현을 뜯어말렸다.

이종화 감독은 전후 사정을 알게 되었다. 또, 혜정이 자기가 본 것을 증언하자 이종화 감독은 민세현을 싸늘하게 대했다. 화를 내지는 않았다. 이딴 말도 안 되는 일에 감정을 낭비하는 자체가 아까웠으니까.

이 감독이 신을 나무라기도 했으나 걱정에서 비롯된 것이었다.

어쨌건 이 일 이후 민세현은 투명인간 취급을 받게 되었다. 이종화 감독에게서 눈 밖에 나고 만 것이다.

이 영화 이후 민세현은 당분간 자숙해야 할 테다. 연예계라는 곳은 몇 년만 종사하면 다 알음알음하게 되는 좁은 바닥인 만큼 소문은 진작 다 퍼졌을 테니까.

타고난 연기력을 지니지 않거나 막강한 백이 없는 이상 앞으로 일이 들어오기 힘들 테다.

그저 자업자득이다.

제 꾀에 넘어가서 스스로 자폭한 셈이니까.

신도 민세현이 잘못을 진심으로 뉘우치고 용서를 구하면 너그러이 넘어가 줄 수 있었다. 한데, 민세현은 제 잘못을 인정하지 않았다.

'어쩜 그리 극 중의 역할과 빼다 닮았는지……'

"그나저나 남민수에게 도움을 많이 받았어요."

– 자세히 말해보렴.

"맹수가 표적을 사냥할 때 인내심을 가지고 기다리잖아요. 그런 걸 가르쳐주더라고요."

– 흐음.

"어떻게 보면 남민수는 제 무의식 속에 있는 또 다른 저 자신이 발현된 게 아닌가 싶어요. 사람이란 게 폭력성을 띄는데 남민수는 제 안에 있는 폭력성을 대변하는 인물인 거죠."

신은 남민수를 연기하면서 인간이라는 존재와 자신에

대해 깊은 이해를 하기 시작했고, 사람이란 어떤 존재인가 하는 철학적인 물음도 하기 시작했다. 물론 정확한 답을 내릴 수가 없었다.

"남민수라는 인물이 상식과 떨어진 인물이기는 해도 사람 심리나 사람 자체를 짐승같이 정말 잘 파악하더라고요. 계획도 정말 완벽하게 세우고요."

신이 말을 이었다.

"무엇보다 힘든게 감정을 제대로 느끼지 못하는 남민수를 표현하는 거죠. 저를 고독과 절망 안으로 몰아가야 하거든요. 기분이 축축하고 어둡고 음습하고……. 그 아득한 심연에 빠지면 심연의 괴물이 저를 통째로 잡아먹어요. 아니, 괴물이 저를 차지하는 거죠. 그럼 저는 괴물이 되는 거죠."

이종화 감독은 알지 못하는 신의 고충이었다.

신은 이를 토로하고 싶지 않았다.

감독이 아무리 배우를 신경 쓰고 보살핀다고 해도, 감독은 촬영을 어떻게든 감행해야 하는 사람이다. 이를 이 감독이 알아봤자 바뀌는 건 없다. 결국, 신은 촬영해야 하는 입장이다.

이런 고충을 예리에게도 말할 수도 없었다. 그녀도 작품에 들어가서 작품에 몰두하고 있으니. 무엇보다 신은 괜한 걱정을 하게 하고 싶지 않았다.

'누나 성격이라면 왜 말하지 않았느냐고 하면서 화를 낼 테지만.'

이런 답답한 상황에서 이강우마저 없었다면, 신은 답답한 속내를 시원하게 털어놓지 못하고 끙끙 앓다가 탈 나고 말았을 테다. 아니, 미쳤을지도 몰랐다.

이강우는 신이 토로하는 애로사항을 잠자코 듣다가 말했다.

– 이번 주에 병원에 오렴. 아로마 테라피를 받으면 몸과 마음이 평온해질 테다.

"알겠어요. 그나저나 요새 수연이 누나 잘 지내요?"

– 잘 지내지. 그런데 두 사람 혹시 싸운 거냐?

"아뇨. 그럴 리가요."

– 그래?

이강우가 머뭇거리며 말했다.

– 요새 수연이 기분이 영 안 좋아 보여서 두 사람 싸운 줄 알았지.

신은 이상하다는 생각이 들었다.

'역시 뭔가 꺼림칙해.'

아무래도 조만간 수연과 한 번 만나봐야 할 거 같았다.

'누나가 왜 날 피한 건지 물어봐야겠어.'

☆　★　☆

이종화 감독은 배우와 스태프 사이와 촬영장 분위기를 고취하기 위해 회식을 자주 하는 편이었다.

69

회식 자리에서 미성년자인 신은 술을 대놓고 마시지는 못했지만, 이종화 감독이 신을 몰래 불러내 술 마시는 걸 가르쳐주기도 했다.

"어른이 주는 건 괜찮아. 게다가 이 감독님이 주는 건 좋은 술이지. 하하하하!"

신은 좋은 술과 나쁜 술의 차이가 무엇인지 잘 몰랐다. 그래도 민세현과 있었던 마찰과 좋지 않은 감정을 훌훌 털어 보낼 수 있었다.

신이 촬영장 스태프와 배우들과 본격적으로 친해지자 촬영은 어느덧 중반부로 접어들었다.

'시간 참 빠르네. 곧 고3이 되는구나.'

한편, 로만 소속사는 KTS 2015 연기대상 시상식을 위해 드레스 코드를 맞추고 의복 맞춤 제작도 해야 하니 영화 촬영을 이삼일 정도는 쉬어야 한다고 전해주었다. 지금 당장 쉬는 건 아니었다. 연기대상 시상식은 매해 12월 말경에 하니 아직 시간적 여유가 있었다.

신은 화려한 스포트라이트가 터지는 속에서 레드카펫을 밟아볼 생각에 기분이 들떴다.

'어떤 기분일까.'

생각만해도 끝내줄 거 같았다. 신은 이 부푼 기대와 설렘과 함께 벤에 올라타 영화 촬영장으로 향했다.

잠시 후, 사람들이 웃으며 촬영장에 도착한 신을 반겨주었다.

신의
연기3

"안녕하세요!"

"어서 와!"

신은 사람들과 웃고 떠들 때 즐겁고 좋았다.

이 순간만큼 남민수가 아닌 신으로 있을 수 있으니까.

일종의 휴식시간과도 같았다.

"신아 커피 마실래?"

"아냐, 괜찮아."

한편, 신은 혜정과는 연기에 대한 고민과 고충을 대화
로 나누거나 이성 문제에 관해 나눌 수준으로 친해지게
되었다. 각자에게 사귀는 사람이 있어 서로에 대한 이성
적인 관심은 없었다. 동성 친구와 같이 절친한 친구라고
해야 할까.

"자, 이제 촬영 들어가 봅시다."

신은 앞치마를 입고 메이크업을 받으며 대본을 바라보
았다.

오늘 촬영은 남민수의 세 번째 계획 부분으로 시기상으
로 박 검사에게 잡히기 전이다.

극 중의 장소는 구교사와 통로로 연결된 제작실 비밀
장소로 남민수만 아는 곳이다.

신은 배역에 몰입하며 분위기를 잡기 시작했다.

주변에 무어라 떠드는 소리가 나도 신은 자기 자신에만
집중하며 외부와의 만남을 완전히 끊어버렸다. 그리고는
자신을 스스로에 가둬버렸다.

감정 위의 도상으로 추락한 신은 고독과 절망에 휩싸였다. 신 주위로 음울하면서 우중충한 분위기가 흘러나왔다.

촬영장 스태프들은 이런 신을 몇 차례나 봐왔는데도, 잘 적응되지 않았다.

'촬영에 들어가기 직전과 평소와 어떻게 이리도 다른지……'

신은 작업복 앞치마를 입고는 이종화 감독이 지정해주는 위치에 자리 잡았다. 비닐이 내리깔린 곳에 서 있는 신은 도살자 같았다.

"스탠바이! 큐!"

큐 사인에 맞춰 카메라가 돌아가기 시작했다.

한편, 한 남녀가 정신을 잃은 채로 앉아있었다.

극 중의 진세연 역과 이훈 역을 맡은 배우들로 진세연은 민세현의 여자친구고 이훈은 민세현과 친하게 지내는 친구다.

이들은 진소희와 같은 가해자들이었다.

남민수가 민세현을 곧장 처리하지 않는 건 민세현에게 듣고 싶은 말이 있어서다.

신은 두 사람을 물끄러미 바라보다 동그랗게 휩싸인 무언가를 손에 들고 의자에 슬며시 앉았다.

의지가 끽 끌렸다.

두 사람은 눈을 질끈 감았다.

신은 둥글게 말린 천을 똑바로 펴냈다.

두 사람이 식겁한 표정을 지었다. 신의 무릎 위에는 각
종 공구가 있기 때문이었다.

신은 고무 고리에 고정된 공구를 하나씩 빼며 말했다.

"물 61.8%, 단백질 16.6%, 지방 14.9%, 질소 3.3% 칼
슘 1.81%, 인 1.19%, 마그네슘 0.041%, 철분 0.0075%.
이하 생략."

복잡한 수치가 있는 대사인데 신은 대사를 하나도 틀리
지 않았다.

신은 자리에서 일어서자, 공구가 바닥으로 쏟아졌다.

두 사람은 공포에 벌벌 떨었다.

그러나 움직일 수 없었다.

"기타 0.10082%."

이때, 신은 드라이버 하나를 집어 들고는 손바닥에 툭
툭 쳤다.

"이건 규명할 수 없는 인체 구성 물질이라고 하더군. 혹
자는 이를 영혼의 무게라고 하더라고."

그리고 신은 싸늘한 눈빛으로 두 사람을 바라보았다.
마치 너희 두 사람은 영혼이 있는지 묻는 거 같았다.

신은 두 사람에게 한 걸음 한 걸음 내디뎠다.

카메라가 신을 피사체로 삼고 신의 움직임을 주축으로
삼아 신을 따라잡았다.

"난 영혼이 있는지는 잘 몰라. 있다고도 없다고도 증
명할 수 없는 문제거든. 그리고 난 나에게 영혼이 없다고

생각해."

신을 잡아내는 카메라의 화면이 잠시 흐려졌다.

이때, 신은 몸을 멈춰 세웠다. 그리고 두 사람의 어깨를 잡고는 진세연 역 박희주에게 말했다.

"왜일 거 같나?"

박희주가 뱀 앞에 마주한 개구리처럼 벌벌 떨었다. 신의 입가에 희미한 미소가 맺혔다.

"난 너희와 종 자체가 달라. 괴물이거든."

자기 자신이 누군지 조용히 고백하는 신의 모습은 무척 쓸쓸해 보였다.

한편, 신은 지금 미칠 거 같았다.

남민수가 느끼는 고독은 사람이 감당할 수 있는 차원이 아니었기 때문이었다.

이 세상 누구도 그를 이해할 수 없었다. 그는 이 세상에서 철저한 혼자였다. 그러자 해일처럼 밀려오는 아득한 절망이 심의 숨통을 옥죄어왔다.

'남민수는 이걸 어떻게 견뎌냈을까.'

막막했다. 참으로 막막했다.

채워지지 않는 허기에 발버둥 친다는 건 설명할 수 없는, 아니, 인간이 이해할 수 있는 영역을 넘어선 부분이었다.

지금의 신은 끝이 보이지 않아 시꺼먼 구렁텅이 앞에 마주한 무기력한 인간이자 바닷물을 퍼마시면서 무한한 갈증을 느끼는 인간이었다.

지금의 남민수라면 이런 걸 느꼈을 것이라고 신은 상상
했다. 그러자 숨이 턱 막혔다. 숨을 정말로 쉴 수 없었다.
눈앞이 노래지고 깜깜해지는 걸 느꼈다. 아무것도 보이지
않았다.

남민수가 바라보는 세상은 눈앞이 하나도 보이지 않는
칠흑 같은 밤이었다. 그녀는 이 남민수에 있어 밤하늘을
수놓는 화려한 불꽃이었다. 한데, 그녀는 이 세상에 없다.
죽음과 함께 사라진 것이다.

신의 동공이 텅 비워졌다.

"채워지지 않는 공허에 휩싸여 있을 뿐-."

신이 내뱉는 말에는 고저가 없었다.

독에 마취된 두 사람은 아무 말도 꺼낼 수 없었다.

그저 숨을 헐떡이는 게 고작이다.

'이 고비가 난관이었는데.'

다행히, 컷이 떨어지지 않았다. 이종화 감독은 카메라
로 신을 계속 주시하고 있는 모양이었다.

신은 숨을 골라내 쉴 수 있었다.

'살았다.'

신의 눈에 초점이 서서히 돌아왔다.

그리고 신은 무미건조한 눈으로 두 사람을 바라보며 대
사를 내뱉었다.

"그러나 이 공허를 채울 수 있는 게 있지."

바로 피다.

생명체가 가느다란 비명을 지르며 뿜어내는 고동만이
이 공복을 채워준다. 신의 시선이 박희주의 목덜미에 솟
은 푸른 핏줄에 닿았다.

이종화 감독이 침을 꿀꺽 삼켰다.

신은 그녀의 얼굴을 정성스레 쓰다듬었다. 신의 텅 빈
눈동자에 광기가 채워지는 것인지 기묘하게 일렁이고 있
었다.

"사람은 연약한 존재면서도 목숨은 정말 질기지. 그래
서 잘 죽지 않아."

신의 입가에 기묘한 미소가 맺혔다.

살인을 원하는, 피를 원하는 시린 미소다.

신이 그녀의 목을 감싸 쥐며 대사를 내뱉었다.

"이 드라이버를 네 목에 꽂아도 그래. 한 번으로 죽지는
않아. 두 번, 세 번 꽂아야지."

푹.

목덜미에 뭔가 꽂히는 선명한 소리가 울리는 듯했다.

섬뜩했다.

"그래도 죽지는 않아. 목덜미가 아예 너덜너덜할 정도
로 뜯어버려야 넌 완전히 죽을 테니까."

신 주위로 핏물이 뚝뚝 떨어지는 거 같았다.

비릿한 피 냄새가 사방을 채웠다.

"그러나…… 난 너희를 죽일 생각은 없어. 너희에게 살
기회를 줄 거야."

물론 이건 썩은 동아줄이다.

신의 입가에 쿡하는 미소가 맺혔다.

☆　★　☆

"사이코패스네."

음향감독이 멍한 표정으로 헤드셋을 벗으며 말했다. 보조감독 AD가 피식 웃으며 말을 받았다.

"연기잖아요."

"지금 그걸 몰라서 말하는 거래? 연기가 너무 선명해서 소름 돋을 정도잖아. 이건 무언가에 씐 거야, 씌었어."

"그건 확실히 그렇죠."

"아우, 닭살 돋은 거 봐. 마지막 대사 소름이 짝 끼치더라."

한데, 컷 사인이 좀처럼 나지 않았다. 스태프들의 시선이 이종화 감독에 닿았다.

모자를 쓴 스크립터가 대본을 바라보았다.

"이번 장면이 여기서 끝인데……. 감독님. 장면 끝났습니다."

그는 사각 프레임을 여전히 응시하고 있었다. 어찌나 정신을 집중하여 보는지 화면에 빨려 들어가도 이상할 거 같지 않았다.

"아이고, 완전히 빨리셨네."

조감독이 킥킥 웃으며 사인을 내렸다. 알아서 끊으라는 표시였다.

한편, 이종화 감독은 신의 연기를 정신없이 따라가고 있었다.

남민수가 두 사람에게 자신은 인간과 다르다며 자신에 대한 정체성을 규정하며 공허감을 토해낼 때 신은 절망에 휩싸인 맹수였다.

'소화해내기 정말 어려운 대목이었는데.'

불현듯 신과 일대일로 만났을 때가 떠올랐다.

– 짜증 나서 감독님을 죽이고 싶네요.

그때 이종화 감독은 신이 당돌하다고 느끼기보다 목덜 미 뒤가 서늘해지는 걸 느꼈다.

'그리고 그 눈동자.'

인간의 것이 아니었다. 맹수의 눈이었다. 육식동물이 초식동물을 잡아먹을 때 아무런 죄의식에 휩싸이지 않아 하는 것처럼 신의 눈빛이 그랬다. 정말 남민수다운 아니, 사이코패스답다 싶은 눈빛이었다.

'남민수 그 자체였어.'

지금 이 감독의 망막에는 신의 연기가 어른거리고 있었 다. 신이 박희주의 목덜미 쪽을 바라볼 때 이 감독은 신이 드라이버로 그녀의 경동맥을 정말 찍어버리는 줄 알았다. 덕분에 가슴이 조마조마했다.

설마 드라이버로 찍을까 싶어 조마조마한 게 아니라 드

라이버로 찍지 않아 아쉬운 마음에 가슴이 콩닥거렸다.

신이 내뱉는 대사에서 신이 드라이버로 목을 뜯어버리는 장면이 머릿속에서 연상되었다. 어찌나 생생한지 눈앞에 떠오를 정도로 생생한 장면이었다.

다음으로 이 감독 주위에 펼쳐진 건 질퍽질퍽한 피가 가득한 피바다였다. 순간이지만 비릿한 피 냄새가 코를 확 찌르는 거 같았다. 덕분에 머리가 어질어질했다.

이제야 정신을 차린 이 감독이 소리를 외쳤다.

"컷! 좋았어! 아주 좋았어!"

이때, 박희주가 툴툴하며 신에게 말했다.

"목 움켜쥐실 때 너무 아팠잖아요."

생각보다 세게 잡은 것인지 그녀의 목 부위는 벌겠다.

"이런 미안해요. 본의는 아니었어요."

"미안하면 연락번호 좀 가르쳐주세요. 방금 연기하는 거 정말 섹시했거든요."

"…네?"

신은 이 여자가 뭐라 말하는 건가 싶었다. 그보다 이렇게 말하고 싶었다.

저기요, 저 열여덟 살인데요.

박희주는 눈을 반달 모양을 그리며 웃었다. 목석 같은 남자가 봐도 반할만할 매혹적인 미소였다. 그리고 그녀는 연한 분홍빛이 나는 입술을 혀로 할짝댔다. 그녀 주위로 흐르는 농염함이 장난이 아니었다.

"여자친구 있어요?"

신은 단호하게 대답했다.

"네."

"아깝다. 그 여자친구 누군지 부럽네요."

그녀가 볼 때 신이 방금 풍긴 분위기는 정말 장난이 아니었다. 박희주마저 홀릴 강렬한 아우라였다.

'퇴폐적이기 까지 했어.'

지금 나이에도 이 정도인데 나이가 들어 성숙미가 보태지면 여자의 마음을 완전히 갖고 노는 나쁜 남자로 거듭날 게 분명했다.

"여자친구가 앞으로 많이 피곤하시겠어요."

'저기 제 여자친구 일반인이 아니고 주예린데요.'

이 말이 입 문턱까지 올라왔으나 신은 이 말을 속으로 삼켜냈다.

그러던 이때, 이종화 감독이 하하 웃으며 신을 안았다.

"무슨 대화를 나누시나."

"아니에요, 호호. 그럼 두 분 대화하세요."

박희주가 자리에서 일어나자 신에게 윙크를 보냈다. 이에, 이종화 감독이 신의 귓가에 조용히 속삭였다.

"신아, 저런 여자를 보고 불여우라고 하는 거다. 만날 때는 기분이 좋을지 모르지만 남자 잡아먹는 암사마귀 같은 여자지. 남자라면 절대 만나서는 안 될 일 순위다."

왠지 경험담이 묻어나오는 것 같이 느껴지는 건 착각이 아닌 거 같았다. 한데, 신은 묻고 싶었다. 왜 말과 다르게 실룩이는 엉덩이를 쳐다보시는 거냐고.

신과 이종화가 시선을 마주쳤다.

'감독님……'

'크윽…. 그래.'

두 사람 사이로 남자만의 대화가 오갔다.

원래 본성이란 게 솔직한 법이었다.

신도 남자고 이 감독도 이 본성에 충실한 혈기왕성한 남자였다.

신은 이런 이종화 감독의 반응이 이해되었다. 아니, 남자 여자를 떠나 매력적인 이성에게 눈이 끌리는 건 자연스러운 현상이었다.

"크흐음…!"

이종화 감독은 헛기침하고 근엄한 표정을 지었다.

실추된 감독의 권위를 세우고 싶은 것일까.

그는 곧장 신의 연기에 총평하기 시작했다.

"혹시나 싶어 말하는 건데 내가 하는 말 기분 나쁘게 듣지 마라. 알겠지?"

"네, 말씀하세요."

"그게……. 말이지. 너 배역에 너무 몰입해."

이 피드백에 신이 무어라 말하려고 하자 이 감독은 다 안다는 듯 말했다.

"넌 내면에 기반을 두어 배역에 몰두하지. 그리고 배역이 되어버리지. 이러니 정말 훌륭하다는 말이 나올 정도로 연기가 정말 뛰어나. 그런데 몰입하는 재능이 너무 뛰어난 게 흠이야. 난 네가 너무 걱정된다. 방금 너 스스로가 자신을 완전히 잡아먹었잖아. 자기중심을 잡아먹는 연기 위험하다고."

"……."

"지금 너 정신적으로 영향받고 있지?"

'예리하시네.'

신은 줄곧 이에 대해 숨겨오고 있었으나 이종화 감독은 내심 눈치채고 있던 차였다. 남민수는 그 자신이 만들어낸 인물이기도 하니 이를 모르는 게 이상했다. 미치지 않고서야 남민수를 표현하는 건 불가능했으니.

사실 이종화 감독도 신에게 여러 말을 하고 싶었다. 그런데 여태껏 말을 하지 않은 건 신의 연기 스타일에 영향을 주는 게 아닌가 싶어서였다.

감독의 재량은 연기가 이런 식으로 되면 좋겠고, 이런 부분에서 이렇게 강조하는 게 좋다고 말하는 데까지다. 한데, 그 사람의 연기 자체에 말하는 건 감독의 권리를 넘어서는 부분이다. 어떻게 보면 월권이다.

그러나 조금 전 장면에서 이 감독은 생각을 바꾸기로 했다. 이대로 놔두면 도저히 안 되겠다 싶어 결국 말을 꺼내기로 마음먹은 것이었다. 신을 각별히 신경 쓰는 만큼 이 감독의 태도는 조심스러웠다.

"사람의 정신이란 게 강하지만 마모되기 정말 쉽다. 순식간에 훅 가버리지. 특히 배우는 몸이 마음을 거드는 직업이라 정신이 병들면 연기하기가 힘들어져. 지금은 괜찮을지 모르지. 그러나 배역에 계속해서 영향을 받으면 나중에 연기하는 게 두려워질지 모른다."

언제고 조광우가 지적했던 걸 그도 똑같은 것을 지적하고 있었다.

"어떻게 해야 하죠? 그렇다고 스타일 바꿀 수도 없고."

스타일을 바꾸는 건 신의 강점이자 무기를 포기한다는 말과 다름없다.

"네 말이 맞다. 그런데 내가 장담하는데 어떤 배역이라도 넌 영향을 받을 가능성이 크다고 본다. 따라서 네 선택지는 둘 중 하나다. 연기를 아예 쉬던지."

"안 돼요."

"한국말은 끝까지 들어봐야지."

이종화 감독이 씩 웃으며 말을 이었다.

"너 자신의 내면세계를 단련시켜야지. 사마띠와 위빠사나를 배워봐라."

외계어가 나오자 신은 표정을 멀뚱멀뚱 지었다.

"쉽게 말해 내면 집중과 관찰이다."

"요가와 비슷한 거죠?"

"비슷하다. 내면의 통찰로 너에 대해 이해하면 할수록 중심이 생길 테니 좋을 테다. 이 내용이 폴란드 극 예술가 그로토프스키가 집중했던 탄트리즘과 관련 있으니 그에 대해 공부하는 것도 도움이 될 테다. 또 카타칼리나(*인도의 4대 무용)와 같이 내면의 몸짓에 집중해보는 것도 나쁘지 않겠지."

"어떻게 이리 잘 아시나요?"

"너와 같은 친구가 있었다. 그 친구도 너처럼 배역에 몰입을 정말 잘했거든. 보다 보면 섬뜩할 때가 많았다. 그러나 이 뛰어난 재능은 양날의 검이었지. 그 친구도 너와 같은 문제에 시달렸지. 우리는 어떻게 해야 그 문제를 헤쳐나갈 수 있을지 머리를 맞대고 고민했지."

"그래요? 그 사람 연기 좀 볼 수 있을까요?"

"아마 못 볼 거야. 제 연기를 찍는 걸 정말 싫어하는 녀석이었거든. 내가 봤을 때 정말 훌륭했는데 나중에 제 연기를 보면 자신의 흑역사를 볼 거 같대서 싫다나. 괴짜지, 괴짜. 그 녀석다운 말이지만."

옛 생각을 하는 것인지 이종화 감독의 눈은 신이 아닌 먼 곳을 응시하고 있었다.

그리운 표정을 짓고 있는 게 그때가 그리운 모양이었다.

"지금은 안타깝게도 연락이 안 되는구나. 연락됐으면 너에게 도움이 많이 됐을 텐데."

신은 이상하다 싶었다.

이강우가 이야기해준 한 남자의 이야기가 떠올랐기 때문이었다.

"감독님…… . 그 사람 이름이 뭐예요?"

"그 친구 이름이…… ."

이종화 감독의 입에서 박이라는 성이 흘러나오자 신은 설마 싶었다.

'엄마와 날 버리고 간 그 작자. 박명우는 아니겠지.'

그리고 이름이 나오려는 순간. 한 사람이 촬영장에 불쑥 찾아왔다.

박건 역을 맡은 이석규였다.

"하하! 안녕하세요! 이거 참 분주하셨네."

그를 발견한 이종화 감독이 손을 흔들며 말했다.

"아이고, 이렇게 빨리 안 와도 되는데."

신이 무어라 말하기도 전에 이 감독은 어느새 이석규에게 성큼 가 있었다.

신은 황망한 표정으로 이 감독을 바라보았다.

'아니, 하는 말은 마저 다 하시고 가셔야죠.'

신도 어쩔 수 없이 이석규 쪽으로 가서 머리를 공손히 숙였다.

"안녕하세요, 선배님!"

"하하! 신아! 고생 많네."

"고생은요. 스태프들이랑 감독님이 많이 하시죠."

"이 녀석 말하는 거 봐. 하하하! 입에 꿀이라도 발라 놓았나."

"요새 유행하는 허니 버터에요."

신의 썰렁한 개그에도 장내에 웃음꽃이 돌았다.

'그나저나, 아……. 이게 아닌데.'

신이 어어 하는 사이 대화 주제는 다음에 찍을 장면으로 넘어갔다.

'이름을 듣는 건……. 물 건너갔네.'

사실 들어봤자 그렇게 달라질 건 없었다. 그의 과거 행적을 뒤쫓을 수 있다는 거? 그러나 신은 아버지에 아무런 미련도 없는 상태다. 구태여 그의 과거를 뒤쫓고 싶지 않았다. 그래도 뒤를 시원하게 닦아내지 못한 것과 같은 찝 찝한 기분이 들었다.

'이 감독님이 말씀해주신 거 한번 연구해봐야겠어.'

한편, 신은 대본에 있는 다음 장면을 바라보았다.

[검사 박건이 이끄는 특공부대가 학교에 있는 기계제작부실에 들이닥친다. 무장한 대원들이 문을 열고 들어가는 순간, 문틈에 설치된 특수 장치가 진동을 전달한다. 침입자가 들어온 것으로 판단한 센서기는 미리 설치된 여러 기계 장치들에 신호를 전달한다.

박건 (주위를 둘러보며) 수색해!

각종, 장치들에서 아주 미세한 빨간 빛을 내뱉고 있는

것을 아무도 발견하지 못한다. 장치 내부는 사람의 육안으로는 보이지 않을 정도로 미약한 빛을 내뱉으면서 작동하고 있다.

대원들은 이곳저곳을 둘러보다 범인이 쓴 것으로 추정한 제작 공구들을 발견한다.

곳곳에 납땜하는 용접기나 수십 가지가 넘는 제작 공구들이 이리저리 널브러져 있다. 증거수집반은 기계 장비에 일일이 번호를 붙여가며 모조리 회수해갈 준비를 한다.

박건 (미소를 씩 지으며) 지금부터 속전속결로 움직여야 합니다. 놈에게 시간을 주면 안 돼요.

무장경찰이 움직인다.

박건 (혼잣말로) 미친놈을 드디어 잡는구나.]

이다음에 연결되는 장면이 숙소에서 남민수가 박 검사에게 잡히는 장면이었다.

세트장을 정리하고는 다음 촬영장소로 곧장 이동하기로 했다.

이석규가 촬영하는 사이 신은 대기하기로 했다.

그리고 촬영에 들어가기 십 분 전.

신은 각종 동작으로 몸을 풀기로 했다.

"후우…! 후우!"

그다음으로 스쿼트로 허벅지와 허리 등 쪽 근육을 부풀어 오르게 했다.

미리 힘을 뺄 필요는 없어서 과하지는 않은 내에서 강도였다.

스쿼트 동작을 수십 번을 반복하자 몸이 서서히 달아올랐다.

이번에는 팔굽혀펴기하기로 했고, 이다음은 복근을 강조하는 윗몸일으키기를 하기로 했다. 숨을 내쉬고 들이마시고……

뜨거운 입김을 내뱉던 신은 웃통을 홀렁 벗자 철저한 식이요법과 운동으로 다져진 탄탄한 근육질 몸매가 드러났다. 신과 함께 대기하던 진행팀에 속한 여자 스태프가 어쩔 줄 모르며 손으로 눈을 가렸다.

"어머……."

한데 그녀의 눈을 가리고 있는 손은 음흉했다.

손가락 틈이 다 벌려져 있었다.

이때, 윗몸일으키기를 하던 신의 배 쪽 근육에 굴곡이 도드라졌다.

"어머머."

생으로 보는 라이브 감상이라니 이는 돈 주고 경험할 수 없는 진귀한 경험이었다.

이제 그녀의 광대가 입 위쪽으로 올라가는 것도 모자라 하늘로 승천할 거 같았다.

'내가 여태껏 일해온 건 이 순간을 위한 것일지도 몰라…….'

잠시 후.

이종화 감독이 촬영현장에 도착하고 득의만만한 미소를 지으며 말했다.

"후후, 이날만을 기다려왔지. 극장가 아니, 대한민국 여심을 뒤흔들 준비 되었나?"

신이 싱긋 웃으며 말했다.

"흔들지는 모르겠지만 흔든다는 각오로 해야죠."

"좋아! 그런 마인드! 최선을 다한다는 마인드!"

신이 하는 연기는 간단했다.

운동하고, 씻고, 편지를 쓰고 박건 검사에게 잡히는 거다.

그러나 쉬운 작업이 아니다.

대사가 없고 동작만 있기에 어렵다. 이 고요함 속에서 남민수를 표현해야 한다.

"한 컷으로 길게 쭉 가보자고."

리허설이 시작되었다.

"일단 이곳에서 운동하는 거야. 그럼 카메라가 좌로 이동하다가 우로 또 이동하다가 패닝하면서 널 담아낼 거야. 그럼 이제 샤워부스로 향할 거 아니야?"

이종화 감독은 손짓하며 발걸음을 내딛기 시작했다.

"이때, 네 동선을 따라 카메라가 팔로우해가는 거야. 이때 옆면에서 허리 쪽부터 얼굴만 담아내는 거지. 그리고 샤워부스에서 카메라가 아래에서 얼굴 쪽으로 틸업할 거야.

샤워하고 돌아와서 편지 쓸 때는 편하게 적어, 내용이야 중요한 게 아니니까."

신은 이종화 감독이 말해주는 동선과 구도에 고개를 끄덕였다.

"알겠습니다."

잠시 후.

"스탠바이! 큐!"

이종화 감독의 큐 사인이 떨어지자 슬레이트가 부딪쳤다.

이번에 찍을 부분은 s# 28-1 '회상'이었다.

신은 촬영에 들어가기 전부터 호흡을 천천히 들이쉬고 내쉬며 팔굽혀펴기를 반복하기 시작했다.

카메라가 신을 머리부터 발끝까지 천천히 담아냈다.

한편, 신의 이마에는 땀방울이 송골송골 맺히고 탄탄한 상체는 땀에 젖어들었다.

근육의 통증에 힘겨워할 만도 했으나 신은 거친 숨결은 내쉬지 않았다. 고도로 절제된 호흡과 동작 속에서 움직임을 반복했다. 잘 숙련된 마른 근육이 수축과 이완을 기계적으로 되풀이했다.

"후…!"

숨을 내뱉는 가슴이 부풀어 오르고 줄어들면서 몸 전체가 위아래로 오르락내리락했다. 땀이 등에 송골송골 맺혔다. 땀으로 보이게 하려고 살짝 뿌린 물방울이 땀에 섞여 있기도 했다.

그러던 이때, 방울이 신의 움직임에 따라 움직이기 시작했다. 아치형 곡선을 따라 날개 죽지에서 허리 쪽으로 미끄러져 흘러내렸다.

또르르.

이 장면을 카메라로 바라보는 이종화 감독과 조명팀, 진행팀, 음향팀, 카메라팀 모두가 속으로 감탄사를 토해냈다.

'이건 예술이다. 예술.'

'여자들이 좋아하겠는데요.'

무엇보다 인상적인 건 날렵한 몸의 곡선과 팔과 손등에 솟아오른 푸른 핏줄이 대조되는 것이었다.

이종화 감독은 마음에 든다는 표정으로 고개를 끄덕였다.

'역시 서윤도다워. 짐승같이 거친 면모가 있네.'

이번에 신은 윗몸일으키기를 하기 시작했다.

"후우…! 후우…!"

허리를 젖히고 펼 때 선명한 왕자 복근이 드러났다.

여자 스태프들이 정말로 열을 내며 좋아했다.

'꺄아아…!'

'나 죽어도 소원이 없어요, 언니.'

몸이 내는 열에 땀이 증발한 것인지 신 주위로 기이한 열기가 일렁이고 있었다.

신은 자리에서 우뚝 일어섰다. 그러자 근육질 몸매가 카메라에 담겼다.

신의 몸에는 군더더기가 없었다. 근육이 오밀조밀했고 정말 탄탄해서 조각가가 정성스레 깎아놓은 듯했다. 과하지 않았다. 육안에도 보기에 딱 좋은 마른 근육 형태였다. 신은 바지마저 벗었다.

중요부위가 노출되지 않게 피부에 가까운 살구색 라텍스로 단단히 가린 상태라 부끄러울 것도 없었다. 수영장이나 해변에서는 삼각팬티만 입고 버젓이 나돌아다니는 걸 생각하면 지금 이 순간이 이상할 것도 없었다.

곧이어, 신은 태연자약하게 화장실로 향해 걷기 시작했다. 카메라가 신의 동선을 바짝 붙어 신의 상체를 중점적으로 찍었다.

그리고 신은 샤워부스 안으로 들어섰다. 샤워부스 안에 상체 기준으로 30도 각도로 설치된 카메라가 신을 반겼으나 신은 무신경하게 샤워기를 틀었다.

쏴아아아아-.

신은 눈을 감고 흐르는 빗물에 온몸을 내맡겼다.

물방울이 후두두 떨어졌다.

신의 굴곡진 몸을 따라 물이 또르르 흘러내렸다.

신은 샤워기에서 떨어지는 빗방울을 응시했다.

비오는 날 구교사 옥상에서 추락하여 죽은 그녀를 상기해내고 있는 것이었다.

이때, 카메라가 신의 허무감이 맴도는 동공과 무표정한 얼굴을 담아냈다.

신은 샤워 꼭지를 잠그고는 샤워 부스에서 나왔다. 온몸에서 물방울이 흘러내리고 있었다.

뚝.

뚝뚝.

신은 거울에 비친 상반신 모습을 잠시 바라보았다. 젖어서 헝클어져 있는 머리에 음울하게 보이는 눈동자 음울한 표정 보기 좋게 딱 벌어진 어깨 밑으로는 단련된 몸이 있었다. 신은 물기를 대충 닦아내고 방 쪽으로 돌아왔다.

한편, 책상 모퉁이 위에 있는 모래시계에서 모래가 아래로 흘러내리고 있었다. 이윽고 책상에 앉은 신의 시선이 펜대와 편지지에 향했다. 그리고는 펜을 집어 들고 장문의 글을 내려 적어나가기 시작했다.

[세상을 살아가는 사람들은 두 분류로 나뉜다. 피해자와 가해자. 상처받는 자와 상처 주는 자 (중략) ……]

사각.

사각. 사각.

신의 글씨는 반듯반듯했다.

남민수의 성격을 표현하기 위해 필체전문가에서 훈련을 받기까지 했다.

카메라가 신이 편지에 글을 채우는 내용을 담아내고, 신이 편지 내용을 편지 끝까지 대략 채울 즈음이었다.

책상 위의 모래시계의 모래들이 아래로 다 떨어져 내렸다.

신은 편지 내용을 다 채우지 못했으나 약속된 동작을 하기로 했다. 자리에서 일어나 무릎을 꿇고 두 손을 머리 위에 얹었다. 동시에 문이 강제로 열리며 무장 장비한 경찰들이 쏟아지듯이 들어왔다.

무전기로 떠들어대는 소리가 여기저기서 울렸다.

"용의자 확보, 용의자 확보."

"용의자는 무장이 없는 상태."

무장 경찰의 엎드리라는 말에 신은 순순히 응했다.

이때 박건 검사 역을 맡은 이석규가 신을 바라보며 미란다 원칙을 외웠다.

"살인 및 협박, 납치 및 기타 죄로 체포한다. 그놈의 망할 묵비권을 행사할 수 있으며 법정에서 망할 네놈에게 유리한 진술을 할 수 있고 망할 네놈도 변호사를 선임할 수 있다. 지금부터 네가 하는 모든 말은 법정에서 불리하게 적용된다. 이 얼어 죽을 빌어먹을 놈…… 드디어 잡았다."

신의 손목에 수갑이 철컥 채워졌다.

"컷! 좋았어!"

이종화 감독은 이 기세를 몰아붙여 바로 다음 장면 촬영에 돌입하기로 했다.

느낌이 정말 좋았다.

'간만에 이 느낌 느껴보는구나. 아무래도 명장면이 탄생할 거 같단 말이지, 후후.'

촬영진은 서둘러 촬영세트장으로 이동하기로 했다.

신도 서둘렀다.

'곧 있을 촬영은 박건과 남민수의 대립……'

이 대립이 일어나는 이유는 박 검사가 남민수의 계획을 알아내지 못한 것에 있었다. 이 계획은 남민수가 일전에 진세연을 포함한 두 사람을 죽이지 않은 것과 관련 있는데, 지금 박 검사는 이런 상황을 모르니 답답하기도 하면서 안달이 나 있는 상태다.

'남민수의 여유로움을 보여주면서 박 검사를 농락하는 부분이지.'

이 두 사람의 대립은 극의 전개를 절정으로 인도하는 견인차 부분. 신과 이석규는 대본 리딩을 통해 호흡을 여러 번 맞춰보기도 했다.

'실수는 없어.'

이 장면을 완전히 소화하기 위해 신은 대사를 되뇌고 또 되뇌었으니까.

그리고 현장 촬영에 들어가기 전.

신과 이석규는 마지막 점검을 해보기로 했다. 점검이 끝나자 이석규는 엄지를 척 내밀었다.

"역시 최고야, 최고. 이렇게 대사를 멋들어지게 하다니. 부담가지지 말고 가보자고."

"네, 선배님!"

두 사람이 호흡을 맞춰보는 사이 스태프들이 분주하게 움직였다. 이종화 감독은 스크립터와 이야기를 나누며 세세한 그림을 잡았다.

이종화 감독이 스태프들에 각종 지시를 내리며 신과 이석규를 불러냈다.

"자, 이 그림 콘티에 나오는 대로 강조할 건……."

이종화 감독이 요구하는 내용에 신과 이석규는 한 마디씩 거들며 서로의 의견을 주고받았다. 세 사람 사이로 결연함이 서리자 장내에는 비장감이 돌았다.

최종 리허설이 있고 난 후, 신은 몸에 딱 들어맞는 죄수복을 입고 손에 수갑을 찬 채로 희미한 조명 아래 책상에 앉았다. 이곳은 컴컴한 특수유리 때문에 안에서는 바깥을 볼 수 없는 암실이었다.

한편, 이 유리 건너편에는 검사 박건과 경찰본부장 등 각종 인물이 대기하고 있었다.

촬영팀이 카메라에 희미한 빛무리, 하레이션이 생기지 않는지 확인하는 등 카메라를 든 스태프가 유리 쪽에 혹여나 비치지 않는지 단단히 점검할 때 신은 배역에 집중했다.

'이 족쇄가 나를 가두고 있는 게 아니야.'

손에 걸린 쇠고랑은 인간이 의미를 부여한 쇠붙이.

괴물은 이 조악한 족쇄를 두려워하지 않는다.

두려워해야 하는 건 조악한 족쇄가 통하지 않는 괴물과 마주해야 하는 인간이다.

'이곳에 들어온 건 내가 그리는 계획의 일부. 내가 지금 이곳에 있는 건 법과 제도를 조롱하기 위한 거야.'

신의 내부에서 뒤틀리고 비틀린 욕망이 끓어올랐다. 그러나 신은 이 파괴적인 충동을 애써 억눌렀다. 이를 발산할 때가 아직 아니었다.

이때, 이종화 감독의 큐 사인이 떨어졌다.

"스탠바이! 큐!"

신의 머릿속에서는 시계의 톱니바퀴가 아귀에 맞춰 째깍째깍 움직이고 있었다.

그리고 이때, 이석규가 문을 열고 거친 모습으로 내부로 들어섰다.

"지금 이 자식이 누굴 속이려 들어!"

신은 몸을 앞으로 바짝 당기며 여유로운 태도로 말했다.

"늦으셨네요. 박 검사님."

이석규는 신이 있는 쪽으로 성큼성큼 다가와 복잡한 설계가 그려진 여러 도면을 신 눈앞에 흔들었다.

"네 방에서 발견된 도면과 설계도는 무엇을 뜻하는 거지?"

"낙서죠."

"말도 안 돼!"

이석규는 신의 눈동자를 강렬히 응시하며 말했다.

"진소희 양을 죽일 때 사용한 기계장치의 도면이 네 방에서 발견되었어. 이 도면들이 네 다음 계획이잖아!"

신은 아무 말도 하지 않고 이석규를 바라보았다.

분명 눈동자는 웃고 있지 않은데 웃고 있는 거 같았는데, 어디 말을 계속해서 해보라고 말하는 듯했다.

신의 시건방진 모습에 이석규가 미간을 찡그리며 신을 잡아먹을 듯이 바라보았다.

서로의 숨결이 닿을 정도로 바짝 붙은 두 사람을 사각 프레임으로 바라보던 이종화 감독은 만족스러운 미소를 지었다.

'그림이 아주 강렬하군.'

역시 이석규는 관록이 있는 배우였다.

리액팅으로 신의 연기를 더 잘 살려주고 있었다.

이석규의 속마음은 이랬다.

'후⋯. 이 눈빛 적응되지 않아. 무서운 신인이야.'

이석규는 다음 대사를 내뱉었다.

"네놈은 잡혔어. 이 도면들은 이제 못 쓴다고. 지금이라도 네 범행을 실토하고 이 도면이 무엇인지 말해. 아직 정상참작을 할 여지가 있어. 만일 말하지 않으면 반평생을 감옥에서 썩게 해주지!"

이때, 이석규는 책상을 강하게 내리치고는 신에게 삿대질하며 말했다.

"네놈의 악행 내가 반드시 저지해줄 테니까!"

신이 미동도 하지 않고 입을 열었다.

"사람들은 말이죠. 그걸 잘 모르더라고요. 자기가 남한 테 상처 주면 자기 또한 남한테 상처 입을 수 있다는 거 말이죠. 정말 멍청한 건지 아니면 그 사실을 생각하기 싫 어하는 건지 모르겠는데, 웃긴 건 자기가 아파하는 건 또 싫어하네요?"

신의 눈동자에 도사리고 있는 광기에 마주한 이석규는 등골이 서늘한 섬뜩함을 느꼈다.

"박 검사님이 생각하기에 왜일 거 같아요?"

신은 분명 조용한 목소리로 중얼거리고 있었다. 한데, 장내에 있는 모든 이는 신이 귓가에 대고 속삭이는 것처럼 크게 들렸다. 왠지 알 수 없었다. 뭔가에 홀린 거 같았다.

사람들이 숨을 죽이며 두 사람의 대립을 주목했다.

"사람은 나약하고 추악해서 서로 상처 입히죠. 그런 진 실을 외면하면서 너도나도 정의를 외쳐대죠. 이건 너무 이상하지 않아요? 정의란 게 도대체 뭘까요? 정의는 도대 체 누구를 위한 정의죠?"

이때, 신의 입가에 미소가 맺혔다.

모든 것을 비웃는 조소였다.

이석규가 차가운 코웃음을 치며 말했다.

"아무리 포장해도 넌 사람을 죽인 살인자지. 그리고 난 알 수 있어. 네놈이 얼마나 추악한 가면을 쓰고 있는지 말 이지. 넌 사회의 질서를 흩트리는 추악한 괴물이야."

맞는 말이었다.

"이것만 말해. 이 도면이 뭔지 말하란 말이다! 다른 이
야기 꺼내지 말고!"

"거래할 의향 있으시다면요."

이석규는 입술을 꾹 다물고는 잠시 생각에 잠긴 표정을
지었다.

"사건 빨리 끝내고 싶지 않아요?"

"휴… 좋아. 네가 도대체 원하는 게 뭐지?"

신의 입가에 비릿한 미소가 맺혔다.

"범죄자와 타협하지 않는다는 게 박 검사님이 처음부터
말씀하신 거 아니었나요?"

이석규의 입가에도 미소가 맺혔다.

"맞아, 맞아, 그랬지."

이석규가 낄낄 웃으며 의자를 끌고 암실 문 손잡이 쪽
에 의자를 걸어버렸다.

원래 오리지널 대본에서 박건은 문을 잠그지 않는다.

신의 사이코패스 연기에 강렬한 인상을 받은 이종화 감
독이 상황과 대사를 수정한 것이었다.

즉, 지금 벌어지고 있는 상황은 극 중에서 갑자기 일어
난 돌발상황이다.

이때, 암실에 있던 박건 검사의 동료들이 소스라치게
놀랐다.

"저, 저 미친놈이 뭐하려는 거야!"

"서…. 선배!"

그들은 문고리를 열려고 했으나 의자가 문고리 틈에 걸려있어서 문을 열 수 없었다.

경찰본부장이 관자놀이를 꾹꾹 누르며 말했다.

"아, 저 미친 새끼 또 사고 쳤어. 어서 마스터키 들고 와!"

이때, 신이 입을 열었다.

"꼭 한 대 때리고 싶다는 표정이시네요."

신의 말이 떨어지기가 무섭게 이석규가 신의 얼굴에 강렬한 한 방을 먹였다.

퍽!

신의 몸이 바닥에 굴러 널브러졌다. 스태프들이 깜짝 놀랐다. 때려도 너무 세게 때린 것이다.

사람들이 시선을 교환했다.

'아니, 왜 저래 리얼해.'

'그러게 진짜 아프겠다.'

스태프들은 이종화 감독이 컷을 말할까 싶었는데, 이 감독은 그저 사각 프레임을 주시할 뿐이었다.

'느낌 좋아. 계속 가야 해.'

한편, 신의 입가에서 핏물이 주르륵 흘러내렸다.

볼 쪽이 얼얼한 통증에 아리기도 했으나 입안이 터진 게 아니었다. 신이 어금니 안쪽 색소 캡슐을 터뜨려서 빨간 액체가 흘러나오게 한 것이었다.

'으… 딸기 맛 시럽이라니.'

정확히는 아이들이 아플 때 먹는 빨간 감기약 시럽이었다.

달곰하면서 약 특유의 쓰린 맛.

신이 싫어하는 인공적인 맛이었다.

그러던 이때.

이석규가 신을 일으켜 세우고는 자리에 앉혔다.

"일어나, 개자식아."

그리고는 신의 머리를 책상에 쿵쿵 내리찍기 시작했다.

물론 실제로 내리찍는 건 아니었다. 표정과 동작으로 머리를 세게 내리치는 걸 흉내 내는 것이었다.

이석규가 숨을 가쁘게 몰아 내쉬며 신을 자리에 앉혔다.

"이제 말할 생각이 드나?"

이때 신은 비릿한 웃음을 쿡 내뱉었다. 그리고 웃음을 터뜨렸다.

"하하하하하…!"

광기가 깃든 웃음. 신의 웃음이 멎자 정적과 침묵이 내리 앉았다.

이때, 신이 박수를 쳤다.

짝. 짝. 짝.

정확하게 세 번이었다.

대본에 없는 애드립.

신은 숨결 하나 흐트리지 않고 미소를 지었다.

맹수가 초식동물을 바라보는 사나운 미소.

"그럼 열심히 뛰어보세요. 훌륭하신 박 검사님."

이때, 신의 감정 구체가 강렬한 하얀색을 확 내뿜었다.

신은 자신을 몰아붙이고 몰아붙이다 마지막 이 대사에 모든 걸 집약하여 터뜨린 것이었다.

신은 지금 신이라는 주체를 잊는 몰아를 경험하면서 남민수라는 인물로 살아 숨 쉬고 있는 걸 느끼고 있었다. 이는 엄청난 황홀감이었다.

서윤도 때와는 달리 페이스를 조절하고 호흡을 철저히 배분하여 이에 도달한 것이었다.

이는 신의 기량이 이전보다 성장했다는 말이기도 했다.

이 장면에 마주한 사람들은 속으로 감탄사를 토해내며 최고의 장면이 탄생했다고 생각했다.

이종화 감독이 쾌재를 불렀다.

"컷! 아주 좋았어!"

사람들이 배우들의 열연에 박수를 쳤다.

짝. 짝. 짝.

이날 촬영은 이렇게 마무리되었다.

그리고 양과 늑대 촬영 후반부와 막바지 부분만을 남겨놓을 즈음 신은 2015 KTS 연기대상 시상식에 참석하기로 했다.

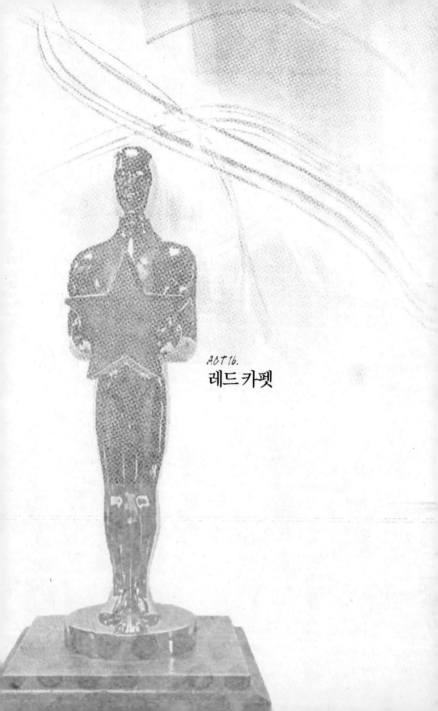

ACT 16.
레드 카펫

레드 카펫

패션디자이너가 신의 몸 곳곳을 둘러 재자, 디자이너 옆에 서 있던 여직원이 수치를 적었다.

"다 됐어요. 다 됐어. 그나저나 키도 아주 훤칠하고 마스크도 잘생기고 아주 멋져. 호호호홍."

'남자분이신데 웃음소리가 특이하시네.'

특이한 건 머리가 반들반들한 대머리라는 거다.

이때, 디자이너가 신의 엉덩이를 찰싹 때렸다.

"어머, 이 엉덩이도 아주 탱글탱글한 거 봐. 미안해, 한 번 때려보고 싶었어."

패션디자이너의 예명은 토니 정.

특이한 이름답게 하는 짓도 다소 이상하지만, 실력은 확실한 디자이너였다.

'별명이 마성의 게이라고 했던가.'

그러던 이때, 드레스룸에서 드레스를 입은 한 여인이 나왔다.

여인의 외모는 단아하면서 청순했다. 여기에 하늘하늘한 하얀 드레스를 입고 있으니 천상에서 천사가 내려오기라도 한 거 같았다.

신은 저도 모르게 침을 꿀꺽 삼켰다.

'진짜 예쁘네.'

주예리는 신을 향해 빙긋 웃으며 말했다.

"이거 어떤 거 같아요?"

"예쁘네요."

사귀기로 한 이후 바깥에서 존댓말을 쓰기로 한 두 사람이었다.

이때, 토니 정이 입을 열었다.

"호호호홍. 피부도 하얗고 뽀야니 드레스가 너무 잘 어울린다, 자기."

제 모습을 전신거울로 둘러보던 예리는 무언가 마음에 들지 않는 듯 미간을 좁혔다.

"흐음…. 토니 정. 밋밋한 게 강조가 별로 안 되는 거 같지 않아요?"

시상식은 단순히 상 받는 자리가 아니다. 누가 누가 더 멋지고 예쁜 옷을 입고 오나를 뽐내는 패션쇼기도 하면서 누가 더 잘 났나를 겨루는 장소기도 하다. 특히 여배우 사이에서 정말 치열한 탐색전이 벌어진다. 드레스, 목걸이, 반지, 백 하나하나 다 살핀다.

이 레드 카펫 위는 무기만 없을 뿐이지 소리 없는 전쟁 터라 해도 과언이 아니다.

"역시 자기 안목은 탁월해. 아까 옷은 입체감이나 다리 맵시가 덜 강조되는 거 같기도 했으니까. 흐음, 자기 피부 는 희니까 검은색 드레스로 가보면서 가슴과 다리에 힘을 좀 줘볼까."

힘을 준다는 대목에 신이 귀를 쫑긋했다.

'누나가 보여줄 모습이 기대되기는 하는데…….'

레드 카펫 위로 오르면 화려한 스포트라이트가 터지는 건 물론 대중의 주목이 쏠리기 마련이다. 이 첫 등장에 모 든 게 판가름나니 그녀가 의상에 신경 쓸 만도 했다.

'그 해 베스트 드레스와 워스트 드레스도 단박에 뽑히 니까.'

신도 이를 이해한다.

하지만 남자친구로서는 기분이 좀 그렇다.

'남들한테 가슴이나 등 보여주는 건 좀 싫은데. 이건 나 만 봐야 하는 건데.'

한편, 디자이너는 들고 온 옷들을 골라내며 예리에게 내밀었다.

"아니면 이런 것도 좋지. 우아해 보이면서 섹시한 누드 톤 드레스."

"이것도 나쁘지 않네요."

예리가 옷을 들고 드레스룸 안으로 들어섰다.

"호호홍. 그럼 난 자기한테 시범으로 입혀볼 거 들고올게."

남자디자이너는 신에게 윙크하며 여직원과 함께 장내에서 사라졌다.

언제 어느 때 봤다고 자기가 된 것인지 신을 도통 알 수 없었다.

신은 폰을 꺼내고는 미간을 좁혔다.

'그나저나 수연이 누나 날 만날 생각도 안 하네. 연락은 또 죄다 무시하고⋯⋯.'

그러던 이때, 예리가 신을 불렀다.

"저기 강신 씨 옷이 좀 끼는데 도와주실래요?"

"응⋯⋯?"

"아, 빨리 들어오시죠."

이런 공개적인 장소에서 드레스룸에 들어가는 건 좀 그렇다.

'아무리 그래도 남녀는 유별난데.'

생각과는 달리 신의 눈은 주위를 스리슬쩍 둘러보고 있었다. 아무도 없다는 걸 단단히 확인한 신은 드레스룸 안에 들어섰다. 그리고 눈을 휘둥그레 떴다.

예리가 가슴골은 파이고 치마 길이도 엄청나게 짧은 시스루룩을 입고 고혹한 자태로 서 있었기 때문이었다. 눈

부시면서 매혹적인 모습에 신은 그만 코피를 흘릴 거 같
았다.

"나 어때? 예뻐?"

"누, 누나. 저, 정말 예쁘네."

신이 눈에 띄게 당황하자 예리는 신이 귀엽다는 듯 쿡
쿡 웃었다.

'이런 면이 정말 재밌네.'

신이 화끈하는 얼굴에 부채질하며 예리의 시선을 피했
다.

"아, 갑자기 덥네. 여기 왜 이렇게 후끈하⋯⋯."

말은 이어지지 않았다.

두 사람은 입을 살짝 맞추고 있었다. 접촉은 짧았으나
서로 간에 많은 말이 오갔다. 두 사람의 시선이 서로에게
닿았다. 두 사람이 웃음을 갑자기 킥 터뜨렸다. 그저 함께
있고 바라보는 것만으로 좋았다.

'그나저나 누나 아슬아슬하고 긴장감 넘치는 거 좋아하
는구나.'

이런 식으로 예리에 대해 점점 알아가는 신이었다.

뭐, 신도 이러한 경험이 싫지 않았다. 두 사람의 비밀이
밝혀질 수 있는 곳에서, 애정행각을 조심스레 벌이는 건
생각보다 스릴이 넘치는 일이었으니까.

"그런데 이 옷 너무 야하다. 가슴골도 강조되고 등까지
파여 있잖아. 다른 거 하자."

신이 툴툴하는 반응에 예리가 속으로 후후 웃으며 아무 것도 모른 척 입을 열었다.

"흐음, 그럴까? 그러면 이 누드톤 드레스 어때?"

"나쁘지 않네."

"좋아, 이거 한 번 입어볼게."

이때, 예리는 신의 얼굴을 골똘히 바라보며 말했다.

"그나저나 아까부터 무슨 생각을 그렇게 하는 거야?"

"무슨 생각이라니?"

"기분 안 좋은 게 딱 보이는데?"

두 사람 사이 내적 동화가 이루어진 상태다 보니 예리 는 이전보다 신의 기분 상태를 좀 더 느낄 수 있었다.

'함께 하면 할수록 서로에게 더더욱 통하다니.'

아무리 생각해봐도 참으로 신기한 일이었다. 덕분에 신 에 대한 예리의 마음은 갈수록 커지고 있었다.

"아니, 아무것도 아냐."

신의 반응에 예리는 눈을 가늘게 떴다.

'흐음, 이상한데. 내 감으로는 뭔가 있는 거 같은데 말 이지.'

그러던 이때, 이상한 웃음소리와 함께 인기척이 났다.

"호호홍!"

이에, 두 사람은 시선을 마주치며 야단법석을 떨었다.

'어서 나가!'

'어… 어.'

신은 바깥으로 황급히 나가 표정관리를 하며 토니 정을 바라보았다.

"자기도 이 옷 입어봐."

옷도 산더미로 들고왔다.

"두 사람 드레스코드를 맞춰야 하지만 일단 부담가지지 마. 자기도 자기가 입고 싶은 대로 입어봐."

"아, 네."

잠시 후, 신도 드레스 룸에 들어서서 정장을 입고 바깥으로 나섰다. 토니 정이 신의 모습에 호들갑을 떨었다.

"어쩜 이리 핏이 딱 들어맞아. 정말 멋지잖아. 데이트 신청하고 싶어지네."

토니 정이 하는 말이 농담이 아니라 진심으로 느껴져 신은 서늘함을 느꼈다.

그래도 그가 이런 반응을 보일만도 했다.

신이 입고 있는 정장은 신에게 정말 잘 어울려서 멋쟁이 신사를 보는 듯했으니까.

신은 여기에 포마드를 발라보기로 했다.

완벽했다.

이때, 주예리도 누드 톤 드레스를 입고 바깥으로 나섰다.

"그걸 골랐구나. 지지배, 옷 보는 안목 있어서는. 이전보다 많이 늘었네."

"아니, 왜 이전 이야기를 꺼내신대요."

"그야 이전은 진짜 최악이었으니까."

한편, 예리의 드레스 겉은 살짝 반들거리고 있었는데 과하지 않았다. 또, 드레스의 치마 밑쪽은 여유가 있어 하늘거렸고, 전체적으로 여유가 살짝 있어 풍성하면서도 기품 있어 보였다.

무엇보다 예리의 몸매에 딱 들어맞는 드레스였다. 그녀의 바스트와 잘록한 허리 그리고 골반을 강조하여 몸매의 입체감을 잘 살려내고 있었다. 누드 톤 드레스는 예리에게 정말 잘 어울렸다.

'우아한 백조같이 보이네.'

그녀 또한 드레스가 마음에 든 것인지 흡족한 표정으로 드레스를 살펴보고 있었다.

"그나저나 두 사람 이렇게 서 있으니 케미가 정말 장난 아니야. 선남선녀라서 그런가."

토니 정 말대로 두 사람은 정말 잘 어울렸다.

어디 이쁨일까.

두 사람이 뿜어대는 아우라도 정말 장난이 아니었다.

소위 '기품'이라고 해야 할까.

특유의 분위기가 두 사람 사이로 흐르고 있었다.

한편, 두 사람은 전신거울에 비친 제 모습을 둘러보며 나란히 섰다.

'이런 모습으로 MC를 본 다라……'

바람의 공주는 2015년 시청률 1위라는 기염을 토해낸

신인
연기 3

드라마이면서 역대 최고 시청률 드라마 10순위에 든 드라마다. 이 기록은 2000년대 이후의 첫 쾌거, KTS 입장에서 바람의 공주는 기념비적인 드라마라 할 수 있었다.

그래서 KTS는 시청률을 크게 끌어올린 일등공신이자 시청자들에게 압도적으로 인기 많았던 서윤도와 화란 공주 커플에 MC를 해달라고 부탁한 것이다. 여기에는 바람의 공주 시청자들이 보내준 열렬한 응원에 보답하려는 KTS의 의도도 있었다.

이렇다고 두 사람이 전체 진행을 하는 건 아니었다. 시상식을 진행하는 메인 MC는 따로 있었다. 이제 신과 예리가 맡기로 한 역할은 시상식 포문을 여는 진행자였다.

그러던 이때, 토니 정이 짓궂게 웃으며 말했다.

"그나저나 두 사람 사귀는 거 아니야?"

"그럴 리가요."

"아닌데요."

두 사람이 동시에 부정하자 토니 정은 뭔가 이상한 점 눈치챘으나 모른 척 넘어가기로 했다. 이것이 연예계에서 살아남는 토니 정의 비법이었다.

"장난이야, 장난. 호호홍."

이렇게 드레스 코드도 맞추고 옷도 맞춘 이후, 신은 예리와 함께 진행을 맞추는 연습도 하는 등 레드카펫 위에서 시선을 어떻게 처리해야 하고, 걷는 것도 어떻게 걸어야 하는지 여러 가지를 배우기로 했다.

"넌 이 누나만 믿어. 누나가 다 알아서 해줄게."

그녀는 산전수전 겪어가며 익힌 비결을 신에게 가르쳐
주었다. 제 사람이다 싶으면 아낌없이 퍼주는 예리 덕분
에 신은 많은 것을 배울 수 있었다.

이러는 와중 신은 수연과 접촉을 시도했다.

수연의 집에서 만나면 좋으련만 수연이 자택 비밀번호
를 바꾼 것인지 그녀의 집에 들어설 수 없었다.

'어쩔 수 없지. 집 근처에서 만나야지.'

혹시나 사람들 눈에 띄면 곤란한 일이 생길 수 있었다.
신은 차에 숨어 수연의 동향을 살피기로 했다. 그녀가 주
로 움직이는 동선에서 그녀와 만나야 하니 신의 매니저
지원이 수고를 다소 하게 되었다.

마침내 신은 수연의 집 근처에서 수연을 만날 수 있었
다.

"시, 신아. 오랜만이네."

"왜 그동안 나 피했어? 연락도 다 무시하고."

"그, 그게."

신은 미간을 좁히며 수연의 어깨를 잡았다. 그러자 그
녀의 상념이 신에게 흘러들어왔다.

'날 떠나야 네가 날아갈 수 있으니까. 난 너의 과거이자
족쇄니까.'

'아……'

신은 왜 수연이 그동안 이상한 행동하는 것인지 비로소

이해할 수 있었다.

그녀는 신이 싫어서가 아니었다.

그녀 스스로가 신을 위해 떠나려고 한 것이었다.

신은 다행이라는 생각이 들면서도 마음속에서 부아가 치밀었다.

"설마 나를 위해 떠나겠다 생각하는 거 아니지? 내가 유명해지니까 나를 위해 뭐 떠나가겠다는 거."

수연은 아무 말도 하지 않고 놀란 표정으로 신을 바라보았다. 신이 제 생각을 정확히 맞추자 놀란 것이리라.

"지레짐작했는데 맞네. 그거 엄청나게 웃긴 생각인 거 알지? 내가 연예인이 되어서 사람들에게 인정받으니까 누나는 내가 막 다른 세상에서 사는 사람인 줄 아는 거지? 그렇지?"

수연은 아무 말도 하지 않고 몸을 그저 떨 뿐이었다.

'하, 진짜 어이가 없네.'

신은 화를 잘 내지 않는 성격이라 신경질이 나는 것도 웃고 넘어가는 편이다. 한데, 지금 이 순간은 화가 난다. 그것도 화가 엄청 난다.

신은 수연의 눈동자를 응시하며 말했다.

"백번 양보하더라도 이건 나를 위하는 생각이 아니야. 내 입장은 하나도 생각하지 않은 누나 입장만 고려한 이기적인 생각이지."

신은 어이없는 웃음을 흘리며 말했다.

"도대체 누가 누굴 위하는 것인지 알 수 없네. 이대로 영영 안 만났으면 내가 나쁜 놈 될 뻔했네. 성공했다고 잘 나갔다고 옛사람 잊는 파렴치한 놈 말이야."

수연이 말문을 조용히 열었다. 한데, 그녀의 목소리는 떨리고 있었다.

"무서워서 그랬어."

"뭐?"

"무서워서, 두려워서……. 그랬어."

어느덧 그녀의 눈동자에서 눈물이 흘러내리고 있었다.

"아니, 왜 눈물을 흘려."

신은 수연을 한 품에 안았다. 언제나 크기만 하던 수연이 신의 품에 쏙 들어왔다.

'누나가 이리도 작았나…….'

그리고 신은 그녀의 등을 토닥거렸다.

수연의 감정 생각이 물밀 듯 신에게 전해졌다.

'네가 날 떠나갈까 봐. 어디론가 갈까 봐.'

신은 이런 수연이 안타까워 한숨을 내쉬었다.

'이것 참.'

연기자가 되니 다 좋은 일만 일어나는 건 아니었다. 수연은 그녀가 알고 있는 신이 유명해지기 시작하니 위화감을 느낀 것이었다. 이는 서로가 사는 세상이 서서히 달라지는 것이기도 했다.

"그러니까 난 어디도 안 가. 여기에 있잖아."

이윽고 신은 손수건으로 수연의 눈물을 닦아주며 말했
다.

"나한테서 떠나려면 내 허락 맡고 가. 알겠어?"

수연이 배시시 웃으며 말했다.

"응, 그럴게."

그러던 이때 신은 그녀가 오랫동안 숨겨왔던 감정을 비
로소 알 수 있었다.

'신아, 누나는 네가 정말 좋아.'

신은 눈을 크게 떴다.

'…뭐?'

수연은 신과 연락을 하지 않으면서 오랫동안 그녀를 헷
갈리게 해온 감정의 정체가 무엇인지 깨달은 것이다.

'나 너 없으면 못 살 거 같아, 신아.'

☆　★　☆

KTS 연기대상 시상식으로 달리는 벤 안.

신은 멍한 표정을 짓고 있었다.

'수연이 누나가 날 좋아한다니.'

신은 감정의 색깔로 감정 상태를 알 수 있었지만, 구체
적인 감정까지 알아낼 방도까지 없었다. 그래서 헷갈리는
경우가 종종 생기고는 했다. 연인인 줄 알았는데 실은 사
이가 친한 이성 친구라거나 친한 동성 친구인데 알고 보니

사랑에 빠진 연인이라든지 등등 말이다.

그러나 이제는 감정 생각 보기를 통해 감정 상태를 좀
더 구체적으로 파악하는 게 가능했다.

'솔직히 나도 수연이 누나가 좋긴 좋지.'

신도 수연에게 확실히 호감은 있긴 있다. 다만, 이게 이
성에서 비롯되는 것인지 친근감에서 비롯되는 것인지 헷
갈린다는 거다.

'잠시나마 수연이 누나를 좋아한 적 있었지만.'

당시 신은 수연과 어색한 사이가 될까 봐 고백을 망설
이고 말았다.

행여나 차이게 되면 앞으로 얼굴을 어찌 봐야 하는 두
려움 때문이었다.

물론 이 감정은 미약하게 남아있을 뿐, 거의 사라진 상
태다.

창가를 바라보던 신은 고소를 지었다.

'아니, 남의 감정은 알아보면서 내 감정은 정작 알지 못
하다니……'

중이 저 스스로 머리 못 깎는다니 신의 상황이 딱 이렇다.

'수연이 누나와는 화해하고 이전처럼 사이좋게 지내기
로 했지만.'

문제는 두 사람의 사이가 겉으로 해결된 것이지 진정으
로 해결된 건 아니라는 거다.

'아, 이거 문제가 복잡해지네.'

신은 어떻게 해야 수연의 마음을 다치지 않게 할 수 있는지 고민했다.

'앞으로 어떻게 해야 하나 이거.'

신의 머릿속이 상념으로 복잡해지는 이때, 벤이 멈춰섰다.

시상식에 어느덧 도착한 것이다.

'일단 지금 이 순간은 웃어야겠지.'

신은 복잡한 심경을 뒤로하고 표정 관리를 하며 벤에서 내렸다.

화려한 스포트라이트가 터졌다.

찰칵. 찰칵.

화려한 플래시 빛에 눈이 부셨지만, 신은 눈 하나 찡그리지 않았다. 신은 손을 흔들며 싱긋 웃는 미소로 레드카펫 위에 올랐다.

"꺄아아아아아!"

신의 등장에 신의 팬들이 괴성을 내질렀다.

"멋있어요!"

"나랑 결혼하자! 서윤도!"

"우웃 빛깔 강신! 당신 없이 못 살아!"

신은 경호원 호위 속에서 주예리를 에스코트하며 포토존에 섰다.

찰칵. 찰칵.

두 사람은 다정하게 팔짱을 끼고 카메라를 향해 웃었다.

찰칵. 찰칵.

그리고 시상식 결과는 이랬다.

작품상은 조일국 작가에게 감독(PD)상은 오민석 PD에게로 돌아갔다.

베스트 커플상은 주예리와 신이 함께 받았으며 신인상, 인기상은 신에게로 돌아갔다. 이 우수상도 신이 받게 되었는데 우진과 함께 공동 수상했다.

한편, 우수상 여자 부문은 〈네 마음이 보여〉에서 금사월 역을 맡은 김보람이 수상했고 최우수상은 〈바람의 공주〉에서 연호랑 역을 연기한 최일석과 화란 공주 역을 연기한 장하린이 공동 수상을 했다. 그리고 연기대상의 명예는 주예리에게로 돌아갔다.

KTS 연기대상 시상식은 바람의 공주가 완전히 휩쓸었다.

한편, 이 시각 NBC 연기대상 시상식도 이러한 양상을 보였다.

서효원이 출연한 태양의 군주가 상을 휩쓴 것이다.

☆　★　☆

[핫뉴스] '2015 KTS 연기대상 시상식' 연기자 강신 4관왕!

[기사 입력 2016 – 1 – 1 00 : 01]

[포춘스뉴스= 김성경 기자]

2015 KTS 연기대상은 바람의 공주 잔치라고 해도 과언이 아니었다.

감독상, 각본상, 신인상, 인기상, 베스트 커플상, 우수상, 최우수상, 대상을 휩쓰는 기염을 토해냈다.

연기대상은 주예리 (24)에 돌아갔다. 이 시상식에서 인상적인 건 작년 2015년에 데뷔한 연기자 강신(19)이다. 강신은 신인상, 인기상, 베스트 커플상, 우수상을 받는 4관왕을 차지하는 기염을 토해냈다.

한편, 연기자 강신은 화란 공주의 일대기를 담은 바람의 공주에서 서윤도 역으로 화제를 모은 바 있다.

김성경 기자 zaurim@fortune.com

[연관뉴스]

└ [KTS 연기대상] 눈물의 대상 수상소감 주예리 "모두에게 너무 감사하다."

└ [KTS 연기대상] 우수상 공동 수상 강우진 "이제부터 본업인 노래에 집중하겠다."

└[스타] 주예리 콜라병 몸매로 모든 여배우 올킬!

☆　★　☆

2016년 새해 아침, 신의 기분이 싱숭생숭해지는 일이 있었다. 바로 서효원의 대상 수상소감 때문이었다.

신은 TV 화면을 어이없다는 표정으로 바라보았다.

"이 대상은 더 열심히 정진하라는 의미에서 여러분이 저에게 주신 소중한 상이겠죠."

서효원이 앞면을 주시하며 말했다.

"그나저나 저에게는 소중한 친구가 있습니다. 좀 유명한 친굽니다. 서윤도로 유명한 친구거든요."

객석에서 박수와 함성이 터져 나왔다. 서효원이 씩 웃었다.

'꼭 나를 보고 웃는 거 같네.'

신은 서효원의 웃음이 의도된 행동이라고 확신했다.

"기회가 된다면 그 친구와 함께 연기를 함께해보고 싶습니다. 그 녀석의 연기에는 사람을 홀리게 하는 이상한 매력이 있거든요."

신은 허허 웃으며 스마트폰을 바라보았다.

'이래서 난리 난 거구나.'

시상식 소식도 소식이지만 인터넷포탈 사이트는 물론 각종 언론사에서 신과 서효원에 관한 기삿거리를 쏟아내면서 야단법석을 떠들고 있었다.

'기사 제목이 어디 보자.'

'서효원과 강신의 핑크빛 우정'이라는 기사도 있었고 '서효원과 강신의 앙상블 언제 볼 수 있을까'와 같이 두 사람이 보여줄 연기 호흡을 기대하는 기사도 있었다. 한편, 두 사람의 팬들은 누가 더 연기를 잘 하나로 다투고 있었다.

'솔직히 서효원이 시상식에서 이렇게 나올 줄은 예상 못 했어.'

어떻게 보면 서효원은 사고를 친 거다.

그러던 이때, 예리에게서 전화가 왔다.

"어, 누나."

— 대상 받은 나보다 화제의 주인공이 되신 강신 씨 기분이 어때요?

"이거 미안하게 됐네요, 주예리 씨."

전화 너머에서 호탕하게 웃는 여장부의 웃음소리가 울렸다.

— 그나저나 두 사람 어떻게 알게 된 거래? 이렇다 할 접점이 없잖아.

신은 지난번에 서효원의 연극을 보러 간 적 있었다고 간략히 설명해주었다.

— 그런 일이 있었어? 너네 두 사람 대단하면서도 이상하네.

"왜?"

— 생면부지인 사람에게 자기가 연극 연기하는 거 보러 오라는 서효원이나 오란다고 덥석 보러 가는 너…….솔직히 너네 두 사람 행동 보통 사람이라면 하기 힘든 행동이잖아.

예리의 말도 일리가 있었다.

두 사람 사이에는 무어라고 해야 할까.

125

말로 설명할 수 없지만, 자석의 S극과 N극과 같이 서로를 강렬하게 끌어당기고 있었다.

이를 표현한다면 운명이라고 해야 할까.

이 운명이라는 단어가 신과 서효원의 사이를 표현하는데 가장 적절한 단어일지도 몰랐다.

- 너 정말 기쁘겠네. 저런 대단한 친구가 널 인정해주니까.

그녀는 신의 일을 제 일처럼 기뻐해 주고 있었다.

- 그나저나 서효원과 연기해볼 생각 있어?

"생각은 있지. 근데 지금으로는 영화부터 다 찍어야지."

- 하긴 모든 일에는 순서가 있는 법이니까. 천천히 해. 급할 건 없잖아.

그녀의 말대로 영화 다 찍고 고민해도 늦지 않았다.

게다가 신이 서효원과 함께 연기한다고 해도 당장 호흡을 맞출 수 있는 것도 아니었다. 작품 선정도 그렇고 배역도 그렇고 서로 조율할 게 많았다.

'맞아. 서두를 건 없지.'

생각과는 달리 신의 가슴은 세차게 뛰고 있었다.

- 그럼 난 드라마 촬영하러 가볼게. 그리고 영화 시사회 하기 일주일 전에 나한테 연락 줘. 내가 나가서 광고해줄 테니까.

신이 하하 웃으며 말했다.

"당연히 연락 줘야지. 그럼 들어가."

– 응. 내가 또 연락해줄게.

신 또한 양과 늑대 후반부와 막바지 촬영에 돌입했다.

'새해부터 바쁘네.'

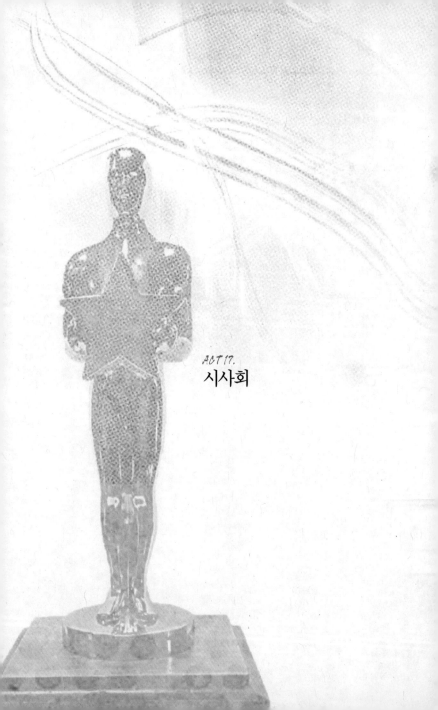

ACT 17.
시사회

시사회

남민수와 박 검사의 대립 이후, 양과 늑대의 이야기는 이렇게 흘러간다.

박 검사는 진세연과 이훈이 행방불명된 것임을 알면서 이것이 남민수 계획임을 알아차린다.

이에 박 검사는 남민수의 행동반경을 조사하며 이들이 있을 만한 곳을 찾아내기 시작하고, 학교설계도를 조사하면서 학교 내부에 구교사와 제작실 사이에 비밀공간이 있다는 걸 알아낸다.

한편, 이 시점에서 남민수는 탈출을 감행하기로 한다.

방법은 이랬다. 우선 어금니 쪽에 박아놓은 캡슐을 깨물어 간질에 걸린 척 거품을 내뿜어대는 등 심장발작을 의도적으로 일으키는 것이었다. 남민수를 예의주시하던 경찰이 남민수가 긴급상황에 놓여 있는 걸 보고는 기지 내에 있는 양호실로 급히 이동시킨다.

그러던 이때, 증거품을 보관하던 보관실이 폭파되고 만다.

경찰이 남민수를 체포하기 전 제작실에서 거둬들인 증거품은 사실 남민수가 만든 사제폭탄이었다. 경찰들은 이를 모르고 증거품으로 거둬간 것이었다.

폭탄을 구성하는 화학 물품을 구하는 건 생각보다 간단한 일이었다. 학교 화학실을 통해 얼마든지 구할 수 있었으니까. 물론 아무에게도 의심을 받지 않아야 했기에 남민수는 이 작업을 천천히 진행해야 했다.

남민수는 의사와 경찰을 기절시키고는 청소부로 위장하여 아무런 의심도 받지 않고 바깥으로 유유히 빠져나온다. 혼란스러운 틈을 타 탈옥에 성공한 것이다.

한편, 박 검사는 남민수에게 납치된 학생들을 구해내는 데 실패하고 만다. 박건이 이들을 발견할 당시, 학생들은 물이 차오르는 수조에서 발버둥 치고 있었다. 박건이 이들을 구해내지만, 이들은 숨을 쉬지 못해 죽고 만다.

이때, 박 검사는 남민수의 탈옥 소식을 듣고 남민수가 일부러 잡힌 것임을 알아차리게 된다. 그리고 남민수가 분명히 또 다른 사람들을 노릴 것으로 생각하며 남민수를 추적하기로 한다.

한편, 여자친구와 친구의 죽음에 민세현은 공황 상태에 놓이고, 술에 잔뜩 취하기로 한다. 이때, 그의 친구 김경훈이 민세현을 찾아온다.

김경훈은 약에 취한 상태다. 그가 끼니마다 챙겨 먹는 비타민제가 있는데 남민수는 이 비타민제 내용물에 무언가를 집어넣었다.

이후 김경훈은 끔찍한 환상과 환청에 시달리게 된다. 구교사 옥상에서 떨어진 남민수의 그녀가 그의 눈앞에 머리가 기이한 각도로 꺾인 채로 나타나기 시작한 것이다.

피해망상증에 걸린 김경훈은 이 모든 일이 민세현 때문에 생긴 일이라고 하며 민세현을 죽이기로 마음먹는다.

결국, 김경훈은 민세현의 몸에 칼로 여러 번 찌르는 데 성공하지만, 자신이 저지른 짓에 두려움을 느낀 나머지 민세현의 집에 불을 지르고 도망치기로 한다.

민세현은 허망함을 느끼며 죽음을 기다리는데, 방독면을 쓴 남민수가 나타나 민세현을 살려낸다. 사실 엄밀한 의미에서 남민수는 민세현을 살려주는 게 아니었다. 죽지도 살지 못하는 상태에서 남은 여생을 고통과 후회 속에서 보내게 하는 게 남민수의 계획이었으니까. 이윽고 김경훈과 남민수는 경찰에 붙잡히게 된다.

김경훈은 정신 병동에서 끔찍한 악몽과 함께 매일 살아가게 되는 한편, 남민수는 재판을 받게 된다.

국선 변호사조차도 고용하지도 않고 법정에서 자신을 항변하지 않고 잘못을 뉘우치지 않는다. 오히려 유려한 언변으로 법과 제도를 잔뜩 조롱한다. 남민수다운 방식이었다.

"피고인 변론하세요."

신은 자리에 조용히 일어서서 입을 열었다.

"법의 정신이 뭡니까. 백 명의 범인을 놓칠지언정 억울한 사람 하나 생기지 않게 하는 거 아닙니까? 박은혜 사건 때도 여러분은 그랬습니다. 정의를 은폐하려 들고 약자의 소리를 외면했습니다. 아니, 오래전부터 이래 왔습니다. 강자는 약자의 것을 언제나 탐하고 빼앗아왔죠. 앞으로도 계속 이럴 겁니다. 법의 개인 여러분은 늑대의 이익을 충실히 대변하겠죠."

"피고인! 신성한 법정에서 무엄하군요."

신은 재판관 자리에 앉아있는 그녀를 향해 말했다.

"미친년."

이 말에 법정이 발칵 뒤집혀 질만도 했지만 아무도 나서지 못했다.

신의 강렬한 눈빛에 오금이 저려 아무 말도 내뱉을 수 없었다.

카메라가 신의 표정을 클로즈업하여 담아냈다.

이때 신이 비릿한 웃음을 짓고 주변을 힐긋 바라보았다.

카메라의 시선도 신의 시선이 닿는 곳으로 따라 움직

였다.

"그 더러운 입으로 무엄이라는 말을 내뱉지 마. 당신도 나에게는 양이야. 아니, 당신들 모두."

"컷! 좋았어!"

이 장면에서 다음으로 이어지는 장면이 양과 늑대 전개상 막바지 부분이었다.

'마지막 날이라서 그런가. 촬영장 분위기도 죽여주게 좋네.'

날씨도 환상적인 게 멋진 유종의 미를 거둘 수 있을 거 같았다.

이종화 감독이 다음으로 이어질 장면 촬영 일정에 스태프들에게 설명했다.

"자! 이번 촬영은 현장촬영과 세트장촬영 두 번으로 나눠서 하는데 이석규 씨 촬영일정 때문에, 일단 세트장에서 촬영하기로 했습니다."

신은 제작진과 함께 촬영세트장에 도착했다.

잠시 후, 신은 수송차량 모형 안에 앉게 되었다.

수송차량 바깥은 녹색 바탕이었다.

이 녹색 바탕을 보면서 차량이 거리를 달리는 장면을 상상하며 연기해야 했다.

"스탠바이! 큐!"

곧이어, 신은 이종화 감독과 약속된 구도에 맞춰 집게손가락을 천천히 두드리기 시작했다.

이때 차 내부가 살짝 덜컹거리며 엔진음을 내뱉었다.

부우우웅!

실제로 차가 이동하는 건 아니었다. 차 모형 밑에 설치된 기계가 차체를 흔들어 실제 차의 움직임을 재현해내는 것이었다.

생생한 현장감 덕분에 신은 연기하는 데 있어 별다른 애로사항을 겪지 않았다.

그리고 지금 펼쳐지는 이 상황에 해당하는 대본 지문은 이렇다.

[한참을 달려가고 있던 수송차량 밑에 부착된 장치가 빨간빛을 내뿜는다. 수송차량 곁을 호위하고 있는 경찰차 밑에도 기계장치가 부착되어 있는데, 이 기계장치들이 서로 연결되어 정보를 주고받는다.

차량이 다리를 지나가기 시작하자 기계장치의 불이 파란색으로 변한다. 밑으로 끝이 뾰족한 쇠 공들이 흘러나온다. 쇠 공들은 주위로 터져나가며 타이어를 터뜨리기 시작한다. 차들은 서로 연쇄충돌을 일으키며 남민수가 타고 있는 수송차량은 앞서 나가는 차들을 들이박으며 뒤집히고 만다.]

차 모형이 앞으로 잘 달려가는 것인지 진동은 크게 없었다. 그러던 이때, 차가 덜컹거리기 시작했다.

운전석에 타고 있는 사람들이 이상하다는 듯 입을 열었다.

"차가 갑자기 왜 이러지?"

"어어……."

이때, 신은 안전벨트를 단단히 착용했다. 차 모형이 심하게 덜컹거리기 시작하더니 옆면으로 심하게 뒤집혔다.

이종화 감독이 무전기에 대고 말했다.

"컷!"

한쪽으로 급격하게 기울어진 차 모형이 원상태로 복귀되었다.

"여기서 차량이 데굴데굴 구르는 장면. 좌우로 한 번씩 갑니다."

모형 차량 내부에 설치된 카메라가 좌우로 급격하게 흔들거리는 차량 내부를 담아냈다.

"컷! 오케이!"

신이 다음으로 해낼 연기는 간단했다. 안전벨트를 풀고 어깨를 주무르고 기절한 척 연기하는 경찰관에게서 열쇠를 빼내 수갑을 열고서 수송차량에서 유유히 빠져나오는 것이었다.

"컷!"

촬영세트장에서 촬영이 마무리되자 스태프들이 바삐 움직이며 장내를 정리하기 시작했다. 곧이어, 신은 촬영진과 함께 마포대교로 이동하기로 했다.

어찌나 바쁜지 쉴 틈도 없었다.

촬영도 이제 끝이 임박했으니 이종화 감독도 속전속결로 밀어붙이기로 한 것이다. 스태프들은 아무런 불만 없이 이종화 감독을 따랐다. 몇 개월이나 이어진 고된 여정이었으니 빨리해치우는 게 그들한테 좋았다.

잠시 후, 이종화 감독이 촬영 스태프들을 불러모았다. 신과 이석규도 이 틈바구니에 끼어들었다.

"긴장하지 맙시다. 주의 단단히 하고. 한번 만에 끝내는 겁니다."

이 마포대교 장면은 차 충돌 촬영을 담아내는 장면이라 제작비가 많이 드는 장면이면서 위험한 장면이기도 했다. 스태프들은 단단히 긴장했다. NG라도 나면 치명적이기 때문이었다. 더군다나 장소를 빌릴 수 있는 시간은 한정적이었기에 이 장면을 무한정으로 찍을 수 없었다.

그렇기에 이종화 감독은 이 장면을 위해 만반의 준비를 했다. 카메라도 무려 다섯 대나 대동했고, 장면을 역동적으로 담아내기 위해 렉카도 세 대나 대여했다.

곧이어, 촬영이 이어졌다. 다행히 NG는 없었다. 성공적이었다.

"OK! 좋았어!"

팽팽했던 촬영 분위기가 풀어졌다. 다음으로 신은 마포대교 난간 위에 올라 스턴트 묘기를 하기로 했다.

신이 연기하는 대목은 극 중에서 남민수가 마포대교 밑 물속으로 빠져드는 장면이었다.

남민수의 실종으로 사건은 마무리되지만, 남민수의 이야기는 이것으로 끝나는 게 아니었다.

"마지막! 피날레 장면으로 마무리합시다."

촬영은 밤까지 이어졌다.

"OK!"

이종화 감독의 사인이 떨어지자 사람들 사이에서 박수가 짝짝 터져 나왔다.

"다들 그동안 고생 많았습니다!"

"대박 납시다."

촬영이 끝난 이 날, 대장정을 기리는 풍성한 회식이 열렸다. 이후, 신은 영화포스터 제작을 위해 촬영을 하기도 했다. 그리고 영화 〈양과 늑대〉가 개봉하기 한 달 전, 시사회가 열렸다.

☆　★　☆

양과 늑대 영화 시사회는 서울 여의도에 있는 한 영화관에서 개최하기로 했다.

한편, 신이 출연한 영화가 시사회를 한다고 하자 바람의 공주 식구들이 발 벗고 나서기로 했다.

오민석 PD와 조일국 작가가 시사회에 참석해주었고 강우진과 주예리도 찾아와 주었다.

이들의 등장에 기자들은 셔터를 누르고 기사를 쓰기

바빴다. S급 배우 문턱에 오른 주예리가 이 시사회에 온 건 뜨거운 화젯거리가 되기에 충분했다.

신이 이 시사회에 개인적으로 초대한 사람들도 있었다. 조광우 그리고 이강우와 이수연이었다.

모두 다 고마운 사람들이었다.

이 사람들이 없었다면 지금의 신은 없었을지도 몰랐다.

한편, 극장 내부는 사람들로 거의 다 채워지고 있었다.

시사회 주최 측은 무작위 추첨에 걸린 시사회 관람객들도 지정석에 앉은 걸 확인하고는 시사회 진행자에게 진행을 서서히 시작하자고 언질을 줬다.

진행자가 장내를 둘러보며 말했다.

"잠시 후 시사회를 하도록 하겠습니다."

이로부터 십분 뒤, 시사회가 시작되었다. 신은 이종화 감독과 출연한 배우들과 함께 무대 인사를 가지기로 했다. 이종화 감독부터 자기소개하고 이석규가 이를 이어받고, 다음으로 신이 인사했다.

"안녕하세요, 여러분. 강신입니다."

신의 풍부하면서도 매력적인 목소리에 여자관람객들이 박수를 치고 함성을 내질렀다.

"꺄아아아!"

"멋있어요!"

신이 하하 웃으며 사람들을 둘러보며 말했다.

"극 중에서 남민수라는 사이코패스 역을 맡게 되었는데

요. 제 연기가 여러분 모두의 기대를 충족시킬 수 있을지
는 모르겠지만, 애정 어린 시선으로 봐주세요."

곳곳에서 대답이 터져 나왔다.

"네."

"네."

"오빠! 사랑해요!"

연예인 경우 나이와 상관없이 잘 생기기만 하면 오빠라
고 부르는 게 요즘의 대세였다.

"감사합니다. 저도 여러분 사랑해요."

신은 하하 웃으며 손가락으로 하트를 조그맣게 만들었
다.

여자관람객들은 신이 귀엽다고 자지러졌다. 이처럼 시
사회 분위기는 화기애애했다.

잠시 후.

관객석 맞은편에 거대하게 설치된 스크린이 작동되었
다. 장내의 조명이 어두워지면서 맨 뒷좌석에 빔프로젝터
가 돌아갔다. 스크린에 불빛이 일렁이면서 상영이 시작되
었다. 감독 이름과 제작 배급사 자막이 떠오르고 신과 이
석규가 주연배우 이름으로 떡하니 올라왔다. 좌석에 앉아
이를 바라보던 신은 뿌듯한 감정을 느꼈다.

'이거 느낌이 되게 짜릿하네.'

그리고 스피커에서 잔잔하지만, 어딘가 음산한 배경음
악이 흘러나왔다.

끼익. 끼익.

파라핀 전등이 흔들거리는 소리가 나면서 흐린 화면은 빛에 휩싸여 있었다.

이때, 한 여인이 눈꺼풀을 서서히 뜨자, 화면의 흐린 초점이 뚜렷하게 잡히기 시작했다.

그녀의 호흡은 거칠었다.

여기가 어딘지 고민하는 것이었다.

이때, 인기척이 나자 그녀는 의식을 잃은 척 연기했다.

- 이제 정신이 들었을 텐데.

무미건조한 목소리와 함께 신이 화면에 등장했다.

- 지금 손발에 힘이 없고 몸에는 아무 감각이 없을 거야. 테트로도톡신이라는 독에 취해 있으니까.

신의 대사에 공포감에 휩싸인 남혜정이 몸을 움찔 떨었다.

- 아무런 고통도 없을 거야. 이제 호흡이 서서히 얕아지다, 잠에 빠져들 테니까. 너에게는 축복이라고 해야 할까.

그녀가 입을 조그맣게 벙긋거렸다.

제발 살려달라는 것이었다.

그러나 신은 그녀의 얼굴을 쓰다듬었다. 한데, 이 태도가 도축에 맞이하게 될 짐승을 어루만지는 거 같았다. 관객들은 한 인격체를 무감각하게 대하는 신에게 서늘함을 느꼈다.

– 네 처지가 이렇게 된 것에는 어떠한 유감도 없어. 내가 받은 걸 그대로 돌려주는 것이니까.

한편, 그녀를 바라보는 신의 눈동자는 어딘가 공허했다. 그러던 이때, 신의 눈빛이 강하게 일렁였다. 신의 눈빛에 마주한 사람들은 신이 펼치는 연기에 집중하기 시작했다.

잠시 간 정적이 일었고, 이 고요함이 이어졌다.

사람들은 신의 입에서 어떤 대사가 떨어질까 기대했다.

긴장감이 배가되던 이때!

신은 냉소적인 어조로 그녀의 귓가에 속삭였다.

– 양이면 양답게 살아야지.

사람들은 뒷덜미가 서늘해지는 걸 느꼈다.

'오우……'

'이거 인트로부터 강렬한데.'

그러나 영화는 이제 시작이다. 말초감각을 제대로 자극하는 장면이 곧바로 이어졌다. 야자 시간에 스피커에서 이상한 소리가 울리고 폰이 미친 듯이 울렸다.

웅! 웅웅! 웅웅웅웅!

사람들은 특히 구교사 옥상에서 사람이 구관 인형처럼 춤추는 대목에서 심장이 쫄깃해지는 걸 느꼈다.

여기저기서 침을 꿀꺽 삼키는 소리가 울렸다.

범인이 납치한 여학생이 구교사 옥상에서 추락하자 여학생들이 소리를 내질렀다.

- 꺄아아아아악!

사람들은 손에 땀이 찰 정도로 주먹을 꽉 쥐고는 흥미진진한 표정을 지었다. 극에 몰입하면서 이후 전개될 내용에 기대하기 시작한 것이다.

한편, 극장 내부에서 관객들의 반응을 은밀히 점검하는 사람들이 있었다.

기획사에서 나오는 사람들이었다.

'반응 좋네요.'

물론 이 시사회 반응이 좋다고 하여 흥행으로 직결되는 건 아니다. 시사회 반응은 흥행을 판단하는 한 척도지 절대적인 판단 기준은 아니기 때문이다. 하나, 시사회 반응이 안 좋은데 영화가 흥행하기란 가뭄 진 땅에 콩 새싹이 나는 일이나 다름없다.

'일단 시선을 끄는 데는 성공했네요.'

상업 영화 기준 최소 15분에서 최대 30분 이내로 사람들의 관심을 잡는 승부수를 띄어야 한다. 이를, 실패하면 사람들은 지루함을 느끼고 영화에 흥미와 기대를 상실하고 때문에 사람의 이목을 잡아끄는 건 짧을수록 좋았다.

한편, 영화의 내용은 이렇게 이어졌다. 남민수와 민세현이 한번 부딪히고, 검사 박건이 수사에 착수하기 시작했다.

관객들은 남민수와 검사 박건이 우연히 마주치면서 두 사람의 이야기가 본격적으로 펼쳐지게 될 것을 알게 되었다.

이 시점 남민수는 대역을 내세워 학교 이사회의 비리를 폭로한다.

사람들은 이 폭로전에서 나쁜 인물들의 진면모가 만천하에 공개되자 가슴이 시원하게 터지는 걸 느꼈다.

'현실에 저런 나쁜 놈들이 많지.'

'빵빵 터져주네, 아주.'

'속 시원하다.'

그리고 사람들은 남민수라는 악인에 감정이입을 하기 시작하여 남민수가 어떻게 되나 조마조마하는 심정으로 영화를 바라보았다. 팝콘을 한 번 먹어주는 것도 잊지 않았다.

한편, 남민수를 잡아내려는 검사 박건의 수사망은 본격적으로 진척되고 남민수는 다음 계획을 진행한다. 진세연과 김경훈의 납치다.

- 물 61.8%, 단백질 16.6%, 지방 14.9%, 질소 3.3% 칼슘 1.81%, 인 1.19%, 마그네슘 0.041%, 철분 0.0075%. 이하 생략. 기타 0.10082%.

신은 싸늘한 시선으로 두 사람을 바라보았다.

- 이건 규명할 수 없는 인체 구성 물질이라고 하더군. 혹자는 이를 영혼의 무게라고 하더라고

대사가 이어졌다.

- 난 영혼이 있는지는 잘 몰라. 있다고도 없다고도 증명할 수 없는 문제거든. 그리고 난 나에게 영혼이 없다고 생각해.

이때, 신이 진세희 역을 연기한 박희주에게 되물었다.

– 왜일 거 같나?

신의 입가에 미소가 맺혔다.

– 난 너희와 종 자체가 달라. 괴물이거든.

관객들은 묘한 괴리를 느꼈다.

남민수의 고백이 사람들의 눈에는 자조적으로 보이면서 쓸쓸하게 보이는 것이었다.

이때, 신의 동공이 텅 비워졌다.

– 채워지지 않는 공허에 휩싸여 있을 뿐–.

사람들은 이전에 느꼈던 괴리감의 정체가 무엇인지 비로소 깨달았다.

바로 남민수라는 인간 자체와 남민수가 직면해있는 고충을 제대로 이해할 수 없다는 것이었다. 여기에 인간의 관점과 논리를 대입하는 건 참으로 웃긴 일이었다. 이에, 사람들은 아득한 공포를 느꼈다. 남민수라는 인간에 전율을 느끼기도 했다.

'사이코패스 진짜 무시무시하네.'

'지린다.'

한편, 신은 제 연기를 스크린으로 바라보면서 생각했다.

'내가 저거 어떻게 했지.'

저 부분만 다시 연기하라고 하면 저 순간을 온전히 표현해낼 수 있을까 싶었다.

- 그러나 이 공허를 채울 수 있는 게 있지.

화면 속 신의 시선이 박희주의 목덜미에 돋아난 푸른 핏줄에 닿았다.

사람들이 침을 꿀꺽 삼켰다. 그리고 남민수를 이해하려는 걸 포기했다.

남민수는 인간의 범주를 뛰어넘은 괴물이었다.

한데, 남민수를 이해하려 하다니……

이는 초식동물이 육식동물을 이해하려는 거나 다름없었다.

- 사람은 연약한 존재면서도 목숨은 정말 질기지. 그래서 잘 죽지 않아.

신의 입가에 시린 미소가 맺혔다. 신이 그녀의 목을 감싸 쥐는 연기에 사람들이 몸을 움찔움찔 떨었다.

- 이 드라이버를 네 목에 꽂아도 그래. 한 번으로 죽지는 않아. 두 번, 세 번 꽂아야지.

푹.

이때, 사람들은 목덜미에 뭔가 꽂히는 선명한 소리를 들은 듯했다.

한 번 더 울렸다.

푹.

- 그래도 죽지는 않아. 목덜미가 아예 너덜너덜할 정도로 뜯어버려야 넌 완전히 죽을 테니까.

신이 내뱉는 대사는 기이한 열기가 서려 있었고, 신의

눈빛에는 광기가 서려 있었다. 이 대목에서 사람들은 정말로 몸이 썰리는듯한 예리함을 느꼈다.

'살인마 연기 제대로네.'

'이거 연기 아닌 거 같아. 진짜 살인마 아냐?'

이때 신의 입가에 미소가 쿡 맺혔다. 광기에 휩싸인 파괴의 화신과도 같은 모습이었다. 이 장면에 마주한 사람들은 전율이 엄습해오는 걸 느꼈다.

'하……'

이어서 남민수가 경찰에 잡히는 장면으로 이어졌다.

땀에 젖은 신의 근육질 몸매가 드러나자 여자 관객이 속으로 호들갑을 떨었다.

'어머머…'

'저 근육 최고다.'

'섹시해.'

신이 샤워기에 떨어지는 물방울을 응시하는 이때, 장면이 남민수의 그녀가 구교사 옥상에서 떨어지는 날로 전환되었다.

비가 추적추적 내리는 속에서 그녀의 머리에서 흘러내리는 붉은 피가 빗물 속에서 퍼져나갔다. 서서히 번져나가는 한 방울의 잉크처럼…….

신을 바라보는 그녀의 동공이 크게 흔들거렸다. 이때, 그녀가 무어라 입술로 방긋거렸다. 말은 입에 나오지 않는다. 그녀가 손을 뻗었다.

그러나 손은 닿지 않는다. 손이 바닥에 축 떨어졌다. 신은 분노하지도 않고 슬퍼하지도 않고 그녀를 그저 바라볼 뿐이었다.

　사람들은 안타까움에 속으로 혀를 쯧쯧 찼다.

　곧이어, 남민수가 박 검사에게 잡혔다.

　신은 암실 속에서 그녀와의 회상을 떠올렸다.

　박은혜는 남민수에게 있어서 의미의 꽃이었다.

　그러나 그녀는 죽으면서 이 세상에 사라지고 말았다. 한 여성 관객이 신음을 흘리며 눈물을 뚝뚝 흘러내렸다. 울지 않는 사람들도 콧등이 시큰한 걸 느꼈다.

　이어서 영화는 남민수와 박 검사의 대립으로 이어지면서 절정으로 달려가기 시작했다.

　– 사람은 나약하고 추악해서 서로 상처 입히죠. 그런 진실을 외면하면서 너도나도 정의를 외쳐대죠. 이건 너무 이상하지 않아요? 정의란 게 도대체 뭘까요? 정의는 도대체 누구를 위한 정의죠?

　– 아무리 포장해도 넌 사람을 죽인 살인자지. 그리고 난 알 수 있어. 네놈이 얼마나 추악한 가면을 쓰고 있는지 말이지. 넌 사회의 질서를 흩트리는 추악한 괴물이야.

　– 이것만 말해. 이 도면이 뭔지 말하란 말이다! 다른 이야기 꺼내지 말고!

　– 거래할 의향 있으시다면요.

사람들은 극도의 집중력을 발휘하며 다음 장면을 주시했다.

남민수 도발에 화가 난 박 검사가 신의 얼굴을 주먹으로 내리쳤다.

퍽!

— 일어나, 개자식아!

이석규가 신을 붙잡고 책상에 거칠게 내리찍었다.

쿵! 쿵! 쿵!

그리고 그는 숨을 가쁘게 몰아 내쉬며 신을 자리에 앉혔다.

— 이제 말할 생각이 드나?

'하……'

'이야기는 뻔한데 두 주연의 연기가 이야기를 다 살리네.'

'박진감 넘치네.'

사람들이 이렇게 감상하는 사이, 신이 웃음을 크게 터뜨리며 손뼉을 쳤다.

짝. 짝. 짝.

— 그럼 열심히 뛰어보세요. 훌륭하신 박 검사님.

신의 입가에 시린 미소가 맺혔다.

사람들은 이 미소에 반할 거 같았다.

'무슨 마성의 매력이라도 지녔나.'

한편, 사람들은 개구리를 밟아 죽여놓고, 잠자리의

날개를 다 뜯어놓고 아무런 잘못도 없다는 마냥 미소짓고 있는 순진무구한 아이를 바라보는 거 같았다. 그렇기에 신이 무서웠고 섬뜩했다.

이제 사람들은 지금 영화를 바라보는 것인지 실제 이야기를 바라보는 것인지 분간되지 않았다.

아니, 실재냐 허구냐는 영화가 끝나고서 생각할 문제고 지금 이 순간은 남민수의 이야기가 중요했다. 이 이야기가 어떻게 끝날지 가슴이 조마조마했다. 어느새 사람들은 이야기에 완전히 몰입하고 있었다.

이때부터 인물들의 관계가 얽히면서 극의 전개가 결말로 향해 달려가기 시작했다. 사람들은 전개가 폭풍처럼 강렬하게 휘몰아치는 걸 느끼며 남민수의 동선을 중점적으로 쫓기 시작했다. 남민수의 그녀를 죽이게 된 인물들이 파국에 치닫게 되자 사람들은 시원시원한 카타르시스를 느꼈다.

'나쁜 놈들은 저리 당해도 싸지.'

'속 시원해.'

어느덧 영화는 결말에 다가섰다. 남민수가 재판을 받고 수송 차량에 올라 마포대교를 지나가기 시작했다.

사람들은 이야기가 이대로 허무하게 끝나는 건가 싶었다.

이때, 수송차량 밑에 설치된 기계장치가 작동하기 시작했다.

'뭔 일이 벌어지는 건가 보구나.'

'그래, 이렇게 끝나면 아쉽지.'

차체 밑에 부착된 기계장치에서 끝이 뾰족뾰족한 쇠 공들이 흘러나오면서 주위로 터져나가기 시작했다. 그리고 이 쇠 공은 타이어를 터뜨리기 시작했다.

타이어에 구멍이 난 차들이 대교 위에서 미끄러져 내렸다.

끼리리리릭!

타이어가 아스팔트 바닥과 마찰했다. 아스팔트 위로 스키드마크가 길게 생성되었다.

그리고 차량들이 연쇄충돌을 일으키기 시작했다.

쿵! 쿵! 쿵!

그러던 이때, 신이 타고 있던 수송차량이 차들을 들이박으며 뒤집혀지고 말았다.

차량 내부가 여러 번 뒤집혔다.

쾅! 쾅! 쾅!

잠시 후, 신은 어깨를 주무르고 기절한 경찰관의 호주머니에서 열쇠를 빼내 수갑을 열었다. 그리고 수송차량에서 유유히 빠져나왔다.

한편, 이 모든 광경을 차 안에서 바라보고 있는 한 가족이 있었다.

그들은 신과 시선을 마주치고는 몸을 움찔 떨었다. 신은 그들을 향해 집게손가락을 입에 가져다 대며 조용히 하라는 손짓을 취했다. 마치 지금 이 목격한 장면을 평생 '침묵'으로 유지하라고 말하는 거 같았다.

잠시 후, 다리 위에 오른 신은 그대로 다리 밑으로 추락했다. 박 검사가 사건 현장에 뒤늦게 도착하지만 남민수는 사라진 지 오래다.

- 박 검사님. 목격자 증언에 따르자면 남민수는 여기서 스스로 떨어졌답니다.

박 검사는 부하의 보고에 황당한 표정으로 마포대교 밑을 바라보았다.

- 이거 당해도 단단히 당했군.

마포대교 일대를 잠수부들이 며칠 동안 수색했지만, 시체는커녕 털 한 오라기조차 찾지 못한다. 그리고 스크린에는 일 년 뒤라는 자막과 함께 뉴스데스크가 나왔다.

- 여고생만을 성폭행하고 죽이는 엽기 살인마가 나타났는데요. 경찰 당국은 범인에 대해 윤곽을 그려내지 못하고 있는 상탭니다. 시민들은 불안에 떨고 있습니다.

화면은 늦은 밤에 귀가중인 교복 입은 여학생으로 이어졌다. 한데, 여학생을 은밀하게 바라보는 시선이 어둠 속에 있었다. 어스름한 형체는 혀를 날름거리며 입맛을 쩝쩝 다시고는, 피가 말라붙은 가방에서 연장을 뒤적거렸다. 연장에는 하나같이 피가 덕지덕지 엉겨 붙은 채로 말라붙어 있었다.

그는 어떤 연장이어야 소녀에게서 좀 더 즐거운 비명을 들을 수 있을까 하고 고민했다. 이는 행복한 고민이었다. 사내가 콧노래를 흥얼거리다, 가방 안에서 이상한 물체를 발견한다.

모래시계.

살인마는 모래시계를 집어 들고서 가만히 쳐다본다. 모래시계의 모래가 아래로 흘러내리고 있었다.

어디선가 시계 소리가 울렸다.

째깍째깍.

도대체 왜 이게 여기에 있을까 하고, 남자가 생각하는 순간이었다. 모래시계의 모래가 아래로 다 흘러내렸다. 이때 누군가가 살인마의 목을 억눌렀다. 반항할 새도 없이 남자의 발이 바닥에 질질 끌렸다. 그의 귓가에 누군가가 조용히 속삭였다.

— 양이면 양답게 살아야지.

화면이 어두워지면서 배경음악과 함께 엔딩 자막이 올라왔다.

사람들은 한동안 자리에 앉아있었다.

영화가 끝났으나 영화가 가져다준 감동과 여운을 더 느끼고 싶어서였다.

조명이 서서히 밝아지자 사람들은 자리에서 일어나서 박수를 쳤다.

짝. 짝. 짝.

시사회 이후 인터넷포탈 사이트 블로그나 카페에 양과 늑대 시사회에 대한 호평이 줄줄 올라왔다. 이는 흥행에 청신호가 켜진 것이기도 했다.

한편, 페이지 북을 포함한 소셜네트워크서비스에 시사회 홍보영상이 올라왔다.

이 영상에서 각종 인사가 나왔다.

조일국 작가가 엄지를 척 내밀며 이런 말을 했다.

– 제가 쓴 바람의 공주보다 더 재밌네요.

예리는 우진과 함께 등장하여 이런 말을 했다.

– 강신 씨의 새로운 변신이 정말 인상적이에요.

그리고 그녀는 우진과 더불어 이런 구호를 외쳤다.

– 양과 늑대 파이팅!

페이지 북 홍보영상에는 이런 댓글이 달리기도 했다.

강진호 지네 식구라고 홍보하는 거 봐라. 예고편이 전부인 영화인듯ㅋㅋㅋㅋ

ㄴ 양진수 관심종자시네요. 내 친구가 시사회 보고 왔는데 괜찮다고 함.

부정적인 의견도 있었으나 기대 평이 더 많았다.

김수진 @이기준 이거 재밌대. 개봉 날 보러 가자 !!

그리고 양과 늑대 개봉 첫날의 성적은 8만 명.

스릴러 영화치고 순조로운 첫출발이었다.

영화를 본 관람객들의 평이 평점과 함께 SNS에 실시간으로 올라왔다.

casio124 - '평점 4.1 긴장감이 있어서 재밌었네요.'

parkpyngsik - '평점 3.8 스토리보다 두 주연의 연기가 인상적이었습니다.'

chambung25 - '평점 4.6 심장이 쫄깃했다. 무서워서 지릴 뻔.'

SNS를 비롯한 인터넷포탈 사이트 전체 영화 평점은 5점 만점 기준 평균 4점 초반을 기록했다.

영화를 보지 않은 사람들은 영화 자체가 재밌고 긴장감이 넘친다는 네티즌의 반응에 영화를 한 번 봐볼까 싶었다.

한 커뮤니티 사이트에 있는 영화 갤러리도 양과 늑대로 뜨겁게 달아올랐다. 한데, 갤러리 유저들은 영화 이야기보다 신의 연기에 중점적으로 이야기했다.

의견은 '사이코패스 연기 진짜 섬뜩하더라.' 나 '연기자가 진짜 살인마인 줄 알았다.' 혹은 '사실 살인마가 아니냐.' 와 같이 다양했다.

갤러리 유저들은 이렇게 여러 의견을 내놓으며 갑론을박했다. 하나, 이들도 대체로 수긍하는 공통분모가 있었다. 연기자 신은 서효원이 의식할만할 타고난 연기력을 지니고 있다는 것이었다. 이는 비판적인 성향이 강한 갤러리 유저들조차 연기자 신의 성장을 기대하는 것이기도 했다.

한편, 여대생이나 여자 직장인 경우 살인마가 정말 섹시하다는 이야기를 많이 했는데 심지어 이런 이야기를 하기까지 했다.

"살인마가 진짜 섹시했어. 그런 살인마라면 사로잡혀도 괜찮겠다는 생각이 들 정도였어."

"너 미친 거 아니야?"

"미치기는. 가정이거든 가정. 살인마에게 잡혀 죽는 상황이라면 그런 살인마에게 죽는 게 낫다는 거지."

경기도에 거주하는 김모 양은 그녀의 친구를 미쳤다는 표정으로 바라보고 있었다.

"홋, 영화 한 번 보고 나서 내 말이 틀린 지 아닌지 말해봐."

이런 여론에 힘입은 것인지 양과 늑대 둘째 날 기록은 16만하고 5천 400명을 기록했다.

기록이 하루 만에 두 배나 증가한 것이다.

남자들도 양과 늑대에 열광했으나 특히 여자들이 양과 늑대에 더더욱 열광했다.

"네 말이 맞았어. 사이코패스 너무 섹시했어!"

"맞지? 음울하면서도 퇴폐적인 분위기도 있었고……."

"옴므파탈이지! 그 연기 생각만 해도 가슴과 손발이 다
떨려."

"오늘 손잡고 같이 볼까."

이런 호평 속에서 셋째 날에 관람객 수가 20만 4천 6백
명으로 껑충 뛰었다.

살인마 사이코패스가 지닌 매력이 어마어마하다 보니
영화를 두 번이고 세 번이나 보는 열혈 관람객도 나타났
다.

영화를 보지 않은 사람들은 도대체 무슨 영화길래 사람
들이 이렇게 열광하나 싶어 영화 양과 늑대를 하나둘 바
라보기 시작했다. 그리고 이들은 무언가에 홀린 채로 극
장 바깥으로 나왔다.

이후 양과 늑대를 봐보라는 말이 사람들 사이로 전염병
퍼지듯이 퍼졌고 매스컴은 양과 늑대에 관한 기사를 앞다
퉈 쏟아냈다.

그리고 상영 사 일째 24만 관객을 동원했고, 상영 육일
차에 양과 늑대는 총 108만6천 539명의 관객을 동원했
다.

영화 상영이 일주일째 접어들 던 차에 한 케이블 방송
토크쇼 프로그램인 '문화 시사 톡톡'에서 한 사건이 터졌
다.

"요새 뜨고 있는 양과 늑대는 살인자 미화 영화예요. 극
악무도한 사이코패스 살인마를 너무 성적으로 그렸어요."

"아니, 작품 속 이야기잖습니까. 하일권 평론가님."

"작품은 현실과 밀접한 관련이 있어요. 우리 딸아이가 이 영화를 보고 와서는 뭐라고 말했는지 아십니까. 싸이코 살인마가 섹시하답니다."

"현실과 작품은 구별하겠죠."

"제가 카페 커뮤니티 반응 보니까 성인 여자들도 간혹 정신 나간 소리를 하던데 청소년들은 어떻겠습니까. 근육질 몸매에, 잘생긴 외모의 살인마라니 이건 오늘날 외모지상주의가 비틀린 형태로 나온 거에요."

"그래도 멋지게 생긴 인물이 살인마를 연기하지 말아야 한다는 법은 없지 않습니까."

"당연히 없지는 않죠. 하지만 이 영화는 대중 포르노에 범죄자 미화 영화에요. 이 각본을 쓴 이종화 감독 정신구조가 의심되는 판이에요."

이 토크쇼 영상이 페이지 북에 올라오자 뜨거운 화제가 되었다. 영상에 좋아요 하트를 누른 사람들의 수는 무려 2.5만 명이나 되었다.

한데, 이 범죄 미화 논란 논쟁은 양과 늑대 흥행에 오히려 호재로 작용했다. 사람들은 도대체 어떤 영화길래 저명한 문화평론가가 이렇게 까대는 것일까 하고 생각하면서 영화에 호기심을 지니기 시작한 것이다.

제작진에서 전혀 예상치 못한 노이즈마케팅이었다.

이 논란을 접한 이종화 감독의 입가에는 미소가 걸렸다.

"흥행만 하면 장땡이야. 잘 나가면 그만이야, 그만!"

상업영화 감독에게 중요한 건 첫째도 성적이고 둘째도 성적이었다.

더군다나 두 작품이나 말아 먹은 이종화 감독에게는 기사회생하는 게 중요한 것이었으니, 성적을 위해서라면 얼마든지 미친놈이 될 수 있었다. 솔직한 심정으로는 하일권 문화평론가를 찾아가 절이라도 하고 싶은 이 감독이었다.

"그나저나 그 녀석이 나에게 굴러온 복덩이였구나."

신에게 남민수라는 배역을 맡긴 건 신의 한 수였다.

이로부터 며칠 후, 하일권 문화평론가의 SNS 블루버드 계정으로 신과 이종화 감독 그리고 하일권 평론가 이렇게 세 명에서 어깨동무하고 활짝 웃으며 찍은 사진이 대중에게 공개되었다. 그리고 그는 이런 말도 덧붙였다.

'여러분, 저 미워하지 마세요. 저도 이 영화 팬이니까요. 강신 군의 연기 정말 훌륭합니다!'

이후 양과 늑대의 흥행은 순풍에 돛 단 듯이 이어지게 되었다.

물론 복병도 나타났다. 할리우드 영화와 2016년 최고 기대작 이순신 장군 영화 등장으로 흥행 추세가 꺾이는 건가 싶었다. 결국 점유율 순위 1위는 사극 영화에 내주게 되었으나 양과 늑대는 흥행을 꾸준히 이어갔다.

영화 양과 늑대는 최종 성적은 이랬다.

660만 9천 587명.

손익분기점 350만을 넘는 데 성공했다.

그리고 이 시점으로 신의 존재가 해외에 조금씩 알려지기 시작했다.

☆　★　☆

"이봐, 박."

"왜 제이콥?"

"이 영상 한번 보지 않을래?"

박명우는 거울을 바라보며 얼굴에 분장했다. 그의 얼굴이 흉측하게 변하기 시작했다. 박명우 옆에 서 있는 금발의 미녀가 박명우의 빨간 머리에 왁스를 바르고 머리 모양을 고정하고 스프레이와 헤어드라이어로 머리를 단단히 고정했다.

"뭔데 그래."

"KPOP나 한국 엔터테인먼트를 소개해주는 페이지에 올라온 영상인데. 좋아요가 4만 개가 달린 영상이야."

"대단하네. 노래야?"

"아니, 한 청년의 연기인데."

박명우가 놀란 표정을 지었다.

"그래?"

노래라면 이해할 만했다.

노래에는 언어와 장벽을 무너트리는 힘이 있으니까.

게다가 노래가 팝송이라면 사람들에게 친숙하니 호응 받기도 쉬울 테다.

한데, 연기라……

'불리한 점을 뚫는 어떤 힘, 매력이 있다는 건가.'

"그 점이 특이해서 나도 보고 있는 거야. 도대체 무슨 연기길래 궁금해서 말이지. 사람들이 댓글을 적는 곳에 놀랍다고 멋지다고 하고 있어. 하하, 이런 댓글도 있어. 한국에는 무슨 일이 일어나고 있는 거냐면서. 나도 이 말에 동감이네. 박도 한국사람이잖아."

"그 청년이 하는 연기 네가 볼 때 어때?"

"음, 자막은 있으니 상황과 대사를 이해하기 하는데 무슨 말을 하는지 잘 모르겠어. 난 한국말이 서투니까. 그래도 이 청년에게는 사람의 무언가를 잡아끄는 구석이 있어. 특히 눈빛이나 감정투사 등 정말 좋아."

이때, 남자는 머리를 갸웃하며 말했다.

"그런데 이상한 점이 있어."

"뭐가?"

박명우는 왼쪽 어깨 쪽에 뽕을 넣고 단단히 고정했다. 그러자 그의 어깨가 한곳으로 축 늘어졌다. 등이 굽은 꼽추로 변신한 그는 자리에서 일어나 걸음을 내딛다 다리를 절룩이기 시작했다. 그는 단숨에 절름발이 꼽추가 되었다.

"박의 연기랑 너무 닮았어."

"나랑?"

"분위기나 느낌도 박이랑 상당히 닮았고. 혹시 아들이라도 되는 거 아니야?"

제이콥의 우스갯소리에 박명우는 어이없는 표정을 지었다.

"무슨 말을 하는 거야. 결혼도 안 한 사람한테."

"내가 왜 이런 소리 하는지 영상을 보면 알 거야."

영상을 바라보던 박명우는 놀라고 말았다.

'어떻게 한아 얼굴을 빼다 닮은 거지?'

이건 말도 안 되는 일이었다.

아니, 일어날 수도 없는 일이었다.

"이 애의 성이 뭐지?"

"강 씨라네."

'설마…….'

청년의 생김새도 그렇지만 만약 당시 강한아와 결혼하여 아이를 낳았다면 청년 정도의 나이가 딱 될 듯싶었다.

'아닐 거야. 그럴 리가 없어.'

그러던 이때, 스피커에서 소리가 울렸다.

"곧 공연 시작합니다."

박명우는 머리로 말도 안 되는 생각하면서도 그럴 수도 있지 않을까 하고 생각했다.

'만에 하나지만.'

가슴 깊은 곳에서 불안감이 스멀스멀 피어올랐다.

'그럴 리가. 그럴 리가 없어.'

"이제 움직여보자고, 박."

잠시 후, 무대의 막이 올랐다.

박명우도 무대에 올랐다.

그의 역할은 노트르담 드 파리의 콰지모도 역이었다.

그는 추하면서 보잘것없는 종지기가 되어 무대 위에서 연기하기 시작했다.

그리고 그의 눈에는 관객들 심장 부근에 있는 감정 구체가 붉은색으로 달아오르는 게 보였다.

'지금 이 순간 난 콰지모도.'

그는 배역과 하나가 되었다.

배역에 완전히 몰입한 것이다.

ACT 18.
메소드 method

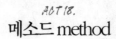

메소드 method

"오, 저녁 언제 다 되가?"

"곧 기다리면 돼."

신은 수연과 오래간만에 집에서 저녁을 같이 먹기로 했다.

메뉴는 불고기 전골.

"이거 냄새 좋네. 그런데 요새 대학교 생활 어때?"

"뭐 그저 그래."

수연은 제 꿈을 좇는다며 예술 분야에서 대단한 권위가 있는 한국예술대학교 문예창작학과로 진학하기로 했고, 학교에 당당히 합격했다.

수연이 이런 결정을 내린 데 제 길을 걷는 신에게 자극받은 것이기도 했다.

'누나 결정이 이전에 나랑 우스갯소리로 한 약속, 작가와 배우가 되면 서로 이끌어 주기로 한 약속을 지키려는 것일지도 모르지만.'

한편, 이강우는 작가의 길을 걸으려는 수연의 결정을 선뜻 이해하기 힘들었다.

그녀의 성적이라면 이름있는 대학교에 좋은 학과로 충분히 진학할 수 있을 테니까.

그러나 수연이 자기의 꿈 아니, 무언가에 강렬한 투지를 내보이는 건 이강우로서 처음 겪어보는 일이었다. 그가 아는 수연은 언제나 제 솔직한 심중을 숨기는 아이였다.

결국, 이강우는 그녀의 꿈을 응원하고 지지해주기로 했다. 신 또한 그녀의 선택에 응원했다.

'수연이 누나라면 작가로서 성공할 게 분명해. 글 쓰는 재능은 정말 뛰어나니까.'

혹여나 그녀가 하는 게 잘 풀리지 않아도 신은 연줄이라도 이용하여 그녀를 도와줄 작정이었다.

'누나가 작품 하면 내가 발 벗고 도와줘야지.'

신은 이런 식으로나마 그동안 그녀에게 입었던 은혜에 보답해주고 싶었다.

그러던 이때, 수연이 말했다.

"대학 가면 남자친구 생긴다고 하던데 난 안 생기네. 난 남자친구 언제 생기려나."

남자친구라는 말에 신이 몸을 움찔 떨었다.

"누나는 여중 여고니까 그러잖아. 곧 생기겠지."

수연은 신이 예리와 사귀는 걸 모르고 있었다.

신이 이에 말해주려고 하니 그녀와 연락이 닿지 않아 말할 기회가 없었던 것이었다. 나중에 말해주려고 했지만 시기를 놓쳐 말하지 못하게 되었다.

'원래 일이란 게 타이밍이 있는 건데.'

물론 수연이 이를 알게 되면 깜짝 놀랄 테지만 신에 대한 그녀의 일편단심은 변하지 않을 테다. 수연은 해바라기니까.

"일단 들어가 있어. 다 되면 부를게."

"응."

잠시 후, 수연이 부글부글 끓는 냄비를 식탁 위에 올리며 신을 불렀다. 한데, 신에게서 대답이 없었다. 이게 무슨 일인가 싶어 수연은 방으로 들어가 보기로 했다.

"신아⋯⋯?"

수연이 깜짝 놀랐다. 신이 방안에서 웅크리고 있어서였다.

"갑자기 왜 이러는 거야, 신아."

"아, 아무것도 아냐."

"아무것도 아닌데 왜 울고 있어."

수연의 말대로 신의 눈에는 눈물이 흘러내리고 있었다.

"나한테서 무언가가 떨어져 나간 거 같아서 그래."

배역에 극도로 몰입해서 그 인물이 되는 것.

배우라면 누구나 부러워하는 재능일 테다.

배역 집중과 몰입에서 누구보다 뛰어난 재능을 지닌 신은 배역에 잘 몰입할 수 있었다.

그러나 빛이 있으면 그림자가 있는 법.

이 악마의 재능은 신을 괴롭히는 저주이자 양날의 검이기도 했다.

작품이 끝난 이후 그 인물에서 벗어난다는 건 신에게는 고통과도 같은 일이었다.

이것이 신이 감당해야 하는 대가였다.

수연은 바깥에서는 괜찮은 척하면서 남몰래 힘들어하는 신을 말없이 안아주며 같이 울어 주었다.

"괜찮아. 신아. 누나가 옆에 있잖아."

☆　★　☆

다음날.

매니저 지원을 불러서 소속사 숙소로 은밀하게 돌아온 신은 거실에 앉아 호흡을 가다듬고 있었다.

"후우…. 후우…."

그리고 신은 지금 마음을 살펴보고 있었다.

'배역에 휘둘려서는 안 돼.'

영화 촬영을 하면서도 그렇지만 신은 이 배역 몰입이라는 것에 많은 고민을 하고 있었다. 배역에 지나치게 몰입하면서 여러 문제가 야기됐기 때문이었다.

한편, 신은 이 문제를 해결하기 위해 이종화 감독이 말한 명상 수련법에 관해 알아보기도 했다.

'사마타Samatha는 마음의 한 대상에 집중하는 것이지만, 위빠사나는 마음의 대상이 된 것이 발생하고 사라지는 과정을 지켜보는 것이었지.'

위빠사나는 사마타와 다르게 자신의 마음을 상황과 분리하여 보는 것이었다.

이른바 마음을 자신과 거리를 두는 관찰이었다.

쉽게 말해 마음을 관조하는 것이었다.

'그러나 위빠사나는 마음이 격해지면 아무 소용도 없어져.'

격한 감정 앞에서는 자기중심은 무너지게 되고. 이 감정에 휩싸이게 된다. 이런 이유로 사마타, 즉, '몰입'과 집중이 필요한 것이었다. 이는 흔들리지 않는 부동심과 맞닿아 있기도 했다.

'무엇보다 중요한 건 마음을 가다듬고 일깨우면서 언제나 명상을 하는 것.'

극 예술가 그로토프스키도 이 동양의 요가 명상에 집중했다.

이 내적인 체험을 통해 몰아를 경험하는 것이었다.

그러나, 몸과 마음을 분리하는 근대의 이분법적인 시선으로는 정신이라는 영역은 신비의 영역에 속해 있었다. 이렇다고 그로토프스키가 연기에 관해 신비적인 이론을 주창하는 건 아니었다.

'그로토프스키는 배우 자체에 초점을 맞췄지.'

그는 연기자를 가로막는 장애물이나 두려움을 여러 훈련을 통해 제거해나가야 한다고 했다. 이 훈련법은 물구나무서기나 구르기 같은 동작을 통해 유연성과 균형감각을 신장하면서 자신의 한계를 넘어서는 한편 어떤 움직임을 정확한 형태를 만들어내며 이 형식 내에서 자발적인 응용을 익히는 것이었다.

그리고 이는 〈가난한 연극〉이라는 개념과도 맞닿아 있기도 했다. 이 가난한 연극이란 무대와 의상 그리고 무대 장치 같은 기술적 요소를 배제하고 배우는 그 자체가 살아있는 존재로서 관객과 만나는 것이었다.

그로토프스키는 외연적인 것에 집착하기보다 좀 더 근원적이고 내적인, 즉, 자기 자신을 무장 해제하는 것에 주안점을 두었다.

'나는 어떤 사람일까.'

이 화두가 신을 사로잡았다.

'배우는 배역이라는 가면을 통해 자기 자신을 드러내는데. 정작 나는 나를 어떻게 표현하고 나타내는 거지?'

신은 배역에 잘 휩쓸리는 게 뚜렷한 자기중심이 없어서

인 게 아닐까 하고 생각했다.

'다른 캐릭터에 잘 몰입하여 잘 나타내면서……. 나는 나를 제대로 드러낸 적이 없는 거 같아.'

이때, 신은 한 가지 사실을 깨닫게 되었다.

'이게 나라는 인물의 모순이야.'

일단 신은 자신이 어떤 인물인가 되짚어 보기 위해 아주 오래전 과거로 거슬러 올라가기로 했다. 그러자 어머니의 죽음이 선명하게 떠올랐다. 신은 자신이 상처받은 조그마한 아이가 된 걸 느꼈다.

'난 아직 어른이 된 게 아니구나.'

무엇보다 신은 자신을 둘러싸고 있는 단단한 무언가 막 같은 존재를 느꼈다. 알껍데기라고 해야 할까. 지금 신은 알에 갇힌 새였다. 알을 깨부수고 비상을 준비하려는 새였다.

그러나 신은 사방이 빈틈이 없는 꽉 닫힌 방 안에 있는 걸 느꼈다. 창문도 없었다. 숨을 쉴 수 없었다. 날 수 없었다. 답답했다. 막막하기도 했다.

신은 어떻게 해야 이 막을 깰 수 있는 건가 싶었다.

방법은 떠오르지 않는다.

이러면 별수 없다.

'이럴 때는 기본으로 돌아가야 해.'

신은 자리에서 일어나 기초훈련을 하기 시작했다. 처음으로 한 것은 공간접촉훈련이었다. 신이 걷는 동작은 다양했다. 어떤 때는 미끄러운 공간 위를 걷는 거 같았고, 또, 어떤 때는 까칠하면서 메마른 공간 위를 걷는 거 같았다.

발은 신체의 중심, 이를 어떻게 표현하느냐에 따라 움직임이 달라지기 마련이다.

다음으로 신은 가상의 물질을 상상하며 물질의 표면을 만지고 쓰다듬었다. 신의 동작 하나하나가 섬세했다.

다음은 발성훈련이었다.

"아아…!"

신이 내는 목소리는 길게 울려 퍼지고 있었다. 사방에 막힌 공간에서 소리를 지르면 목소리는 메아리처럼 울려 퍼진다.

"아..!"

지금 신은 소리가 발산되는 형태를 조절하고 있는 것이었다.

이 발성훈련은 목소리를 외면화는 데 특히 좋았고, 공간접촉훈련과 맞닿아 있는 것이기도 했다.

그러던 이때, 신은 조광우의 가르침이 불현듯 떠올랐다.

– 배우는 접촉하는 것이나 무언가와 교감을 나누는 것에 예민해야 한다. 이 접촉이 없으면 반응도 충동도 없다.

신은 지금 신이 직면하고 있는 문제가 고민이 되었다.

'선생님에게 도움을 요청하고 싶다.'

그러나 조광우는 지난번 복지원의 가르침으로 그의 가르침은 이제 끝났다고 했다.

　– 이제 네가 고민을 하다 하다 도저히 풀리지 않을 때, 고충 정도는 들어줄 수 있다.

　그리고 조광우는 아쉬워했다.

　– 이 선생님이 더 못 가르쳐줘서 아쉽구나.

　그로서도 신을 그의 품에서 떠나보내는 게 아쉽기는 했다. 그러나 그는 신을 가르치는 동안 정말 기뻤다.

　엄청난 재능을 지닌 아이와 만나 무언가를 함께 고민하고 가르치는 게 기뻤고, 천재가 성장해가는 모습을 바라보는 게 그로서는 그저 즐겁기만 했다.

　쪽에서 나온 빛이 쪽보다 푸르다고, 그는 신이 그를 뛰어넘는 건 물론 한국 최고의 배우가 되고 한국을 뛰어넘는 세계적인 배우가 되길 원했다. 이것이 그의 솔직한 심정이다.

　– 이제 너 자신만의 길을 무소의 뿔처럼 묵묵히 걸어라.

　'선생님, 말이 맞아. 자기 자신이 누군지 깨닫는 건 남이 해결해 줄 수 있는 차원의 문제가 아니야. 결국, 스스로 해내야 하지.'

　신의 입가에 희미한 미소가 맺혔다. 그런데 이상하게 콧등이 시큰해진다.

　'상을 언제 탈지는 모르겠지만, 나중에 연기대상 타기라도 하면 선생님 이름도 불러야지. 그나저나 선생님은

몇 번째로 불러야 하나. 일단 엄마 이름 부르고 다음에 강우 아저씨, 수연이 누나 이름 부르고……'

신은 배역 몰입 문제에 대해 깊게 탐구했으나 이렇다 할 수확은 얻어내지 못했다.

비록 문제가 잘 풀리지 않았으나 신은 초조해 하지는 않았다.

오히려 초조해 하면 할수록 문제가 더더욱 잘 풀리지 않는 법이었으니까.

'서서히 해결해야지.'

그리고 영화 양과 늑대 이후 신은 나름대로 바쁜 생활을 보내게 되었다.

연예가 중계에 출연하기도 하고 복지원에 가서 봉사활동도 하고 소속사와 함께 차기작 검토를 하기도 했다.

이러다, 신은 백술예술대상에 참여하기로 했다.

이 행사는 3월과 5월 사이에 열리는 행사로, 연예인들에게 커다란 행사다. 이 백술예술대상 시상식은 영화와 TV 부문을 아우르는 국내 유일의 시상식이기 때문이다.

영화와 TV 부문별 5명의 심사위원이 전년도 3월 1일부터 금년도 2월 28일까지 작품을 대상으로 심사하여 시상하는데, 신이 이 시상식에 참석하게 된 건 바람의 공주 때문이었다.

그리고 이날, 신은 서효원과 화장실에서 마주치게 되었다.

'원수는 외나무다리에서 만난다더니.'

물론 두 사람 사이는 원수는 아니다. 호적수다.

이때, 서효원이 수도꼭지에서 흐르는 물에 손을 씻으며 말했다.

"영화 찍은 거 잘 봤어."

"감상은?"

"이전과는 다르게 충동에 맡기지 않는 거 인상적이더라. 감각에 기대나 감각에 너무 기대지 않는 건, 좋은 현상이지."

"고맙네."

신의 대답에 서효원이 후후 웃었다.

서효원은 외국 문화에 익숙한지라 반말이나 존대에 구애받는 성격은 아니다. 더군다나 신은 서효원이 인정하는 호적수, 서효원에게 있어 이런 문제는 저차원적인 문제다.

"그나저나 언제까지 기다려야 하는 거지?"

서효원은 손에 묻은 물을 툭툭 털며 티슈에 닦았다.

"연기 같이 해보는 거?"

"그래. 그런데 뭐, 급할 건 없지. 작품 고르는 것도 그렇고 작품 편성도 어떻게 해야 할지 고려할 건 많으니까. 그런데 내가 이제 슬슬 해외로 떠날 생각이거든."

서효원은 거울을 바라보며 머리를 다듬었다.

"언제고 이 좁은 어장에 있을 수 없잖아?"

큰물에서 놀아야 한다는 서효원의 말에 신은 가슴이 두근거리며 뛰는 걸 느꼈다.

'세계라……'

어렴풋이 생각은 하고는 있지만, 실감 나지 않는 단어다.

'여기에도 서효원같이 연기에 뛰어난 사람이 있고 잘하는 사람들도 많은데, 세계에는 엄청난 재능을 지닌 어마어마한 괴물들이 많겠지.'

신이 생각에 빠져 있을 때 서효원이 말했다.

"그래서 올해나 내년 중반으로 너랑 한번 붙어보고 싶어."

신은 흔쾌히 대답했다.

"좋아."

"후후, 이거 기대되는데."

"만반의 준비나 하고 있으라고."

"선전포고냐?"

"아니, 질 준비 하고 있으라는 건데?"

신의 당돌한 말에 서효원이 웃음을 토해냈다.

"하하하하하! 이거 단단히 기대해야겠어."

서효원은 신의 어깨를 툭툭 치고는 장내에서 벗어났다.

신이 서효원을 이기겠다고 한 말은 빈말이 아니었다.

'지금 이 문제만 해결되면……'

그렇기에 신은 자신이 있었다.

'대결이 기대된다.'

그리고 이날, 신은 TV 드라마 부문 남자 신인 연기상과 인기상 그리고 최우수조연상을 받게 되었다.

시상식에 오른 신은 하하 웃으며 말했다.

"이 상을 주셔서 감사합니다. 앞으로도 더더욱 훌륭한 모습을 보여드리도록 하겠습니다."

☆　★　☆

가끔가다 이런 경우가 있다.

이건 반드시 해야 한다는 느낌이 들 때가 말이다.

신은 눈앞에 있는 대본을 바라보면서 직감했다.

'이거 반드시 맡아야 해!'

"토드 앤더슨."

"흐음, 〈죽은 시인의 사회〉를 말하는 건가요?"

토드는 내성적인 성격이라 자기 자신을 잘 표현하지 못한다. 그러나 키팅 선생을 만나면서 토드는 서서히 변하게 된다. 친구들 앞에서 자기 마음속의 시를 쏟아 내는 용기를 발휘하기까지 한다.

'토드의 외부는 조용하지만, 내부는 폭발적인 성향을 지닌 인물. 아니, 어떻게 보면 자기 자신을 되찾아가는 인물이지.'

토드의 진가는 존 키팅 선생이 한 학생의 죽음에 억울한 책임을 떠맡고, 학교를 떠나는 날 드러난다. 이날 영문학 수업은 학교 교장이 맡게 되는데 교장이 수업을 진행하려고 할 때, 존 키팅은 교실로 들어서서 물건을 챙기고 교실 문을 나서려고 한다. 그런데 이때, 토드 앤더슨이 책상 위로 올라가 이런 말을 외친다.

– 캡틴, 마이 캡틴!

토드 앤더슨의 돌발 행동에 다른 학생들도 용기를 내서 하나씩 책상 위로 올라가 이 구호를 외친다.

– 캡틴, 마이 캡틴!

이수혁이라는 인물도 토드 같이 눈에 띄지 않는 인물이다.

'그러나 짝사랑을 위해 서서히 환골탈태하는 인물이야.'

솔직히 말해 이전의 배역만큼 눈길을 확 끄는 구석은 없다.

그러나 이수혁은 무궁무진한 잠재력을 지닌 친구다.

"제가 생각할 때 반전 친구가 될 수 있을 거 같은데요."

"그런데 주연이 아니라 조연인 게 좀……."

"그래도 파스타 맞는 역보다는 낫죠."

신의 말에 이영식이 고개를 끄덕였다.

"하긴 그건 그렇죠. 사실 우리가 생각해봤을 때 그래요. 신군이 이 배역을 소화해내면 파격적인 변신을 하는 것이니……."

이영식이 뒷말을 흐렸다.

문제는 이전의 배역들 이미지가 너무 강렬하다는 거다.

"한 번 이 역에 도전해봐도 되겠죠?"

"어떻게 소화하는지 보면서 결정하는 게 나쁘지는 않을 거 같아요."

만약, 신이 이 배역을 맡게 되면 매회 특수분장을 해야 한다.

'그러나 이건 중요한 게 아니야. 이 배역이 어쩌면 해답을 지닌 열쇠일지 모르니까.'

드라마 제목은 〈라이팅 클럽〉.

꿈과 청춘을 노래하는 드라마다.

ACT 19.
다 된 드라마에 아이돌 뿌리기

다 된 드라마에 아이돌 뿌리기

극 중 이수혁은 뚱뚱한 외모로 자존감이 바닥나있고 성격도 의기소침하여 친구도 없는 편이다. 하물며 그는 집안에서도 환영받지 못한다.

이수혁의 형 이강혁은 정말 뛰어난 인물이라 수혁은 언제나 그와 비교됐기 때문이었다.

아버지 이수현은 그의 아들 이수혁을 탐탁지 않게 여기지만, 다행히 수혁이 공부는 어느 정도 하는 편인지라 의대에 가서 그처럼 의사가 되길 원한다.

수혁은 이런 아버지의 요구와 기대에 맞춰 충실히 살아갈 뿐이다. 아버지란 존재는 수혁에게 무섭고 엄한 존재라서 수혁은 아무 소리도 못 한다.

이런 수혁에게도 소중한 친구가 있다.

바로 노래다.

아무도 없는 곳에 가서 기타를 잡고 혼자서 노래를 부르며 저 스스로 달래는 게 수혁의 취미다. 기타를 다루고 노래를 부르는 수혁의 실력은 수준급이다. 그러나 수혁은 자신이 노래를 잘하거나 잘 부른다고 생각하지 않는다. 그저 노래를 즐긴다고 생각할 뿐.

그리고 이런 수혁에게 선망의 대상이 있다. 설하린이라는 이름을 지닌 여학생으로 가수를 하는 아이돌이다. 그러니 얼굴도 예쁘장하고 주위에 인기도 많다. 수혁도 이런 설하린을 좋아한다. 그러나 먼 자취에서 그녀를 바라볼 뿐이다.

'수혁은 제 주제를 파악하는 거야. 스스로가 그녀와 어울리지 않는 걸 아니까.'

신은 수혁의 짝사랑에 마음이 아려오는 걸 느끼며 레미제라블에서 한 여인을 떠올렸다.

'에포닌도 마리우스를 좋아하지만, 마리우스가 코제트를 좋아하는 걸 보고 그를 포기하지.'

짝사랑에서 안타까운 점은 이거다. 짝사랑하는 사람 때문에 제 세상은 무너질 거 같은데 그 사람의 세상은 아무렇지도 않다는 거다.

'또, 저 자신이 어느 날 물거품같이 사라져도 상대방은 아무 신경도 쓰지 않지.'

어떻게 보면 서로의 마음이 통해 연인이 되는 건 기적

과도 같은 일이다.

'오늘따라 에포닌의 노래 〈on my own〉이 댕기네.'

그리고 이날, 신은 〈on my own〉이라는 노래를 들으며 짝사랑 특유의 아리고 들뜬 감성에 흠뻑 젖었고, 수혁이라는 인물에 감정을 서서히 감정 이입하기 시작했다. 한데, 이 수혁이라는 인물 곱씹으면 곱씹을수록 진국인 인물이었다.

'눈에 띄지 않지만, 낭중지추처럼 튀어나오는 인물.'

솔직히 신은 이런 배역이 신에게 들어오리라고는 예상하지 못했다. 영화 양과 늑대 이후 신에게 들어온 배역은 이전과 비슷하게 악역이 정말 많이 들어왔기 때문이다.

하나 로맨스 드라마에서 제의가 종종 들어오기도 했다. 물론 이는 드문 경우였다. 라이팅 클럽 각본을 집필한 김명은 작가도 이 드문 경우에 속했다.

한데, 그녀는 양과 늑대에서 한 여인을 사랑한 사이코패스와 바람의 공주에서 화란 공주를 좋아하는 서윤도라는 인물을 연기한 신에게 깊은 감명을 받은 상태였다. 이런 이유로 그녀는 이수혁이라는 인물을 신이 연기해줬으면 좋겠다 싶었고, 신에게 이 배역을 맡아달라고 간곡히 부탁하기까지 했다.

신이 이 배역을 하기로 한 건 그녀가 삼고초려를 해서가 아니다.

이수혁이라는 인물이 처해 있는 상황이 지금 신이 처한 상황과 묘하게 맞아떨어져서다.

'수혁이도 자신을 둘러싼 알껍데기를 깨고 나오려는 새 같아.'

덕분에 신은 수혁과 좋은 친구가 될 수 있을 거 같았다.

'수혁이를 연기할 생각만 해도 기쁘고 설레네.'

하나, 신은 이때 몰랐다. 이 배역을 맡게 되면서 어떤 고충에 휩싸이게 될지 말이다. 그리고 이는 조만간 닥쳐올 고난이기도 했다.

다음날, 신은 소속사에서 보컬 트레이닝을 받기로 했는데 강우진이 나서서 신을 도와주기로 했다. 신과 만난 우진이 손을 흔들며 인사했다.

"이게 누구야. 대배우 아니신가!"

우진과 신이 바람의 공주에서 하차하게 되면서 우진은 신을 대배우라 부르기 시작했다.

신은 이에 대해 한사코 사양했지만, 우진은 대배우라 불릴 자격이 있다면서 대배우라고 불렀다.

물론 사람들과 함께 있는 장소에서 이렇게 부르지 않았다.

대배우는 일종의 애칭과도 같은 것이었다.

하나, 순순히 당하고 있을 신이 아니었다.

"아니, 이게 누구세요. 이번 뮤직 어워드에서 대상 타신

대가수님 아니신가요!"

신의 장난스러운 응대에 우진은 무어가 그리 좋은지 낄 낄 웃고 있었다.

"형, 그나저나 바쁘신데 저 도와주셔도 괜찮아요?"

"괜찮아, 괜찮아. 다음 앨범준비 하기 전에 잠시 휴식기에 든 거라서 말이야."

우진이 신에게 어깨동무하며 복도를 걸었다.

"무엇보다 한솥밥 먹는 식구잖아. 가족은 도와야지 않겠어?"

그리고 이때 우진은 신에게 한쪽 눈을 찡긋했다.

"나중에 대상 받으면 내 이름도 불러주라."

장난기가 담긴 우진의 말에 신이 어깨를 으쓱이며 말했다.

"한 번 고려해볼게요. 받을지 잘 모르겠지만요."

"반드시 받을 거야. 난 너를 믿거든."

잠시 후, 두 사람은 우스갯소리를 하면서 개인 트레이닝실에 들어섰고, 신은 우진에게서 트레이닝을 받기 시작했다.

"일단 발성부터 들어가 보자고."

노래에 있어서 이 다섯 가지 요소가 중요하다.

음정, 박자, 발성, 발음, 감성이다.

한데, 발성이 이 모든 것을 관통하는 것이라고 해도 과언이 아니다.

일단 소리가 정확하게 발성되어야 음정이 불안정하지 않다. 그리고 이 음정이 잘 맞아떨어져야 박자를 잘 맞출 수 있고 발성을 잘해야 발음도 뚜렷하다. 소리가 나오는 위치에서 발음이 나오기 때문이다. 감성을 표현할 때 소리를 강약 조절을 하는데 이도 발성에서 나온다.

"바지를 입는 듯이 끌어올리고."

"네."

신은 우진의 가르침을 순순히 따르기로 했다. 노래에 관해서 우진은 확실한 전문가다. 우진 앞에서 주름을 잡는 건 번데기 앞에서 주름을 잡는 거나 다름없다.

곧이어, 신은 소리를 끌어 올리듯이 소리를 내뱉었다.

"아아아-!"

노래할 때 발성에서 복압을 느끼는 게 우선이다. 배에 압력을 느끼는 건 숨을 들이시면서 호흡을 일시적으로 멈추는 거다.

그럼 윗배와 가슴 쪽에 압력이 생기게 된다. 이는 소리의 위치와도 연관된다. 이제 이 소리를 뿜어내는 방식에 따라, 가요나 뮤지컬 혹은 성악에 적합한 소리가 되기도 한다.

가요의 경우 소리를 밑에서 끌어올리다 약하게 내뱉으면 되는 것이다. 뮤지컬의 경우 가요보다 좀 더 강한 느낌이다. 성악의 경우 이 소리의 뿌리에서 끌어올리는 걸 그대로 끌려 올려 내뱉는 거다. 이때 발성에서 중요한 건 소리를 내면서 이 소리를 그대로 유지하는 거다.

"호흡을 길게 마시고! 횡격막에 집중하여 소리 유지하고!"

성악에서는 이를 '아포지오'라고 말하는 데, 결국, 횡격막에 의식을 집중하고 힘을 줘 소리를 내는 건 소리를 내는 분야에 모두 적용된다는 거다.

한편, 신의 아랫배가 들어가면서 윗배가 올라왔다. 이는 가슴 쪽에 배의 압력이 올라온다는 증거였다. 윗배와 흉부가 부풀어 오르고 늑골도 확장되어야 호흡이 받쳐진다.

이때, 목이 열려있어야 한다. 목에 불필요한 긴장이 들어가 있을 필요가 없다.

"아아아아!"

신이 내지르는 목소리는 시원시원하면서도 깊게 울려 퍼졌다.

신은 하나의 울림통이 되었다.

"좋았어. 이제 아를 내뱉는 데 h 발음을 넣어 소리를 내보자."

발음을 낼 때 h 발음을 넣어 소리를 내뱉으면 호흡이 소리 통로로 지나가면서 성대접촉이 잘 이루어지게 해주기 때문에, 이 훈련은 노래 발성에서 중요한 훈련이었다.

곧이어, 신이 소리를 내뱉었다.

"하아아아!"

소리는 잘 울리고 있었다.

"오, 좋아! 아, 에, 이, 오, 우에 이 h를 넣어 하, 헤, 히, 호, 후 해보자."

신은 우진의 요구를 어려움 없이 잘해냈다.

'역시 발성 훈련을 평소에 해서 그런가.'

우진은 다음 단계로 곧바로 넘어가기로 했다.

"이제 노래에 바로 적용해보자고. 여기 악보 줄게. 악보 첫 소절 대사가 이렇지 아프고 그리운 날에 네가 정말 보고 싶어서, 우리 옛날…… 이제 이를 말할 때 하라 말하고 우리에 후로 하는 거야."

"네."

"아프고 그리운 날에 네가 정말 보고 싶어서, 우리 옛날 추억을 꺼내봐. 너는 나에게 무슨 말을 하고 싶은 걸까. 나는 오늘도 되물어봐. 왜 그렇게 너는 웃고 있는 거냐고."

신이 기가 막히게 노래를 하자 우진은 신에게 엄지를 척 내밀었다.

"나중에 뮤지컬 도전해봐도 되겠는데?"

"오, 진짜요?"

"어, 근데 너 가수 해보는 것도 나쁘지 않겠다."

"에이, 그거 무리에요."

"아냐. 내가 보기에 좀 더 다듬으면 될 거 같거든? 목소리도 좋고 색깔도 있고."

사실 노래를 잘 부르는 것도 중요하기는 하다. 하나, 노래 가사를 자신의 감성과 진실성을 담아 노래를 듣는 청자에게 전달하는 게 더 중요했다. 이것이 가수의 '색'이었다.

"뭐, 강요는 아니야. 근데 노래 부른다고 해서 가수 하는 것도 아니잖아. 그 네가 할 배역이 기타도 치고 노래하는 싱어송라이터 배역이라며."

"그렇죠."

"그럼 네가 노래 부르는 거 OST도 하면 딱 좋을 거 같은데?"

"확실히 나쁘지 않겠네요."

한편, 신은 기타를 배우기도 했다.

'기타 치는 것도 재밌네.'

하나, 난생처음 잡아보는 악기라서 익히기가 까다로웠다.

"왼손으로 코드 잡고 오른손으로 기타 줄 치는 거 어렵네요."

"처음에는 다 그래. 그런데 중요한 건 오른손이야."

"왜요?"

"나중에 코드는 익숙해져서 잡을 수 있거든. 한데, 오른손이 말썽이지. 주법이 다양해. 스리 핑거도 있고, 아르페지오 주법도 있고 퍼커시브 주법도 있고."

"오오……."

"사실 치는 것만 잘하면 노래는 잘 돼."

"오, 그렇구나."

신은 기타에 익숙해지려고 노력했다.

'이게 G 코드구나.'

G 메이저 코드를 잡은 신은 기타 줄을 위에서 아래로 쳤다.

뎅.

그러자 솔 소리가 났다.

'기타 어렵네. 근음 때문에 줄도 아무렇게나 치는 거 아니구나.'

신은 기타를 쳐보면서 기타에 많은 것을 알게 되었다. 무엇보다 신을 힘들게 하는 건 F 메이저 코드였다. 기타에 갓 입문하는 초보자를 좌절하게 하는 난관이었다. 대략 이를 극복하는 데 6개월에서 길게는 1년 걸린다. 때문에, 초보자들은 이 부분에서 많이 포기하게 된다.

'코드를 잡아도 소리가 제대로 안 나네.'

기타 줄을 스트로크를 해도 깨끗한 소리가 나지 않고 둔탁한 소리가 났다. 이는 코드가 제대로 잡히지 않았다는 거다.

'이거 왼쪽 손가락 아프다.'

코드를 잡기 위해 왼쪽 손가락으로 줄을 눌러야 하니 굳은살이 배였다.

그러나 신은 기타를 배우는 게 즐겁기만 했다.

'나중에 버스킹(*길거리 공연)해보는 것도 재밌겠네. 연인한테 프러포즈할 때도 좋겠고. 아니, 프러포즈에는 피아노인가?'

신은 기타에 차츰 적응하면서 한 곡을 배우게 되었다. 영화 〈원스〉에서 나온 falling slowly란 곡이었다. 한때 빌보드 차트에서 1위한 명곡이었다. 이 곡은 핑거스타일 아르페지오 주법으로 기타 줄을 부드럽게 뜯다가 후렴에서 슬로우 고고라는 주법으로 기타 줄을 치는 것이었다.

몇 번 헤매다 보니 신은 이 주법에 금방 익숙해지게 되었다. 코드는 C와 Am 같은 코드로 이루어져 있어서 어려운 곡은 아니었다.

뭐, 마의 코드인 F 코드가 있지만, 약식이라는 게 있어서 간단하게 넘어갈 수 있었다.

"아직 화성학은 배울 필요 없어. 들어가면 복잡해지니까. 그냥 외워서 그럴듯하게 흉내 내면 돼. 전문가만 보는 드라마가 아니니까."

신은 이 밖에도 여러 곡을 배우며 소화했다. 한데, 예측하지 못한 난관이 발생했다.

"아이돌 가수가 여자 주인공으로 발탁됐다고요?"

신의 마음속에서 설마 하는 불안한 생각이 피어올랐다.

"신유비 양인데, 뭐……."

이영식 부장은 뒷말을 흘리고 있었다.

말은 없었으나 그는 그녀가 발연기를 한다고 말하고 있었다.

"드라마 시작도 하지 않았으니 시작부터 골치가 아플 거 같으면…."

"저도 음악 잘하는 거 아니잖아요. 서로 도와가면서 호흡 맞춰보면 되죠."

그러나 신은 이 생각이 얼마나 순진한 생각이었던지 신유비와 만나게 되면서 깨닫게 되었다.

☆ ★ ☆

신유비.

그녀는 가요계에서 정말 독보적인 자리를 차지하고 있는 솔로 아이돌이다. 앨범을 내기만 하면 음원 사이트를 물론 음악 중계방송에서 1위를 휩쓸 정도다.

한데, 그녀를 아이돌이라고 하기에 모호한 부분이 있다. 그녀는 기계음으로 범벅된 노래에 맞춰 춤을 추기보다 그녀가 직접 노래를 작곡하고 작사하여 노래까지 직접 부르기 때문이다.

그녀의 노래에 그녀의 감성이 담겨 있어서 사람들은 신유비를 탈아이돌 혹은 아티스트라고 부르기도 하는데 이제 그녀가 아이돌이라 불리는 건 과거 아이돌 그룹에서 메인 보컬로 활동한 적 있어서다.

신의
연기3

그러나 이 걸그룹은 범람하는 가요계 속에서 다른 그룹에 묻혔고 이렇다 할 성적은 거두지 못했다. 설상가상으로 멤버들과 소속사 사이 불화까지 생기자, 멤버들은 그룹에서 탈퇴하고 소속사를 아예 나가버리기까지 했다.

다섯 명이었던 그룹에서 그녀 혼자만이 남게 되었다.

그녀는 이번이 마지막이라는 절박한 심정으로 그녀가 자신 있어 하는 분야로 데뷔하기로 했다.

바로 싱어송라이터.

이 시기만 해도 이 전략은 정말 생소한 전략이었기에 가요계 사람들은 회의적인 반응을 보였으나 이 색다른 전략은 대중에 보기 좋게 먹혀들었다.

이후 그녀는 승승장구하게 되었고, 그녀의 소속사 M&N은 그녀가 벌어다 준 수입으로 빌딩 한 채를 세우기까지 했다. 이런 것만 봐도 그녀가 가요계에서 차지하는 위상은 대단했다. 그녀의 인기가 상당한 건 두말할 것도 없었다.

이제 라이팅 클럽 제작진이 그녀를 주연으로 발탁한 건 그녀의 외모와 분위기 그녀의 노래 실력이 주연과 여러모로 딱 들어 맞아 서기도 하면서, 그녀의 팬덤을 시청자로 끌어 들기 위해서다. 신도 이 전략적인 결정을 이해하지 못하는 건 아니었다.

'돈이 걸린 비즈니스니까 나도 이해하는데.'

솔직히 말해 신유비와의 첫 만남도 나쁘지 않았다.

정말로 좋았다.

"저 강신 씨 정말 팬이에요. 한번 만나보고 싶었어요!"

그녀는 예의도 바르고 성격도 싹싹했다.

'거만할 줄 알았는데, 거만하지 않네.'

잘 나가는 가수가 신의 팬이라고 하니 신은 기분이 묘해지는 걸 느꼈다.

'그래, 여기까지 다 좋은데……'

잠시 후, 연습실에서 신유비가 극 중의 대사를 외우며 연기하자 신은 아무 말도 할 수 없었다. 로만 소속사 연기생을 담당하는 트레이너 박유선도 할 말을 잃고 있었다.

"와, 너 노래 잘하는데?"

이 대목은 극 중 설하린이 이수혁의 노래를 우연히 듣고는 이수혁을 칭찬하는 부분이었다.

'발성은 좋아. 발음도 똑똑한 편이고.'

한데, 그녀의 어조가 국어책 읽는 것처럼 딱딱해서 로봇이 말하는 것 같이 어색했다.

'내가 볼 때 감정이 잘 안 사는 거 같은데.'

신이 바라보는 신유비의 감정 구체는 여러 색깔이 뒤섞인 혼란 그 자체였다.

'감정이 엉망이니 감정 투사가 잘 될 리가 없지.'

또, 그녀의 문제점은 그녀를 찍는 카메라를 저도 모르게 의식한다는 것이었다.

'음……'

음악 중계방송 같은 경우 기다란 봉에 매달린 카메라가 여러 대 돌아다니며 가수를 찍는다. 이제 가수가 노래하다 보면 이 카메라를 의식하여 바라봐야 할 때가 있었다.

'이 카메라를 바라봐야 한다는 생각이 습관으로 굳어진 건가.'

매체 연기에서 중요한 것은 카메라의 존재를 '되도록' 잊는 거다. 그러니까 카메라를 의식하면서 의식하지 않는 거다. 카메라를 의식하면 긴장이 발생하고 말과 행동에 과장이 섞이기 마련이다.

이렇다고 카메라를 의식하지 말아야 하는 건 아니다. 배우는 제 몸 위치가 화면의 4각 틀 속 어디에 들어오는지 느끼면서 제 몸을 조정해야 하기 때문이다.

"죄, 죄송합니다. 그… 그게 노래 부를 때 괜찮은 데 연기할 때 카메라 의식하니 저도 모르게 굳네요."

그녀는 실의에 빠져 몸을 축 늘어트리고 있었다. 팬이라면 비련의 여주인공이 된 그녀를 안아주고 싶겠지만 신은 냉철한 시선으로 그녀를 바라보고 있었다. 이에 신유비는 저도 모르게 주눅이 들고 말았다. 왠지 알 수 없지만, 죄를 짓는 기분이 든 것이다.

그녀도 연기를 못 하고 싶어서 못 하는 게 아니었다. 잘하고 싶었다.

'잘 안 되니 나도 답답하네.'

한편, 신은 그녀가 출연한 작품에서 왜 그녀의 대사와 행동이 한두 마디로 간단하게 처리된 것인지 알 수 있을 거 같았다.

'카메라를 의식해서 NG가 계속 났겠지. 하지만 감독은 장면이라도 건져내려고 계속해서 찍었을 테고.'

어떻게든 장면을 건지기 위해 짜증도 부리지 못하고 애써 미소 지으며 신유비를 다독거리는 감독의 모습이 신의 머릿속에서 떠올랐다.

'생각만 해도 내 속에서 열불이 터지네.'

신은 극한의 인내심을 발휘하며 프로 정신을 발휘한 감독에게 애도를 표했다.

그러던 이때, 연기 선생이 입을 열었다.

"흐음, 붉은 양탄자 연습을 해보죠."

이 붉은 양탄자는 패트릭 터커의 훈련법이다. 카메라 앞에 양탄자가 깔린 것처럼 상상하는 것인데, 배우들은 화면 좌우를 빠져나가지 않고 이 양탄자 안에서 서로 호흡을 맞추는 것이다.

이 훈련을 하는 건 배우의 제 모습이 카메라에 어떻게 그려지는지 생각하는 한편 카메라 연기에 맞는 자연스러운 표정과 행동을 익히기 위해서다.

"배우는 체스판의 말이에요. 말이 움직이는 것처럼 자신은 화면 전체 중 일부라는 걸 생각해보는 거에요."

물론 이 붉은 양탄자 훈련은 블로킹, 카메라 프레임

내에 인물과 사물을 배열시키는 것과도 관련이 있었다.

"신 군이 뒤돌아선 채로 있고 유비 씨는 뒤돌아선 신 군의 뒤통수를 바라보면서 이야기해보는 거에요. 머릿속으로 두 사람이 카메라에 비치는 걸 생각해보면서 일상적으로 대화를 주고받는 거에요."

"극에서 나오는 상황을 이 자리에서 재현해보는 거군요?"

"네, 그렇죠. 연기하려 하지 말고. 자연스럽게. 부담가지지 말고."

'그 말 들으니 부담되는데요.'

잠시 후, 붉은 양탄자 연습이 시작되었다.

어디선가 들려오는 노랫소리.

그녀는 신의 뒷모습을 바라보다 노래를 음미하는 척 흉내 내다 신에게 다가갔다.

그리고 신의 어깨를 툭툭 쳤다.

"와, 너 노래 잘하는데?"

박유선이 속으로 중얼거렸다.

'여전히 부자연스러워.'

박유선의 떨떠름한 반응을 바라본 신유비가 고개를 축 늘어트렸다.

"잘 안 되네요."

"호호, 잘 안 될 수도 있죠."

연습이 이어지고 또 이어졌다.

"자연스럽게!"

"아니죠. 노래를 대화처럼 하듯이 연기도 이렇게 해보는 거에요."

"대사를 내뱉는 것에 의식하지 말고. 말하는 것처럼."

끝끝내 연기 선생 박유선은 속으로 고개를 가로젓게 되었다. 그녀가 볼 때 신유비의 연기는 악마의 연기였다. 아니, 아마 악마가 이 연기를 보면 제 두 눈을 뽑고 도망갈 정도였다.

'연기 쪽에 염 젬병인 거 같은데. 그냥 노래만 쭉 하시 왜 연기를 한다고 나서서는⋯⋯.'

가수가 배우에 도전하는 거 자체는 손가락질받을 행위는 아니다. 한데, 연기를 못 하면 연기에 도전하지 말아야 한다. 이는 배우 밥그릇도 달린 문제니 민감한 문제다.

'연기를 잘하면서 빛을 발하지 못하는 배우들 많은데.'

신유비는 팬덤의 인기로 다른 이의 밥그릇을 빼앗았으니 반성이라도 해야 했다. 박유선은 심기가 불편했으나 이를 티 내지는 않았다.

'신 군이 이번 드라마는 안 하면 좋겠는데.'

신은 포기하는 기색을 내보이지 않고 있었다. 일단 그녀는 먼저 철수하기로 했다.

그리고 잠시 후, 신은 그녀와 함께 호흡을 또다시 맞춰보기로 했다.

"계속해보죠."

"성격 되게 좋으시네요. 뭐라고 할 만한데."

"하하, 좋은 건 아니에요."

이렇게 말하면서도 속에서 천불이 나고 어금니를 물고 있는 신이었다.

'이제 오기가 생기네.'

이때, 신유비가 입을 열었다.

"연기하려는 제가 아니꼽게 보일 수 있겠지만, 저도 연기해야 하는 이유가 있거든요. 이건 말할 수 없는 이유지만……. 아무튼 가르쳐주시는 대로 열심히 해볼게요. 제가 할 수 있는 한에서 최선을 다해 열심히 따라갈 테니까요."

그녀도 전의를 활활 불태우고 있었다.

'그래도 배울 자세는 되어있으니까.'

신은 여기서 방법을 한 번 바꿔보기로 했다.

"여기 앉아서 한번 노래 불러볼래요?"

"노래요?"

"일단 유비 씨 감정부터 살려보면서 배역에 천천히 집중해보는 거죠."

"음, 좋아요. 그렇게 해보죠."

그녀의 노래가 곧바로 시작되었다.

"보통 네가 생각날 때…."

신은 그녀의 노래를 찬찬히 감상했다.

'MR 없어도 노래 정말 잘하네.'

귀가 즐겁다는 게 이를 두고 말하는 거 같았다.

한편, 그녀의 입가에는 희미한 미소가 떠올라 있었는데 신이 볼 때 신유비는 노래 부르는 걸 정말 즐기는 거 같았다.

그녀는 노래 가사를 청산유수처럼 이어나갔다.

'노래를 대화하듯이 정말 자연스럽게 부르는구나.'

신은 기분이 편안해지는 걸 느꼈다.

"희미한 빛을 따라 너에게 향하러 갈게."

어느덧 노래는 절정을 향해 달려가고 있있다. 신유비의 감정 구체가 붉은색으로 변하기 시작했다.

'일단 신유비 씨의 감정 투사부터 살려야 해.'

이 감정을 끌어 올리면 감정은 자연스레 유도된다. 화를 내지 않으려고 해도 화가 나면 화가 나게 되는 것처럼 말이다. 신이 볼 때 일단 그녀에게 급선무인 건 자기 자신을 바라보는 것이었다.

'카메라 의식하고 아니고가 중요한 게 아니야.'

어떻게든 카메라를 의식한다면 그냥 카메라를 의식 안 하게 하면 그만이다.

'이제 자기 스스로 대사를 내뱉으면서 스스로 감정을 느껴보는 것이지. 이러면 대사는 일상 속에서 대화하는 것처럼 흘러나오게 되어 있어.'

한편, 그녀는 흥겹게 리듬을 타며 몸을 들썩하며 움직이고 있었는데 자신의 흥을 주체하지 못한 것인지 몸 무게

중심이 앞쪽으로 쏠리고 있었다.

감성에 도취한 그녀가 자리에 일어서려고 하자 몸의 균형이 무너지고 말았다.

"어어…?"

그녀의 몸이 앞쪽으로 엎어지기 전에 신은 반사적으로 그녀의 몸을 붙잡았다. 덕분에 그녀는 아무런 부상 없이 무사할 수 있었다.

"괜찮아요?"

"아, 아. 네."

그러던 이때 신유비는 생소한 감각을 느꼈다.

'이거 뭐지?'

그녀는 신이 낯설기보다 익숙하게 느껴지기 시작했다. 가슴이 두근거리는 건 아니었다. 이전보다 마음이 편안해지고 안정적인 걸 느꼈다.

이에, 신은 아뿔싸 싶었다.

'이런……'

신유비는 연기를 잘 하는 신을 동경하고 있고 호감도 잔뜩 품은 상태다. 이 상태는 동화가 이루어지기 최적의 조건이었다.

신은 그녀와 접촉하게 되었으나 그녀를 순식간에 잡았다가 그녀를 놓은 지라 두 사람 사이에 동화가 거의 이루어지지 않았다.

'그나마 다행이네.'

신은 외간 여자의 손을 잡은 걸 예리에게 비밀로 하기로
했다.

'누나가 알면 난리 나겠지.'

그리고 이때 바깥에서 대기하고 있던 사람들이 안으로
우르르 들어왔다.

"유비야 괜찮아?"

"아, 매니저 오빠 괜찮아요."

"아, 너 진짜……. 내가 깜짝 놀랐잖아. 너 때문에 못 산
다."

더벅머리의 사내가 머리를 긁으며 말했다.

"그보다 강신 씨 많이 놀라셨죠?"

"괜찮아요. 유비 씨가 다치지 않은 게 다행이죠."

신유비가 얼굴을 붉히며 신에게 고개를 숙였다.

"아까부터 민폐만 끼쳐드리고 죄송합니다."

"에이, 아니라니까요."

"제가 평소에 잘 덤벙거리는 성격인데 노래 부르다가
그만……."

신이 그녀, 아니 그녀의 감정 구체를 응시하며 미소를
씩 지었다.

"정 미안하면 한 번만 더 해보고 가세요."

"네?"

"이제 연기하시는 게 달라질 거에요."

신유비는 신이 무슨 말을 하는지 이해할 수 없었다.

'아까까지 나 연기 못 했는데. 달라진다고?'

솔직히 말이 될 리가 없었다.

'아무리 생각해봐도 불가능한 일인 거 같은데ㅌ……'

그녀는 속으로 긴가민가하면서 신의 말을 따르기로 했다.

'혹시 모르잖아.'

그녀는 연기를 위해 감정을 잡기 시작했다. 그러다 이전과 달라진 점을 파악했다.

'노래를 부를 때와 비슷하게 마음이 불안하지 않아…'

무엇보다 그녀는 자기 자신의 내부에 좀 더 집중되는 걸 느꼈다.

그러자 설하린이라는 역이 그녀에게 성큼 다가왔다.

'마치 나에게 안녕하고 인사하는 거 같아.'

그녀는 가슴이 두근거리는 걸 느꼈다.

'어쩌면……'

곧이어, 그녀는 카메라 앞에 서서 연기하기 시작했다. 한데, 이전과 다르게 카메라가 의식되지도 않았고 마음이 불안하지도 않았다. 이러니 그녀의 표정도 행동거지도 자연스럽게 나왔다.

"와, 너 노래 잘하는데?"

그녀는 정말 감탄이라도 한 거 같았다.

놀라는 동작도 간결해서 작위적인 면도 없었다.

한편, 신유비의 연기를 옆에서 바라보던 그녀의 매니저가 깜짝 놀라고 말았다. 이전보다 그녀의 연기가 한결 좋아진 것이다.

'일상생활에서 놀라워하는 거처럼 놀라잖아.'

연기한 그녀도 깜짝 놀라고 말았다.

"뭐죠, 이거……."

신은 그저 희미하게 웃고 있었다.

"도대체 저한테 뭐하신 거에요?"

사실 신유비의 연기가 이 동화에 영향을 전혀 받지 않은 건 아니었다. 신과 잠시나마 통하게 되면서 그녀는 마음이 편안해지고 안정되는 걸 느꼈으니까.

'이렇게 되니 카메라를 의식하지 않게 되는 건 물론 카메라 앞에서 떨지 않게 될 것이고….'

이제 그녀도 카메라 같은 외부적인 것보다 그녀의 내면에 좀 더 집중할 수 있게 되면서, 그녀의 감정을 행동과 대사로 잘 유도할 수 있었을 테다.

'서로의 마음이 통하게 되면 서로를 느끼게 되니 리액팅 연기에서도 탁월하게 되지.'

이는 바람의 공주에서 주예리와 호흡을 맞추면서 증명된 것이기도 했다.

"노래 부르게 해서 마음에 안정 찾게 해준 게 다예요."

"네……?"

그녀의 눈에는 어깨를 으쓱이는 신이 정말 대단하게

보였다.

'대단한 일을 해놓고 아무것도 아닌 척하다니.'

이렇게 행동하는 신이 그녀한테는 정말 멋져 보였다. 이때, 신유비는 신의 손을 덥석 잡으며 말했다.

"앞으로 선생님이라 부를게요!"

"…네?"

"아니에요. 강 선생님. 사양할 거 없어요. 전 누가 뭐래도 강 선생님을 강 선생님이라 부를 테니까요. 배움 앞에서 나이가 무슨 상관인가요."

그녀의 의지가 너무 강렬해 보여서 신은 그녀의 의지를 꺾을 수 없을 거 같았다.

"예… 마음대로 하세요."

이후 신은 수혁이라는 인물을 성공적으로 소화하면서, 이수혁이라는 배역에 최종캐스팅 되었다.

그리고 신유비는 음악적인 면에서 신을 적극적으로 도와주기 시작했다.

'나도 선생님을 도와드려야 해! 은혜를 갚아야지!'

한편, 신은 신유비와 함께 OST 작업을 하기도 했다. 극 중에서 노래를 같이하는 부분이 있는지라 미리 합을 맞춰 보기로 한 것이었다. 이 사이에 이런저런 우여곡절이 있었지만 잘 넘어가게 되었다.

그리고 드라마 라이팅 클럽 촬영에 들어가는 날이 성큼 찾아왔다.

ACT 20.
청춘과 성장의 상관관계

ACT 20.
청춘과 성장의 상관관계

드라마 라이팅 클럽 촬영현장은 경기도에 있는 한 사립 고교.

지금 이 촬영현장은 스태프들로 붐비고 있었다.

한편, 신은 특수분장팀 사람들에게서 특수분장을 받고 있었다.

'이거 장난이 아니네.'

신은 뚱뚱한 이수혁으로 완전히 변신했다. 한데, 이렇게 변하는 데만 무려 3시간이나 걸렸다. 이번 촬영은 이 분장 때문에 고될 거 같았다.

'그런데 이거 진짜 내 살 같잖아.'

신은 거울로 제 얼굴을 바라보았다. 양 볼과 턱살 그리고 목에 실리콘이 떡하니 붙어 있는데 피부색에 딱 맞아

213

아무런 위화감이 없었다.

이때, 특수분장팀 스태프가 말했다.

"안 당기고 잘 움직여지죠?"

"네."

"표정에 따라 분장한 게 자연스레 움직이지 않으면 큰일이거든요."

신의 얼굴에 붙은 물질은 실리콘에 특수원료를 넣어 재질을 워낙 부드럽게 만든 것이라 한 번 떼어내면 손쉽게 손상되어 다시 쓸 수 없었다. 때문에, 특수 분장에 들어가는 비용만 해도 300만 원이나 되었다.

'6회차까지 찍는 데만 해도 팔천만 원이나 되는 비용이 투입된다니.'

신의 몸에 맞는 모형 틀도 만든 데다 전문인력이 현장팀과 제작팀을 포함하여 무려 열 명이나 되는 인원이 투입되었으니 이 정도 비용이 들만 했다.

그리고 이렇게 큰 비용이 들어가는 만큼 특수분장팀과 라이팅 클럽 제작진은 여러 시뮬레이션과 논의를 거치며 세밀한 계획을 세웠다.

잠시 후, 신은 자리에서 일어나 움직였다. 툭 튀어나온 올챙이 배가 인상적이었다. 움직이는 것도 다소 힘들었다.

"불편한 데 없어요?"

"몸집을 불리는 그 옷이 안에서 걸리네요. 패트 뭐였죠?"

"패트 슈트fat suit요?"

"아. 네. 그거 때문에 움직이는 게 힘드네요."

신의 말에 특수분장팀 여자책임자가 고개를 숙이며 말했다.

"저희도 최선을 다했는데 불편하신 건 어쩔 수 없을 거 같아요. 죄송해요."

신은 뒤뚱뒤뚱 걸으며 손사래를 쳤다.

"아니에요. 익숙해지면 되니까요."

그러던 이때, 한 남자가 신에게 다가왔다.

"수고 많으십니다, 강신 씨. 이거 멋지게 변하셨네요."

"안녕하세요. 감독님."

"힘들게 인사 안 해도 돼요."

하하 웃고 있는 남자의 이름은 유현민, KTS 드라마 '라이팅 클럽' 연출을 맡게 된 PD다. 바람의 공주 연출을 맡은 오민석 PD와 친분이 있는 사이기도 했다.

한편, 신은 오민석 PD로부터 이런 연락을 받았다. 조만간 조일국 작가와 함께 작품을 준비하려고 하는데 이 작품에 신이 주연으로 참여해주면 좋겠다고 말이다.

드라마 제목은 〈스파이〉, 특수공작원을 소재로 한 이야기였다.

'이거 어떤 이야기일지 기대되네.'

그리고 이 드라마는 신과 서효원이 배역을 두고 경쟁하면서 두 사람이 함께 호흡하게 될 드라마이기도 했다.

"그나저나 분장한 모습 아주 귀여운데요?"

이 말에 신이 고개를 힘없이 축 늘어트렸다.

'이수혁이라는 인물에 빙의라도 한 거 같잖아.'

유현민 PD가 속으로 중얼거렸다. 역시 기대되는군.

"이번 역으로 제 이미지 좀 부드럽게 되면 좋겠어요."

"걱정하지 마요. 다 잘 될 거니까. 전 강신 씨가 이수혁 소화해내는 거 보면서 강신 씨한테 이수혁 맡아야 한다고 확신했으니까요."

유현민 PD가 신의 어깨를 툭툭 치며 신의 기운을 북돋 워 주었다.

"방금 신유비 양 촬영분 끝났으니까. 이제 강신 씨 촬영 들어갈 거에요. 대기해주세요."

한편, 그녀의 촬영이 다행히 잘 풀린 것인지 유현민의 표정은 좋기만 했다. 그렇지않아도 유현민은 드라마 연출 을 맡을 때부터 그녀의 발연기에 걱정하고 있었다.

한데, 얼마 전 있었던 카메라 테스트에서 그녀가 연기 를 기본 정도 해내는 걸 보게 된 유현민 PD는 일말의 기 대를 품게 되었다.

'이전보다는 연기가 자연스러워졌던데.'

그녀의 연기에 관해 사람들의 선입견이 아직 남아있지 만, 그녀의 연기가 이전보다 좋아진 걸 사람들이 알게 되 면 이 라이팅 클럽은 양호한 성적을 거둘지 몰랐다.

한편, 신은 촬영장소 학교 벤치에서 신유비와 만나게 되었다.

신유비는 누구보다 반갑게 신에게 인사했다.

"덕분에 촬영 잘 끝났어요. 이게 다……."

그녀는 주위를 두리번거리고는 신에게 강 선생님 덕분이라고 조그맣게 말했다.

"잘했어요."

신의 칭찬에 신유비는 기뻐했다.

"와, 그런데 분장 정말 잘 되었네요. 뱃살도 귀엽고요."

신을 바라보는 그녀의 눈이 반짝이고 있는 것이 뱃살을 만져봐도 되는 거냐고 묻는 거 같았다. 신은 냉철하게 고개를 가로저었다. 이에 신유비가 살짝 실망한 표정을 지었다. 신은 4차원으로 행동하는 신유비가 못 말린다며 내심 고개를 가로저었다.

'백치미도 있고.'

잠시 후, 촬영진은 촬영준비를 완료했다.

신은 간단한 리허설을 마친 후 나무 벤치에 앉아 촬영준비를 하기 시작했다.

'난 친구도 없는 외톨이야.'

지금 이 순간 신은 학교나 집 어디에서도 환영받지 못하는 고단한 존재였다.

'친구도 없고 가족도 날 환영하지 않아. 나의 낙은 오로지 이 악기. 음악은 나의 인생이야.'

신은 기타를 섬세한 동작으로 어루만지는데, 애인을 대하는 거 같았다.

한편, 유현민이 카메라의 사각 구도에 들어온 신을 바라보며 중얼거렸다.

'앵글 딱 나온다.'

신은 3 플랫 다섯 번째 줄을 약지로 잡고, 2플랫의 넷째 줄을 중지로 1플랫의 두 번째 줄을 잡았다. 이것이 C 코드다.

'C 코드의 근음은 다섯 번째 줄.'

신은 이 C 코드를 왼손으로 잡고 오른손 손가락으로 기타 줄을 뜯기 시작했다.

'5, 3, 2, 3, 1, 3, 2, 3.'

청아한 기타 음이 신의 손가락에 따라 장내로 울려 퍼졌다.

다음으로 이어지는 코드는 FM7라는 코드였다. 이 코드를 잡는 건 쉬웠다. C 코드를 잡는 중지와 약지를 한 계단씩 내리면 된다.

'FM7의 근음은 기타의 네 번째 줄. 4, 3, 2, 3, 1, 3, 2, 3.'

신의 손가락이 옥구슬 흘러가듯이 움직이고 기타에서 음이 흘러나왔다. 지금 신이 연주하는 곡은 영화 Once의 OST였다.

솔직히 초보자도 쉽게 칠 수 있는 곡이었다. 하나, 곡 특유의 감정을 자극하는 아린 느낌이 신 주위로 풍겨 나오는 분위기와 기묘하게 들어맞았다.

신이 기타 곡을 치면서 손가락도 풀고 긴장을 완화했다. 이때, 유현민 PD가 외쳤다.

"레디. 액션!"

슬레이트가 탁 부딪쳤다.

붐 마이크가 신이 치는 기타 소리를 담아내기 시작했다.

한편, 신은 여유를 가지며 기타를 치고 있었다.

'이 곡은 느린 호흡 속에서 치는 곡이니 급할 건 없어. 천천히. 긴장할 거 없어.'

기타에서 잔잔한 선율이 흘러나오는 것도 잠시 신의 목에서 중저음이 흘러나왔다.

거칠면서도 호소력 있는 목소리.

신의 슬픈 감성이 노래에 그대로 묻어나오고 있었다.

한편, 신유비는 어디선가 들려오는 팝송을 즐겁게 감상하고 있었다.

'솔직히 코드도 쉽게 잡고 곡도 쉬운 곡이지만. 곡 이해도가 높아서 그런가? 감성전달력이 좋아.'

같은 요리 재료라도 누가 요리하느냐에 따라 천차만별이다. 노래도 그렇다. 어떤 사람이 부르냐에 따라 노래의 풍미가 달라진다.

'어떤 의미에서 대단하다.'

솔직히 말해 가수가 아닌 연기자가 노래를 이렇게 소화하고 잘 부르는 건 놀라운 일이었다.

물론 이는 신이 몰입하는 능력이 뛰어나서 가능한 일이.

기도 했다.

'배역에 몰두하려고 이렇게나 열심히 하는데 나는⋯⋯.'

연기자인 신이 가수 못지않게 노래를 부르며 배역을 훌륭히 소화해내는 것에 신유비는 저 자신이 부끄럽기도 했다.

'연기에 함부로 도전한 내가 부끄러워지네.'

어딘가에 쥐구멍이라도 있다면 지금 당장 숨고 싶었다.

'그러나 하기로 했으니까. 폐 끼치지 않도록 열심히 해야지.'

한편, 유현민 감독은 카메라로 신의 손끝 하나하나를 담아냈고, 음향 감독은 소리가 물리지 않는지 단단히 확인했다. 그리고 사람들은 신의 음악을 감상했다. 장내를 뒤덮는 음악은 치유의 소리기도 했고 마음을 천천히 적셔오는 가랑비이기도 했다.

그리고.

신은 브릿지 부분에서 4/4박자 슬로우 고고라는 주법으로 곡의 분위기를 고조시켰다.

노래는 잔잔한 분위기 속에서 절정을 향해 달려가고 있었다.

그러던 이때 신 주위로 바람이 살랑살랑 불어왔다.

신은 바람을 느끼며 곡을 서서히 멈췄다. 이때 신유비가 신의 곁에 다가와 있었다.

그녀는 정말 즐거워하는 듯한 표정을 짓고 있었다.

어떠한 과장 없이 자연스러웠다.

한편, 신유비는 이 공간에 있는 신을 똑똑히 느낄 수 있었다.

신에게 집중하니 스태프도 카메라도 아무것도 보이지 않았다.

그녀는 신을 지그시 응시하며 대사를 내뱉었다.

"와, 너 노래 잘하는데?"

순간이지만 그녀 주위로 화사한 꽃이 떠오른 거 같았다.

촬영장에 있는 모든 이가 신유비가 정말 아름답다고 생각했다.

그녀의 미소에 마주한 이수혁은 아무 말도 내뱉지 못한다.

"뭐야. 너 왜 말 안 해? 혹시 내가 안 보이는 거야?"

신유비는 장난스럽게 신의 눈앞에서 손을 흔들었다.

친한 친구에게 장난이라도 치는 거 같았다.

"잘 보는 거 같은데. 그나저나 너 이름이……."

신유비의 시선이 신이 차고 있는 명찰에 닿았다.

두 사람의 연기를 바라보던 유현민 PD가 외쳤다.

"컷! 좋았어요! 이 느낌으로 한 번만 더 가봐요! 유비씨 방금 정말 좋았어요. 연기 진짜 좋았어요."

명연기를 하는 배우에 비해 부족한 것도 있는 게 사실이었으나 그렇게 나쁜 연기는 아니었다.

'그 나이 또래에서 풍겨 나오는 느낌이나 분위기라고 해야 할까. 정말 좋았어.'

유 PD의 칭찬에 신유비가 기분 좋은 웃음을 지으며 인사했다.

"감사합니다!"

잠시 후, 윤 PD가 보기에 그럭저럭 제법 괜찮은 장면이 나왔다.

"좋았어요! OK!"

스태프들이 박수를 짝짝 치며 신유비를 칭찬했다.

"잘했어요! 유비씨!"

"연기 많이 좋아졌어요."

사람들의 칭찬에 그녀는 무어가 그리 좋은지 웃으면서 눈물을 펑펑 흘러내리고 있었다.

"저 열심히 하겠습니다! 여러분 실망하게 하지 않을게요."

어디 업계나 눈에 보이지 않는 텃세라는 게 있기 마련이다. 그녀는 이 텃세를 연기 활동하면서 제대로 경험했다. 여기에 대중의 차가운 시선과 날 선 악평까지 받았으니 그녀 나름대로 서러운 것도 있을 터였다.

그러나 그녀는 이를 내색하지 않고 꿋꿋이 참아 내고 있었다. 한데, 촬영진에게서 칭찬을 받으니⋯⋯

지금 그녀는 속에서 차오르는 격렬한 감정을 주체할 수 없었다.

"여러분, 정말 감사합니다."

'사람이란 성장하는구나.'

신이 보기에 그녀에게서 배우의 태가 슬슬 보이는 거 같았다.

'드라마가 잘 풀릴 거 같아 다행이네.'

신유비 때문에 잠시 간의 눈물바다가 펼쳐졌지만, 촬영 장 분위기는 훈훈했다. 첫 출발은 순조롭고 밋밋했으나 이게 끝이 아니었다. 드라마 1화의 말미를 화려하게 수놓 을 장면이 남아있었다.

바로 남자 주연의 그룹에 속해 있는 남자 조연과 이수 혁과 노래 경연을 벌이는 장면이었다.

이제 이 둘이 붙는 건 설하린 때문이다.

설하린은 극 중에서 우상과도 같은 존재다.

한데, 그 우상이 미천한 존재에게 다가가 말을 걸었다 면 그녀를 좋아하는 팬클럽 입장에서 뿔이 나는 건 당연 할 테다. 이렇게 질투하는 게 유치하다고 말할 수 있을 지도 모르겠지만, 〈라이팅 클럽〉 드라마는 10대를 노리 는 청춘과 꿈의 드라마다. 10대에게 먹힐 수 있는 소재 였다.

이때, 유 PD가 다음 일정에 대해 말했다.

"바로 이 경연 장면으로 넘어갈게요. 조연으로 나오기 로 하신 가수분 스케줄 맞춰야 해서요."

남자 조연의 정체는 강우진이다.

우진이 이 드라마에 특별 출연을 하기로 한 건 신을 위해서였다.

우진 입장에서는 신유비가 주연으로 나온다고 하니 드라마 시청률이 정말로 걱정되었다.

더군다나 우진은 신이 이 드라마를 위해 얼마나 많은 노력을 기울였는지 알고 있었으니, 이 드라마 성적이 바닥을 기는 걸 우진으로서는 눈 뜨고 볼 수 없는 일이었다. 이런 이유로 우진은 신을 진심으로 돕고 싶었다. 연기자로서 활동하지 않겠다고 말한 걸 번복하는 한이 있더라도 말이다.

잠시 후, 라이팅 클럽 촬영진은 학교 강당에 모이기로 했다. 이 시간에 맞춰 우진이 학교에 도착했다.

차에서 내린 우진은 신과 반갑게 인사했다.

"이야, 특수분장 진짜 잘됐네."

"어서 와요, 형!"

신이 뒤뚱뒤뚱하며 걷는 모습에 우진은 웃음을 하하 터뜨렸다.

"배 한번 만져봐도 돼?"

"안 됩니다."

신의 정색에도 우진은 신의 배를 꼬집었다.

"와, 진짜 살찐 거 같네. 손에도 살이 포동포동 올랐네. 분장한 거야?"

"네, 실리콘 장갑 끼고 있어요."

"이야 분장하는 것도 고생하겠다."

한편, 신유비는 두 사람의 친밀한 사이를 부럽다는 듯이 바라보고 있었다.

'두 사람 정말 친한가 보네. 난 이렇다 할 친구가 없는데.'

그녀 주변 인물은 이런 인물이 대다수다. 겉으로 웃으나 속으로 그녀를 질시하는 사람들 그녀와 친해지면 얻어먹을 콩고물이 있나 싶어 친절을 가장하여 다가오는 사람들⋯⋯. 한데, 신과 우진은 이런 이해관계를 떠난 거 같았다. 진정한 사이라고 해야 할까.

그녀도 이 두 사람과 친해지고 싶어 우진에게 다가가 냉큼 인사했다.

"안녕하세요, 선배님!"

"유비야 간만이네. 요새 장 사장님은 잘 계시지?"

"네. 그나저나 카메오로 출연하시는 거 선배님이실 줄 몰랐네요."

"뭐, 이 녀석과 인연이 있기도 하고."

우진은 뒷말을 흘리며 하하 웃었다.

'이 드라마에 나오기로 한 건 너 때문이라고 말해주고 싶다.'

신유비는 고개를 숙이며 말했다.

"두 분 방해한 거 같은데 말씀 나누세요. 그럼 저는 촬영장 안에서 대기하고 있을게요."

우진은 서서히 멀어지는 신유비를 바라보고는 신에게
말했다.

"근데 너 도대체 뭐한 거냐?"

"뭘 하다뇨?"

"널 바라보는 쟤 눈빛이 심상치 않던데."

우진은 신과 유비 사이에 흐르는 기묘한 기류를 직감적
으로 맡았다.

"별로 뭐한 거 없는데요."

"네 녀석이 특별해서 그래. 예리 때도 그러더니…… 너
희대의 풍운아가 될 자질이 있어."

우진은 엄지를 척 내밀었다.

"에이 풍운아라뇨."

"싫어도 그리될 텐데. 여자들이 너한테 많이 접근해올
거야."

"요새 그런 게 고민이긴 해요."

"고민할 게 뭐 있나. 그냥 즐겨."

우진이 대수롭지 않게 말했다.

"피할 수 없다면 즐겨야지. 그리고 남자고 여자고 말이
야. 이 사람이랑 사귀다가 저 사람이랑 사귀어보면서 경
험 쌓고 하는 거야. 결혼 전에는 뭐든 다 해보는 게 좋아."

우진의 조언은 그냥 조언이 아니었다.

경험과 진심에서 우러나오는 조언이었다.

"그런가요?"

"그럼, 그래야 나중에 진짜를 잡지."

우진의 말은 생각할 거리가 많은 말이었다. 신이 잠시 생각에 잠기자 우진이 신의 어깨를 툭툭 쳤다.

"형이 하는 말 한 귀로 듣고 한 귀로 흘리든가 해."

잠시 후, 우진은 유 PD와 악수를 하며 인사를 나눴다.

"안녕하세요, 유 PD님 강우진이라고 합니다."

"어서 오세요, 우진씨! 카메오로 출연해준다고 하신 거 정말로 고마워요."

"저야 뭐 이 녀석이 걱정되어서……."

유 PD는 우진이 무슨 말을 하는지 단박에 이해했다.

"저도 최선을 다할 작정입니다."

"모쪼록 우리 부족한 신이 잘 부탁합니다."

이 둘의 대화를 듣는 신은 못난 자식을 둔 아버지처럼 구는 우진이 황당하기도 했지만, 우진이 친형같이 느껴져서 기분이 좋았다.

"아니에요, 아니에요. 그 말은 제 쪽 해서 해야죠."

두 사람이 화기애애하게 이야기를 나누는 사이 학생 단역들과 조연들이 촬영장소로 슬슬 모여들고 있었다.

"이제 슬슬 움직여야겠네요."

유 PD는 잔뜩 고무된 표정으로 사람들을 향해 말했다.

"촬영에 들어가 보기 전에 리허설 한번 가보죠!"

순서는 이랬다. 신이 기타 반주로 첫 포문을 열고 노래를 부르고 우진이 이다음을 잇는 것이었다. 그리고 두 사람이 듀엣으로 노래를 부르며 절정에 본격적인 불을 피우고 화음을 맞추면서 노래를 끝내는 것이었다.

촬영진이 분주하게 움직이는 사이 신과 우진은 곧 있을 리허설에 대해 이야기했다.

"신아 긴장할 필요 없어. 내가 힘 빼고 너한테 맞출 거니까."

"네."

잠시 후, 두 사람이 부르게 될 노래는 가수 이광섭의 〈사랑한다는 이름으로〉라는 곡이었다. 이 노래는 차후 전개에서 주요한 복선 장치이기도 했기 때문에, 〈라이팅 클럽〉 제작진과 우진이 고심에 또 고심을 거듭하여 선정한 곡이기도 했다.

솔직히 말해 이 노래가 아날로그 감성을 자극하기도 하지만 올드한 감성을 지닌 노래이기도 했다. 그래서 우진은 이 노래를 세련된 감각에 맞게 편곡했다.

한편, 가사 내용은 이랬다.

사랑하는 인연인지 친구인지 모를 이를 자신 곁에서 떠나보내지만, 자신은 할 것을 다 했으니 기꺼이 보내주겠다는 내용이었다.

'이 노래에서 하이라이트는 연인을 떠나 보내는 이가 인연이면 다시 돌아오지 않겠느냐며 자신의 마음을 애써 달래는 부분이지.'

이 절정이 정말 중요했다. 억눌러오던 모든 걸 다 터뜨리는 순간이기도 했으니까.

신은 리허설을 하면서 우진과 합을 간단히 맞췄다.

리허설 뒤 우진은 신의 연주에서 보이는 부족한 부분에 대해 신에게 피드백해주었다.

"좀 더 자신감 있게 흥을 느끼면서."

우진은 느낌이라는 것에 대해 상당히 강조했다.

유 PD는 두 사람이 맞춰가는 그림을 바라보며 속으로 후후 웃었다.

'이거 어떤 그림이 그려질지 기대되네.'

우진이 신에게 말했다.

"우리 연습한 대로 몸이 기억하는 대로 가는 거야. 그럼 해보자."

잠시 후, 촬영이 시작되면서 슬레이트가 탁 부딪쳤다. 연주실로 쓰이는 강당에 모인 학생 단역들은 신과 우진을 바라보았다.

"상우 선배와 뚱보랑 음악 경연을 벌인다고?"

"뚱보가 미쳤나 봐."

"기타 마스터인 상우 선배가 당연히 이기겠지."

아이들이 호들갑을 떨 때 우진이 기타를 쥐며 거들먹거리는 태도로 신에게 말했다.

"이봐 돼지. 네가 먼저 시작해. 어떤 곡이든 난 다 칠 수 있거든. 선수 정도야 양보해 줄게."

신은 호흡을 가다듬었다. 이때 배가 살짝 출렁였다.

"숨 쉬는 것만 해도 배가 저리 움직이네."

학생들은 뚱뚱한 신을 조롱했다.

'난 알에 갇힌 웅크린 새.'

이에 신은 잔뜩 움츠러들었다.

하지만 이는 도약을 준비하기 위한 움츠림이었다.

신은 E 메이저 코드를 잡고 퍼커시브라는 주법으로 기타를 연주하기 시작했다.

기타에서 낮으면서 힘 있는 선율이 흘러나왔다.

이 퍼커시브 주법이란 타악기를 두드리는 것처럼 기타 줄을 치는 방식을 일컫는 말이었다. 이 연주법은 오늘날 정말로 많이 쓰이고 있는 연주법이었다.

그리고.

신이 기타를 치는 건 이런 방식이었다.

쿵짝타쿵 쿵짝쿵이었다.

쿵은 코드의 근음(*뿌리음)에 해당하는 줄을 엄지로 치는 것이었고, 짝은 기타의 1번 줄 2번 줄 3번 줄인 미(E), 시(B), 솔(G)음을 동시에 치는 것이었다. 타는 기타 줄을 치는 퍼커시브였다. 이제 '쿵짝타쿵'에서 네 번째 쿵에서 코드의 근음과 기타의 1번 2번 3번 줄을 동시에 치는 것이었다.

'이 부분이 중요해.'

그러던 이때 신은 브릿지 부분에서 해머링(*울림을 유지한 상태에서 높은 위치의 프렛을 눌러 음정을 높게 하는 것)이라는 기술로 다음 코드를 매끈하게 이어갔다.

신이 노래하기 시작했다.

"비 오는 밤일 때에에에-."

신의 저음이 기타 반주와 함께 장내로 울려 퍼지기 시작했다.

"그대의 기억이 떠올라서, 난 그댈 지우곤 해."

학생 단역들이 놀란 표정을 지으며 말했다.

"목소리 음색 괜찮은데."

그들의 말대로 확실히 나쁘지 않았다.

한편, 신은 목소리에 애틋한 마음을 담아 노래했다.

"그대 내게 왔던 날을 난 기억해. 아무렇지 않게 넌 다가왔지만-, 그것만으로 나에게 큰 떨림이었어."

사람들은 말을 잃은 채로 신의 노래에 귀를 기울였다. 솔직히 신이 가수처럼 잘 부르는 건 아니었다. 한데 사람의 마음을 묘하게 잡아끄는 구석이 있었다. 제 마음에서 우러나오는 진실성이 있는 목소리라서 그런 걸까.

지금 신은 노래 속 상황을 제 이야기로 상상하고 있었다. 이러니 신의 감성이 대사에 그대로 묻어 나오고 있었다.

"그 날이 기억나니. 네가 나에게 웃음 짓던 순간을. 힘이 들고 어지러운 날에 나를 안아주기로 한 것도 기억나니. 지금 이 자리에서 너를 목 놓아 불러도 너는 내 말을 듣지 못하고-."

신은 담백하면서도 맛깔나게 가사를 이어나갔다.

"우리가 함께 웃고 우리 함께 눈물 흘린 나날들----."

신이 기타 연주를 잠시 멈추자 주변에 정적이 일었다. 그리고 이때, 신이 조용히 속삭이는 목소리로 노래를 불렀다.

"이제는 안녕. 나 그대에게 돌아설게."

신을 예의주시하며 바라보던 우진이 다음 파트를 받으며 입을 열었다.

"난 언젠가-."

첫 소절을 내뱉었을 뿐인데도 느낌이 있었다.

"그대 돌아오면 묻고 싶은 게 있어. 그땐 왜 그렇게 행동했었냐고. 어쩌면 서로가 어려서 그랬던 걸까. 아니면 내가 붙잡지 않아 그렇게 된 걸까. 아니야 어느 그 날밤. 같이 함께 한 약속을 네가 잊은 걸 거야. 내가 잘못한 게 있다면-. 널 좀 더 붙잡지 않은 것일지도 모르지."

그러던 이때, 우진은 소리를 내지르면서 긴장을 서서히 고조시켰다.

"억지 노력으로 인연을 거스를 수 없는 것이라면! 우리의 지난날도 아무 의미도 없었던 거라며여여여연!"

우진은 힘을 빼며 다음 대사를 조용히 내뱉었다.

"이제는 안녕. 나 그대에게 돌아설게."

두 사람의 기타 합주가 이어졌다.

초보자가 치기 어려운 코드는 우진이 도맡고 있었다.

이 부분은 어차피 상관없었다.

촬영 카메라는 두 사람의 얼굴을 중점적으로 담아내고 있으니까.

"나 언젠가 그대에게―."

"묻고 싶은 게 있었어."

"날 추억한 적 있는 것인지―."

"그날이 기억나니."

"우리가 함께한 나날들."

"우리가 약속한 나날들."

두 사람이 가사를 주고받는 게 마치 대화를 주고받는 거 같기도 했고 초식을 하나하나 주고받는 거 같기도 했다.

"난 이렇게 그대를 추억하고 있는 데에에."

"우리가 함께한 나날들."

"나는 기억해."

신과 우진이 내지르는 소리가 하나의 화음으로 어우러졌다.

"우우우우."

"우우우!"

두 사람이 내지르는 바이브레이션이 공명을 이루었다. 그리고 노래의 분위기는 후반부로 갈수록 팽팽해지고 있었다.

"난 언젠가 그대 돌아오면 묻고 싶은 게 있어. 그땐 왜 그렇게 행동했었냐고. 어쩌면 서로가 어려서 그랬던 걸까."

"아니면 내가 붙잡지 않아 그렇게 된 걸까. 아니야 어느 그 날밤. 같이 함께 한 약속을 네가 잊은 걸 거야. 내가 잘못한 게 있다면-."

"널 좀 더 붙잡지 않은 것일지도 모르지."

노래가 이어지면 이어질수록 두 사람은 정서가 고양되는 걸 느꼈다. 어느덧 노래는 절정을 향해 달려나가고 있었다.

두 사람이 서로 바라보았다.

'지금이야.'

'네, 형.'

지금 이 순간 신은 하나의 울림통이 되기로 했다.

신은 속에서 끌어 올라오는 감정을 목소리에 담아 다 토해내기로 했다.

"억지 노력으로 인연을 거스를 수 없는 거겠지이이이마아아안!"

마음 자체를 흔들어버리는 강력한 소리. 사람들의 감정 구체는 붉게 변해가고 있었다.

이때 정적이 멎었다.

이 조용한 울림이 1초, 2초, 3초 동안 유지되었다.

신이 입을 열며 노래 끝 부분에 해당하는 대사를 내뱉었다.

"난 그대를 보내줄게-."

신과 우진이 화음을 맞췄다.

"사랑한다는 이름으로-."

"사랑한다는 이름으로-."

노래가 끝나자 사람들이 박수를 짝짝 쳤다.

☆　★　☆

신은 정적의 세계에 서 있었다.

사람들이 박수를 치는 건 물론 사람들의 숨소리조차도 신에게 들리지 않았다.

어느새 이수혁에 몰입한 신은 이수혁이 느꼈을 정신적인 해방감을 온몸으로 느끼고 있었다.

'음악 속에서 이수혁은 새가 된듯한 자유를 느껴.'

이수혁의 현실은 꾀죄죄하고 암울하다. 사람들의 눈에는 이수혁이 몸을 뒤뚱거리고 날갯짓도 못 하는 새로 보이기만 한다. 그러나 이수혁은 날갯짓을 못 하는 게 아니다. 펼칠 날개가 너무 커서 날개를 쉽사리 펼치지 못하는 것이다.

이수혁은 '대붕'이다.

한 번 날개를 펼치면 구만리나 날아가는 새다.

'어떻게 보면 이 드라마에서 이수혁이야말로 진정한 메인이지.'

이수혁은 미래를 꿈꾸며 성장해가는 청춘을 대표하는 것이기도 했으니까.

사람들은 이수혁의 겉모습에만 연연하니 이런 참모습을 바라보지 못하는 것이었다.

　'하늘 높이 비상하기 위해 잠시 웅크리고 있는 것인데…….'

　아니, 사람이란 존재가 그렇다. 선입견과 편견이라는 게 있어서 진실을 바라보지 못한다. 표상 너머에 있는 진정한 것을 바라보지 못하고 표상 위에서 미끄러질 뿐이다.

　그렇다면 진실 된 것으로 나아가기 위해서는 어떻게 해야 하는가?

　답은 간단하다.

　진실 되지 않은 것들을 제거해나가면 된다.

　'나는 바람의 공주 서윤도 아니고 양과 늑대의 남민수도 아냐. 대중의 인기를 받는 연기자 강신도 아닌 강신 그 자체일 뿐.'

　신은 이수혁이라는 인물로 통해 자아 성찰을 하면서 내면을 깊게 통찰하고 있었다.

　'나라는 인간은 꼬맹이야. 울음을 억지로 삼켜내는 꼬맹이.'

　이때, 신을 둘러싼 알껍데기에 금이 쩍쩍하고 갈라졌다.

　'이 모든 것을 안고 앞으로 나아가는 것.'

　신이 생각을 이어가며 저 스스로 허물을 벗어내기 시작했다.

'진정한 나를 위해서 내 성장을 위해서…….'

그러던 이때, 신은 답답한 속이 뻥 뚫리는 걸 느꼈다.

'나는 앞으로 나아가야 해. 나는 진화하는 새니까.'

신은 지금 그로토프스키가 말한 〈성스러운 배우〉(*자기 진실에 내재하는 자아를 제물로 형상화하는 과정에 다가가고 있는 것)가 되어가는 것이기도 했다.

그러던 이때 우진이 신의 어깨를 툭툭 치며 신을 불렀다.

"유 PD님이 오리의 꿈이라는 노래 불러봐 달라고 하시네."

신은 정신을 퍼뜩 차리고는 말했다.

"지금이요?"

이때, 유 PD가 소리를 크게 외쳤다.

"1편 엔딩 곡 OST로 가는 것도 좋을 거 같습니다! 반주는 MR로 틀어드릴게요."

우진이 신을 바라보며 씩 웃었다.

"자신 있지?"

오리의 꿈은 정말 숱하게 연습하면서 소화한 곡이라 잠자면서도 부를 수 있는 곡이었다.

신은 자신 있었다.

"당연하죠."

잠시 후.

신은 무대에 홀로 서게 되었다.

'스포트라이트를 받는 게 진짜 가수 된 거 같네.'

237

한편, 신은 수혁이 무대에 이렇게 선다면 수혁으로서는
참으로 기뻐했을 것이라고 상상했다.

'내가 네가 어떤 사람인지 사람들에게 보여줄게.'

신의 입가에 편안한 미소가 맺혔다.

"강신 씨 마이크 테스트해주세요."

"아아."

"OK! 그 자리에 그대로 서서 노래 불러주세요."

유 PD의 촬영 사인에 맞춰 스피커에서 반주 MR이 흘
러나왔다.

어느덧 신은 감정을 잡고 노래에 몰입하고 있었다.

"어떤 이가 그러죠. 난 못난 오리라고. 이렇게 날 비
웃지만 난 견뎌낼 거에요, 견딜 수 있어요. 내 꿈을 위
해."

참으로 감미로운 목소리였다.

여자들이 특히 좋아할 만한 부드러운 목소리였다.

신이 몇 소절을 부르자 노래의 반주가 점점 강렬해졌
다. 신은 노래에 진실한 마음을 담아 토해내기 시작했
다.

"난 나를 믿어요. 내 꿈을 믿어요. 그대, 나를 바라봐 줘
요. 저 차갑게 서 있는 벽으로 당당히 날아갈 수 있으니까
요."

우진이 흐뭇한 표정으로 신을 바라보았다.

'훗. 제법인데.'

그러던 이때, 우진은 이상한 걸 느꼈다.

신 주위로 흐르는 분위기가 뭔가 달라진 것이다.

이전보다 무게감이 있게 느껴진다고 해야 할까.

'성장한 것인가.'

우진은 신의 노래에 조용히 귀 기울였다.

"언젠가 나 그 벽을 넘고서 저 하늘로 날아갈 테니까요."

신의 노래를 드는 사람들은 신이 노래 속 가사처럼 자유로운 새가 되었다고 생각했다.

사람들이 이렇게 생각할 만도 했다.

신이 부르는 노래에는 새가 되어 자유를 만끽하는 신의 마음이 담겨있으니까.

어느덧 신은 노래의 절정 부분을 부르고 있었다.

"날 지켜봐 줘요-. 내가 하늘을 날 나날들을-."

그리고 신은 음을 길게 늘어트리며 노래의 말미를 천천히 장식했다.

"그대는 볼 수 있을 테니까요."

라이팅 클럽 1화 시청률은 13.7%를 기록했다.

10대를 겨냥한 청춘 드라마로서는 나쁘지 않은 기록이었다.

이로부터 대략 3주가 흘렀다.

☆　★　☆

　신은 특수분장의 지옥에서 헤어나올 수 있게 되었다.

　'드디어…!'

　촬영하면서 신을 힘들게 한 건 분장을 서서히 조절해 나가는 것이었다. 살이란 게 확 뺄 수 있는 게 아니다 보니 부위별로 분장을 덜어가는 방식을 취해야만 했다.

　처음에는 목과 턱밑 부위가 홀가분하게 되었는데 이제는 홀쭉해진 몸집으로 되돌아오게 되었다. 그리고 오늘이 바로 이수혁이 최종 변신을 하는 날이었다.

　'이제 분장하지도 않고 촬영해도 된다니.'

　신은 홀가분해진 걸 느끼며 잠시 후에 있을 촬영을 준비했다.

　신유비와 함께 노래를 듀엣 하는 부분이었다.

　　☆　★　☆

　한편, 이 시각.

　KTS 국장 이두찬은 언짢은 표정을 짓고 있었다.

　"24%가 뭐야!"

　시청률 24%면 대단히 높은 수치다.

　케이블 방송 기준 시청률 12%만 되도 광고와 vod로 120억원 수익을 올린다.

"MNC 드라마 〈비밀의 유혹〉에 밀렸잖아!"

영화배급회사들은 자신들이 내놓은 영화가 손익분기점을 넘어도 비교 분석을 한다. 가령 B 작품이 자기네 배급회사에서 나온 A 작품보다 더 잘나가면 A 배급사는 기를 쓰고 B 작품을 분석한다. 시장 동향을 분석하는 건 상업 콘텐츠 시장에서 정말로 중요한 일이었기에. 현실에 안주하면 발전이란 건 없는 법이었다.

여기에 KTS와 MNC는 옛날부터 경쟁 관계에 있는 방송사였다. 이러니 서로가 내놓는 드라마, 예능 등 모든 것을 다 의식한다.

하나, 이두찬 국장이 화를 내는 건 특별한 이유가 있었다.

"제작비를 그렇게나 투자했는데 말이야. 본전박치기라니. 돈을 투자한 의미가 없잖아!"

이 국장의 힐난에 〈화정〉의 연출 담당 조양래 PD와 기획 담당 김진희 PD는 아무 말도 할 수 없었다.

〈화정〉은 바람의 공주같이 막대한 제작비를 투자한 사극 픽션 드라마다. KTS에서 야심 차게 준비한 프로젝트였다. 한데, 결과가 생각보다 좋지 않았다.

'어찌 된 게 기대도 안 한 라이팅 클럽이 성적이 더 좋아.'

이 국장은 관자놀이를 꾹꾹 문지르며 말했다.

"휴, 어쨌건 말아 먹은 건 아니지만 예정한 40부작으로 가보자고. 그럼 가봐."

"가보겠습니다."

회의를 끝낸 이때 김윤희가 국장실로 들어왔다. 이두찬 국장이 자리에서 벌떡 일어나 그녀를 반갑게 맞이했다.

"허허, 어서 와, 김윤희 부장."

그녀는 바람의 공주 기획을 담당한 PD로 바람의 공주가 최고 시청률을 찍으면서 드라마 기획을 담당하는 기획 3부장으로 승진하게 되었다.

"자자 이렇게 서 있지 말고 자리에 앉자고."

두 사람은 기다란 직사각형 책상에 앉았다.

이 국장이 귀빈을 대할 때 앉는 자리였다.

"이거 룽징(*용정) 차야. 아주 비싼 차지."

찻잔에 하얀 김이 모락모락 피어올랐다.

"잘 마시겠습니다."

차를 음미하던 그녀는 그녀가 들고 있던 서류를 이두찬 국장에게 내밀었다. 이두찬 국장의 눈빛이 번뜩였다.

"이게 지난번 회의에 안건으로 올라온 그것인가?"

"네, 국장님께서 인가를 내주시면 내부 회의를 해보려고 합니다."

기획안만 봐도 돈 냄새가 물씬 났다.

"허허.. 오민석 PD에 조일국 작가에…… 이거 바람의 공주 대작을 낸 구성원들이군?"

이 국장은 기획안의 내용을 대략 십 분 정도를 바라보다 입을 열었다.

"재밌는 내용이 되겠군."

"여 주연은 주예리 양을 생각하고 있고 남 주연은 강신 군을 생각하고 있습니다."

"이야 이거 벌써 두 사람의 케미가 기대되는군."

이 국장이 허허 웃으며 말했다.

"강신 군의 상대 역은?"

"고려 중입니다."

"서효원."

"흠, 그 맹랑한 친구가 강신 군과 연기 함께하고 싶다고 했죠."

"그러니 이 드라마 해보자고 섭외해 봐. 극에서도 두 주연이 경쟁하잖아. 경쟁자 두 명을 극 안에서 딱 붙여주면 흥행도 되겠고."

"나쁘지 않은 생각입니다. 한번 추진해보도록 하겠습니다."

"이번 기획에서도 돈 냄새가 아주 나."

"저도 돈 냄새 아주 좋아합니다."

이 국장이 껄껄 웃으며 말했다.

"이 프로젝트 시행해보자고!"

☆　★　☆

카메라로 신과 유비를 바라보던 유 PD가 말했다.

"컷! 신유비 양 긴장하지 마세요."

신유비는 축 늘어져서 입을 열었다.

"죄송합니다!"

"급할 건 없으니까 잠시 쉬다 가요."

유 PD는 다른 사람들과 다르게 배우의 자율성을 존중해주는 편이었다.

이른바 자유방임주의라고 해야 할까.

한편, 신은 신유비에게 여러 가지 조언을 하고 있었다.

"혼자서 가려고 하지 말고 상대를 느끼면서 호흡을 해야 해요."

솔직히 신은 이런 조언을 해주고 싶지 않았다.

한데, 신유비가 가르쳐 달라고 매달리니 신도 어쩔 수 없었다.

'진짜 많은 것을 배우네.'

신에게서 설명을 듣는 신유비의 눈빛은 초롱초롱 빛나고 있었다. 그리고 그녀는 주위를 둘러보며 조그마한 목소리로 속삭였다.

"저…. 연락처 어떻게 되세요?"

신은 그녀를 멀뚱멀뚱 바라보며 말했다.

"그건 왜요?"

"연기하다 궁금하게 생기면 물어보려고요."

"최근 개인 연기 교습도 받으신다면서요?"

"그야 강 선생님이 잘 가르치시잖아요."

이 부분은 솔직히 신도 인정하는 부분이었다.

그녀를 가르치면서 드는 생각이 나중에 소속사를 한 번 차려보는 건 어떨까였으니까.

'노후는 걱정 없겠네. 예리 누나랑 오순도순 살아야지.'

신은 속으로 미래의 계획을 세우며 말했다.

"그러면 지원이 형 연락처 가르쳐드릴게요."

"같이 안 계시면 어떡해요."

"에이, 저랑 지원이 형이랑 한몸이에요. 자웅동체에요. 자웅동체."

신이 관심 없다고 에둘러서 말하고 있는 걸 신유비도 모를 리 없었다.

'철벽이 정말 장난 아니네.'

그런데 이런 모난 점이 더 매력적으로 다가오는 법이었 다.

'이런 사람이 남자친구로선 제격이지.'

연예인 특성상 매력적인 이성과 자주 만나고 일도같이 하게 된다. 이러다 보면 정도 생기고 어느 순간 눈이 맞으 면 뜨거운 하룻밤을 보내게 되는 것이다. 솔직히 이런 환 경에서 한눈팔지 않는 건 정말 대단한 일이었다.

'누군지 모르겠지만, 진짜 부럽다.'

신유비는 신에게 여자친구가 있다고 직감하고는 있었 다. 이렇게 매력적인 이성에 애인이 없는 건 말도 안 되는 일이었으니까.

그러나 그녀는 이 사이에 굳이 끼고 싶지 않았다.

'골이 들어갈지 몰라도 골키퍼는 바뀌기는 힘든 법이니까.'

서로가 헤어지지 않는 이상 남의 애인을 빼앗는 건 나쁜 짓이기도 하지만 이렇게 연인을 빼앗아 사귀는 건 얼마 가지 못하는 법이었다. 왜냐하면, 바람을 피우는 사람은 계속해서 바람을 피우기 때문이었다.

이제 그녀가 볼 때 일단 좋은 친구로 지내면서 기회를 엿보는 것도 나쁘지 않을 거 같았다.

"그럼 친구는 괜찮죠?"

"그 정도야."

잠시 후, 촬영이 재개되었다.

"OK! 신유비 양이 강신 씨 보고 놀라는 거 자연스러웠어요. 강신 씨의 설레는 마음도 잘 드러났고요. 두 사람 연기 좋았어요. 그럼 이어서 듀엣 촬영 들어갑시다!"

곧이어, 두 사람의 듀엣이 이어졌다.

곡명은 밀당.

신유비의 감성이 담긴 자작곡이었다.

곡 상황은 연애할까 말까 하는 고민하는 남녀의 설레는 감정을 그리는 것이었다.

"오늘도 네가 헷갈려. 연락은 하지도 않으면서 만날 때는 시치미를 뚝 떼네. 오늘도 우린 엇갈려. 금방 만날 줄 알았는데 우리 나중에 만나게 되네. 모두가 알아. 네가 지금 밀당하는 거. 넌 내 마음을 들었다 났다하고. 넌 아무

것도 아닌 척 굴어."

기타의 선율과 그녀의 노랫말이 멋들어지게 어울려졌다.

신이 다음 부분을 이어받았다.

"나쁜 줄 알지만 헤어 나올 수 없어. 난 오늘도 웃었다 울었다를 반복해. 모두가 알아. 네가 지금 밀당하는 거. 넌 내 마음을 들었다 났다하고. 넌 아무것도 아닌 척 굴어. 너의 마법에 빠진 건가 봐."

이제 이 부분이 노래 후렴구로 반복되는 구간이었다.

"그대에게 신경 쓰나 봐. 나 그대에게 다가가고 싶나 봐."

이 곡의 마지막은 이렇다.

"오늘도 우리는 밀당 중."

이 두 사람의 듀엣이 담긴 회차가 TV에 방영되면서 뜨거운 화제를 낳았다. 매스컴은 '두 사람의 케미 폭발'이라는 기사를 쏟아냈다. 그리고 이 음원이 공개되자, 〈밀당〉은 음원 사이트에서 1위까지 오르는 기염까지 토해냈다.

한편, 이 방영분을 보게 된 주예리는 "저 미친년은 뭔데 남의 남자친구한테 눈웃음도 치고 꼬리 치는 거냐."면서 흥분했다. 이에 신이 "누나 드라마잖아."라며 예리의 화를 달래줘야 하는 웃지 못할 이야기도 있었다.

드라마 라이팅 클럽은 어느덧 '절정'을 향해 달려가고 있었다.

신은 드라마 촬영을 위해 홍대 거리 쪽에 나와 있었다. 그리고 이날 연예가 중계에서 나온 정유미와 함께 '한밤의 스타·톡톡'이라는 코너도 진행하기로 했다. 이 코너는 팬들과 함께하는 게릴라 데이트였다.

그녀는 카메라를 들고 있는 카메라맨을 향해 바라보며 말했다.

"네, 안녕하세요. 스타가 어디든 있든 이리 찾아가고 저리 찾아가는 정유미입니다. 저는 지금 뜨거운 촬영 현장에 나와 있습니다."

카메라가 사람들을 비추자 사람들이 손을 흔들며 소리를 질렀다.

"와아아아아!"

정유미가 사람들을 향해 소리를 질렀다.

"여러분 오늘 누구 보러 오셨죠?"

"강신 씨요!"

"신느님이요."

그녀는 귀에 손을 대며 말했다.

"뭐라고요? 잘 안 들려요."

"강신 씨요!"

"신느니이임!"

"그럼 한번 만나봐야겠네요. 강신 씨 어디 계신가요."

그녀는 신을 찾는 척 주위를 두리번거렸다. 그녀의 옆에 신이 서 있는데도 말이다. 그녀도 사람들도 아무것도 모른 척 능청을 떨고 있었다.

연예가 중계 측과 사람들과 미리 약속한 것이지만 옆에서 이를 지켜보는 신으로서는 할리우드 액션 뺨치는 연기를 보는 거 같았다.

잠시 후. 신은 연예가 중계 촬영감독 사인에 맞춰 정유미 앞으로 나가 인사했다.

"반갑습니다."

솔직히 신은 이 배역을 시작할 때 사람들이 생각하는 신의 이미지를 바꾸는 데 실패하면 어떻게 될까 싶어 걱정을 많이 했다. 그러나 시도는 성공이었다. 10대 팬들이 이전보다 많이 늘어났다. 이 때문인지 장내에 모인 사람 중에는 중학생과 고등학생으로 보이는 여학생들이 많았다.

신은 흡족하기만 했다.

'시청률이 바람의 공주같이 큰 편은 아니지만, 나쁜 성적은 아니니까.'

한편, 신의 연기 변신에 사람들은 이전 배역보다 강력하지 않지만 색다른 연기를 볼 수 있어서 좋았다는 반응을 보이기도 했고 신이 아이돌을 하면 웬만한 아이돌 정도는 압살하겠다고 말하기도 했다.

그리고 신이 부른 음원이 음원 사이트에서 좋은 반응을 얻자 로만 소속사는 신이 가수 활동을 해보는 게 어떻겠느냐면서 신을 살살 꼬드기기도 했다.

이에 신은 당장으로서는 생각이 없다고 했다. 지금 당장으로서는 연기에 집중하는 게 낫다고 생각했기 때문이었다.

신은 팬들과 오붓한 시간을 즐기며 정유미와 오늘 있을 촬영에 관해 이야기를 나누기 시작했다.

"…이수혁의 외양이 서서히 변해가면서 자신감도 가지게 되는데요. 이때부터 이수혁은 제 목소리를 서서히 내기 시작해요."

"그렇죠. 아버지와 형과 의견대립을 이뤄나가게 되죠!"

"잘 아시네요."

"전 강신 씨 팬이라서 강신 씨 나오는 건 다 봐요."

정유미의 말에 한 여인이 괴성을 질렀다.

"저도 팬이에요!"

이전 신과 프리허그를 나눈 일반인 여고생이었다.

신은 싱긋 웃으며 그녀를 향해 손을 흔들어 주자 여고생이 괴성을 내질렀다.

지금 이 순간 신은 뿌듯함을 느끼고 있었다.

그녀의 열렬한 지지 때문이 아니었다. 이수혁이라는 인물을 보면서 힘을 얻었다고 한 그녀의 말이 신의 심금을 울려서다.

신은 예술이 현실에 발휘하는 위력을 체감하면서 말을 이었다.

"이제 이수혁은 자신을 증명하려고 해요. 사람들 앞에서 제 모든 것을 드러내면서 자신이 누군지 말하죠. 그리고 이 순간은 수혁이가 아버지 앞에서 자신이 누군지 드러내는 순간이기도 해요."

"처음과 비해 정말 많이 성장하네요."

라이팅 클럽의 이야기는 이수혁이라는 인물로 통해 청춘이 성장한다는 걸 보여줌으로써 이 각박한 시대에서 오늘도 고뇌하며 살아가는 청춘에 힘을 내라고 메시지를 보내는 것이기도 했다.

혹자는 낭만과 청춘을 노래하는 라이팅 클럽이 10대를 위한 이야기다 보니 현실적인 감각이 부족한 이야기라고 비판하기도 했다.

그러나 드라마가 누군가 한 명에게도 힘이 된다면 이수혁이라는 인물과 라이팅 클럽은 의의를 지니는 이야기가 되는 것이었다.

"그나저나 이수혁과 설하린 연애 전선은 어떻게 될 거 같나요?"

어찌 된 게 라이팅 클럽 시청자들은 설하린이 주연과 이어지길 바라기보다 이수혁과 이어지길 바라고 있었다. 신이 바람의 공주에서 서윤도로 연기할 때와 비슷한 현상이었다. 한 시청자는 이 현상을 두고 강신의 주연 배우 뭉개기라는 특별한 기술이 발휘되었다고 말하기도 했다.

"글쎄요, 저도 그게 의문이네요. 뒷이야기는……."

"드라마 내용으로 나온다?"

"그렇죠."

인터뷰가 슬슬 마무리되자 신은 카메라와 사람들 앞에 마주 서서 노래를 부르게 되었다. 신이 부르게 될 곡은 '달팽이의 노래'로 가수 이광진의 유작이었다. 음 자체가 맑고 투명한 게 인상적인 곡이었다.

유 PD의 큐 사인에 스피커에서 반주 MR이 흘러나왔다.

잔잔한 음이 내리깔리는 속에서 사람들은 신을 응시했다.

곧이어, 신은 반주에 맞춰 노래를 편안하게 부르기 시작했다.

"그대, 내 노래 듣고 있나요. 나 그대가 먼 세상에 나갈 거라는 걸 알아요. 저 넓고 거친 세상은 힘들지 모르지만⋯⋯."

신이 부르는 노래가 사람들을 부드럽게 감싸 안았고, 사람들은 하루 동안 쌓인 고단함이 씻겨내리는 걸 느꼈다.

"그대, 내 이야기 듣고 있겠죠. 나 그대가 아무도 못 본 바다로 가려는 걸 알아요. 기억 속 희미한 파도소리 따라서 말이죠."

사람들은 어느새 신이 속삭이는 노랫말에 귀 기울이고 있었다.

"차가운 바람이 불어와도 그대 외로워 울지 마요. 나 항상 그대 곁에 있을 거예요. 아무 데도 가지 않아요."

신의 목소리가 거리로 점차 울려 퍼졌다.

"마음먹은 대로 생각한 대로 안 될지 모르지만, 때로 지치고 고될지 모르지만, 그대 내게 흥얼거리죠. 언젠가 저 넓고 거친 세상으로 갈 거라고요. 나는 알 수 있어요, 우리의 이야기가 끝나지 않는걸."

노래는 어느덧 1절 중반부를 향해 달려가고 있었다.

신은 속에서 소리를 끌어 올리며 소리를 내질렀다.

"그대, 내게 말해요. 언젠간 먼 훗날에 그 바다를 건널 거라고. 때론 차가운 바람이 불어오겠죠. 때론 힘들고 지치겠죠. 하지만 지쳐 하지 마요. 외로워 마요. 날개를 펴고 누구보다도 자유롭게 높이 날아올라요."

신은 곡의 분위기를 고조하며 이끌다 노래의 절정에서 카타르시스를 터뜨렸다.

"오늘도 난 꿈을 노래해요. 내 마음속 작은 이야기가 큰 이야기가 될 거라고. 키보다 높은 벽을 뛰어넘을 거라고—."

이 회차가 방영되던 시점 라이팅 클럽 시청률은 18%를 향해 달려가고 있었다.

신이 전국에 있는 이수혁에게 바친 찬가는 방송을 타면서 많은 사람에게 알려지게 되었다. 달팽이의 꿈이라는 곡은 재조명되면서 가수들에게 리메이크되기도 하고 오디션 프로그램 참가자가 경연곡으로 부르기도 했다.

이후, 부자간의 갈등은 이렇게 해결된다. 수혁을 못마땅하게 생각하고 나무라던 아버지는 수혁이 노래하는 걸 보고 수혁을 인정하게 된다.

그리고 그가 그동안 수혁을 나무란 건 수혁을 미워해서가 아니었다. 그의 아내가 수혁을 낳고 죽으면서 수혁이 아내를 죽였다고 생각해서다. 머리로는 수혁의 잘못이 아니란 걸 알고 있었다.

그러나 수혁을 보기만 하면 그의 아내가 떠오르니 수혁을 탓하지 않고서 그의 정신이 견딜 수가 없었던 것이었다. 그래서 그는 수혁을 원망하고 탓했다.

해묵은 부자간의 갈등과 오해가 풀리는 대목에서 시청자들은 눈시울을 붉히기도 했다.

한편, 이수혁과 설하린의 사이는 이어지려고 하다가도 이어지지 않게 된다. 이수혁은 자신이 설하린에 맞는 인물이 아니라고 생각하면서 그녀를 떠나려고 한 것이다.

그렇다고 이 두 사람 사이가 새드 엔딩으로 끝나는 건 아니었다. 수혁은 가수 오디션에 통과하게 되고 두 사람은 다시 만나게 된다.

이런 열린 결말 속에서 라이팅 클럽은 16부작으로 마무리되었다.

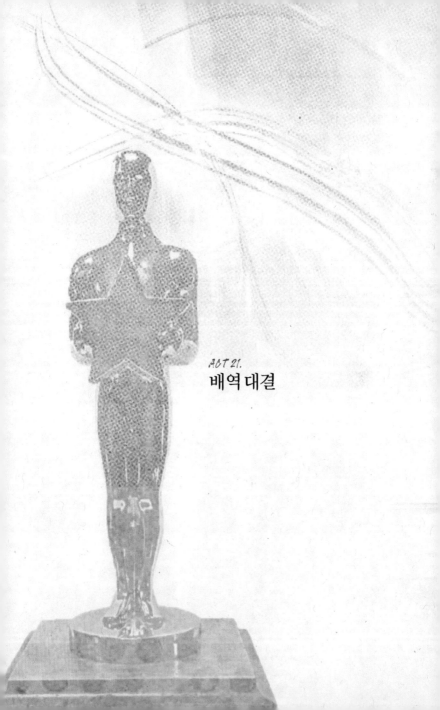

ACT 21.
배역 대결

배역 대결

신은 KTS 국장 이두찬과 만나게 되었다.

드라마가 끝나자 이두찬이 신을 사적으로 불러낸 것이었다.

"간만입니다."

이두찬은 신의 손을 꽉 잡아 쥐며 웃었다.

"이전보다 아주 의젓해졌어. 본 게 아직도 엊그제인 거 같은데. 그보다 벼는 익을수록 고개를 숙인다더니. 그 말이 신 군을 보고 하는 말인 거 같아. 허허허!"

자기 딴에는 분위기를 풀려고 신을 칭찬하는 것일 테지만 신은 이 칭찬들이 다소 불편했다. 연배가 다소 차이 나는 것도 있으니 이런 말이 더 부담되게 다가오는 것도 있었다.

257

"이리 와서 어서 앉자고."

"넵."

신은 이두찬 국장을 따라 직사각형 책상에 앉았다.

"이번 드라마 찍으면서 불편한 거 없었지?"

"네, PD님도 AD 님도 그렇고 다들 잘 대해주셨어요."

"드라마 찍다가 불편한 거 있으면 이 국장님한테 언제든 말만 해. 내가 바로 바로잡아줄 테니. 허허."

이 말에 신은 하하 웃으며 말했다.

"감사합니다."

이두찬 국장은 바람의 공주 이후 신을 거의 떠받듯이 대하고 있었다. 그가 이렇게 행동하는 건 신이 미래가 기대되는 유망주 배우인 것도 있지만, KTS 방송사에 최대한 좋은 인상을 주기 위해서다.

'후에 다른 방송사로 가서 드라마를 하게 될지 모르지만, 우리 방송국이 최고라는 이미지를 심어줘야지.'

무엇보다 그는 신이 강렬한 한 방을 터뜨리라는 걸 확신하고 있었다.

한편, 신은 뜨거운 눈길로 바라보는 이두찬 국장이 부담스러웠다.

"앉아있는 것도 어찌나 예의 바른지…… 요즘 젊은이랑 다르다니까. 자네 혹시 여자친구 있나? 없다면 내 딸이랑 사귀어 보는 것도 나쁘지 않을 거 같은데. 결혼을 전제로."

이에 신은 멋쩍은 웃음을 흘릴 뿐이었다.

"내가 불독 같이 생겼으나 딸은 나랑 다르게 생겼어. 아주 예쁘다고."

그의 말대로 그의 딸은 정말로 예뻤다.

'그래도 예리 누나보다는 안 예쁘네.'

신의 눈에는 예리가 수백 배는 더 예뻤다.

그러던 이때, 국장실로 비서와 함께 들어서는 사람들이 있었다. 이들을 본 신은 왜 이 국장이 신을 이곳에 부른 것인지 알 수 있었다.

'드라마 때문이구나.'

그리고 신은 자리에서 일어나 사람들에게 인사했다.

"안녕하세요, 오 PD님. 조일국 작가님. 김윤희 PD님 아니, 부장님도 간만이네요."

이때, 조일국 작가가 하하 웃으며 신을 안았다.

"이게 얼마 만이냐. 이전과 다르게 훌쩍 컸네. 너 키 몇 이야?"

"181이요."

"이야. 뭔가 분위기도 이전과 달라졌어. 청춘 드라마 찍어서 성장했나. 그나저나 대학은 어디 갈지 정했어?"

"글쎄요, 굳이 가야 하나 싶기도 하고."

신이 사람들과 화기애애한 이야기를 나누는 사이 이윽고 한 여인이 국장실 안으로 들어왔다.

그녀가 들어오는 순간 주변에 꽃이 만개하는 거 같았다.

주예리였다.

"어…?"

신은 주예리가 이곳에 오는 걸 모르고 있었다.

'아니, 난 말해줬는데.'

신과 시선이 마주친 주예리는 다른 사람 몰래 눈웃음을 살며시 지었다. 미모에 완전히 물이 올라 선지 이 눈웃음에 어린 색기가 장난이 아니었다. 한편, 주예리는 이렇게 말하는 거 같았다.

'일부러 말 안 해준 거야. 너 놀래주려고.'

"반가워요. 강신 씨."

"안녕하세요."

"허허, 이로써 바람의 공주 멤버가 다 모였군."

곧이어, 모든 사람이 자리에 앉았다.

"다들 알고 있겠지만 내가 이 자리에 부른 건 극비 프로젝트니까 이렇게만 모은 거야. 이번 드라마도 최고로 만드는 것이고. 시청률 목표는 50% 넘는 거지. 강신 군과 주예리 양을 부른 건 각오 단단히 하라고 미리 부른 거고. 뭐, 부담되면 하지 않아도 좋아. 강제는 아니니까."

신과 예리는 연락을 받을 때부터 무조건 할 생각이었다.

"이번 드라마 무조건 된다고 생각하면서 촬영에 임할 작정이에요."

"좋아, 좋아. 배역 어떻게 소화하는지 보고 싶기도 하니……."

한편, 신은 서효원이 주연 물망에 있다는 걸 알게 되었다.

'서효원······.'

신은 주먹을 불끈 쥐었다.

"강신 군은 드라마 찍었으니 컨디션 조절하고 이 프로젝트에 무리 없이 들어가 보자고."

그리고 시간은 어느덧 9월로 접어들고 있었다.

☆　★　☆

신은 숙소에서 휴식을 취하며 〈스파이〉라는 작품과 작중 인물에 관해 분석하고 있었다.

'작품의 특색은 선과 악의 대립이구나.'

두 명의 인물이 선과 악으로 나누어지는 게 단순한 구도라고 말할지도 모르겠지만, 이 대립이 극명하게 이루어져서 선과 악이 강렬히 대비되고 있었다.

더군다나 이 두 사람의 관계는 빛과 그림자처럼 떼래야 뗄 수 없는 관계로 얽혀있어서 단순한 선과 악의 대립이라고 말하기에 묘했다.

'작품이 정말 강렬하네. 힘도 불끈불끈 느껴지고.'

이 작품에서 인상적인 캐릭터는 셋이다. 이도진, 조형석, 진희연. 〈스파이〉라는 제목답게 셋 다 특수공작원이다.

'진희연은 남자에게 기대지 않고 주도적이고 팔색조 매력을 지닌 여자구나.'

드라마나 영화에서 보면 매력적인 여자 캐릭터는 잘 없다. 작품이 남성 중심으로 흘러가는 게 대부분이다. 등장인물 수도 남자 쪽이 더 많다. 여기에 남자 캐릭터보다 여자 캐릭터는 수동성을 띄는 경우가 많다. 이러한 경향은 로맨스 경우 두드러지게 나타난다.

이런저런 이유로 여배우는 매력적인 캐릭터를 만나는 건 쉽지 않다. 때문에, 괜찮은 배역이 나오면 여배우들은 기를 써서 배역을 따내려고 한다. 여배우 사이에 배역 경쟁은 치열한 편이다.

'이 진희연이라는 역 예리 누나에게 딱 맞겠네. 누나 성격도 좀 묻어나는 거 같고.'

이제 이도진과 조형석이라는 두 인물은 선과 악을 대표하는 주인공 인물들이다. 이도진은 악을 잡는 선으로 무술이 뛰어난 인물이다. 조형석은 무자비한 킬러로 이도진과 맹렬히 대립하는 인물이다.

인물 묘사를 해본다면 이도진은 정의에 대해 고뇌하는 인간상이면서 감정을 태우는 인물이라면 조형석은 냉정하고 칼 같은 성정을 지니고 있으며 자신을 절제하는 인물이다.

이도진이 불이라면 조형석은 물이다.

이 두 사람 중 누가 더 우세한지 따질 수 없다. 이 두 사람은 서로에 대한 장단점을 파악하고 있을 정도로 너무나도 잘 알기 때문이었다.

어떻게 보면 이 둘은 서로 대립할 수밖에 없는 운명을 지니고 있었다.

'이 두 사람의 대립 한 치 양보도 없이 팽팽하구나.'

신은 두 사람 모두에게 끌렸다. 서윤도 연기를 할 당시의 신이라면 이도진 쪽으로 곧바로 마음이 쏠렸겠지만 남민수 연기를 한 이후 신이 소화할 수 있는 인물의 폭은 늘어났다.

'조형석도 괜찮긴 괜찮지만.'

다만 남민수를 연기하면서 성격에 영향을 받은 기억 때문에 조형석이 꺼려지는 것도 있었다.

'그래도 이제 내 자기 기준점을 세울 수 있으니까.'

신이 조형석을 연기하려고 하면 도전할 수는 있을 테다. 라이팅 클럽 드라마로 신은 다양한 연기를 할 수 있다는 걸 증명했으니 신의 선택지 폭은 이전보다 늘어난 상황이었으니까.

'로맨스 작품 제의도 많이 들어오고.'

지금 신이 해야 하는 궁극적인 고민은 이거다.

'어느 배역에 도전해야 내 잠재력을 극도로 끌어낼 수 있을까.'

신은 어렴풋하게나마 결정을 내렸다.

'역시 이도진이겠지…….'

그러나 이 이도진을 희망한다고 해서 신이 이도진을 무조건 연기할 수 있는 게 아니었다. 사람 일이란 게 어찌 될지 몰랐으니까.

'서효원은 무슨 배역을 원할까.'

문득 신은 작품이 참으로 기묘하다고 생각하게 되었다. 신과 서효원이 서로 의식하면서 대립하듯 작품 속 두 주인공도 대립하고 있기 때문이었다. 서효원이 이 작품에서 주연을 맡게 되면 신은 서효원과 어떤 식으로든 대립하게 되어 있는 것이었다.

'이런 극 상황 때문에 나와 서효원이 주연 물망에 있었던 걸지도.'

한편, 신은 배역에 대한 고민을 예리와 함께 이야기를 나누기로 했다.

신의 말을 듣던 예리가 말했다.

– 네가 잘하는 것에 집중해야지.

"아무래도 그렇겠지?"

– 뭐가 끌리는데?

"이도진."

– 흐음, 너 이도진하게 되면 키스 씬 대놓고 찍을 수 있겠네.

이도진과 진희연은 대적하는 사이지만 모종의 사건 이후 연인으로 발전하게 되는 사이다.

한편, 예리가 저돌적으로 나오자 신은 살짝 당황했다.

"뭐… 음. 사람들이 의심하지 않을까?"

– 의심을 왜 해. 드라마잖아.

드라마라서 키스를 한다.

최고의 핑계였다.

신은 예리의 말에 가슴이 두근거리는 걸 느꼈다.

'예리 누나도 나도 작품에서 처음으로 도전해보는 키스 신……'

신은 역시 이도진을 해야 한다고 마음을 굳게 굳혔다. 극 중에서 키스를 할 수 있어서가 아니었다. 신은 연기에 관해서라면 진지한 마음으로 임하는 연기자였으니까.

그리고 신이 이도진에 도전하기로 마음먹은 이 시각. 서효원은 스파이 대본을 바라보고 있었다. 서효원도 드라마 스파이 출연에 긍정적으로 검토하고 있었다. 바로 신 때문이었다.

'아마 이도진을 하려고 하겠지.'

이는 단순한 동물적인 직감이 아니었다.

그동안 최근 신의 연기를 바라보면서 판단을 내리는 것이었다.

서효원의 경우 아무 역이나 상관없었다. 어느 역이든 잘 살려낼 자신이 있었으니까.

'조형석으로 가야겠군.'

그러나 이대로 가는 건 재미없었다.

서효원은 오 PD에게 전화를 걸기로 했다.

"오 PD님, 안녕하세요. 최종 캐스팅되기 전에 강신과 호흡을 맞춰보면서 중간점검을 해보고 싶어서요."

극 중에서 조형석이 이도진을 몰아붙이듯 자신도 신을 몰아붙여야 했다.

'진정한 연기를 위해서라면……. 극 중 인물이 처한 상황을 실제로 끌어오는 배역의 생활화를 해야지.'

서효원의 입가에 악동이 지을법한 미소가 씩 맺혔다.

'직접 호흡해보는 날이 기대되는군.'

☆　★　☆

신은 중간점검을 위해 매니저 지원이 모는 벤을 타고 오디션 장소로 향하기로 했다.

'오디션 보는 거 언제쯤 익숙해지려나.'

작품을 여러 번 찍었는데도 오디션 보는 건 항상 긴장되었다.

학생들이 성적을 위해 시험을 보듯 이 오디션도 배우에게 일종의 시험과도 같은 것이다. 다만, 오디션은 학교 시험과 다르게 정해진 양식 같은 게 없다는 게 함정이다.

주최 측 기준에 따라 상황은 달라진다. 시나리오가 나오기 전 이미 배우를 확정하거나 캐스팅을 완료하는 경우도 있고 여러 가지다.

캐스팅을 완료하지 않을 때 주연의 경우 후보군을 미리

뽑아둔다. 배우가 시나리오를 검토해보고 출연을 고사할
경우를 대비하기 위해서다.

이제 〈스파이〉의 경우 KTS에서 야심 차게 준비하는 드
라마다. 그들로서는 돌다리를 건너기 전에 돌다리를 두드
려 보고 싶어하는 게 당연할 테다.

잠시 후, 오디션 장소에 도착한 신이 벤에서 내리려던
차였다.

"유비 씨에게서 연락이 왔는데."

신은 히죽 웃으며 말했다.

"형이 받아요."

"너한테 온 연락이잖아."

"에이, 지원이 형 유비 씨 정말 좋아하잖아요."

"뭐?"

"두 사람 많이 친해지기도 했잖아요. 이제 지원이 형한
테 오는 연락 아니에요?"

신의 말은 정확했다.

신유비는 지원과 연락을 주고받으면서 종래에 지원과
더 친해지게 되었으니까.

게다가 신은 지원과 신유비가 신의 숙소 앞에서 몰래
만나는 걸 목격하기도 했다.

"그… 그걸 어떻게."

신은 시치미를 뚝 떼며 말했다.

"통화를 끝내고 나면 웃으시는데 모를 리가 없잖아요.

통화 내역에도 신유비 씨 전화번호 자주 찍혀 있고."

폰은 계속해서 울리고 있었다.

한데, 지원은 뭘 망설이는지 우물쭈물하고 있었다.

"왜 매니저라서 다가가기 힘들어요?"

신의 말이 정곡을 찌른 것인지 지원이 어깨를 움찔 떨었다.

"유비 씨 돈 많아서 그런 거 안 따질지도 모르죠. 나 같으면 후회하더라도 고백해볼래요."

고민하던 지원이 전화를 받았다. 신은 지원을 향해 엄지를 척 내밀고 벤에서 내렸다.

'사람 마음이란 게 알다가도 모를 일이야.'

그녀가 신에게 친구로 지내자고 했지만, 신이 아예 철벽을 치니 그녀의 마음은 급속도로 식다가 신과 잘되보려는 마음마저도 아예 사라지게 되었다.

'동화가 약하게 이루어진 사이면 동화가 쉽게 풀리는 거구나.'

이렇게 차갑게 구는 게 신을 위해서도 유비를 위해서도 서로에게 낫다.

그런데 문제는 수연한테는 이렇게 차갑게 굴 수 없다는 거다.

'나도 우유부단해서 문제야.'

속으로 한숨을 쉬던 신은 조만간 답을 내려야 하겠다고 생각했다.

'예리 누나한테나 수연이 누나한테나 그렇고 나 진짜 몹쓸 짓 한다.'

일단 신은 이 고민을 접어두기로 했다. 어느새 오디션 장소에 도착했기 때문이었다. 한편, 장소 안에는 오민석, 조일국, 김윤희 세 사람이 신과 마주 본채로 앉아있었다.

"안녕하세요."

"이러고 있으니 바람의 공주 때가 생각나네."

조일국의 말에 신은 처음 오디션을 보던 때가 떠올랐다.

"서윤도 연기하던 때가 엊그제 같은데 말이지, 캬."

분위기가 잠시 화기애애하게 변했으나 이 자리에 있는 사람들은 공과 사를 구분할 줄 아는 프로들이다.

"이도진과 조형석이 대립하는 30번 장면을 보고 싶은데."

"이도진으로 해볼게요."

"대본 볼 시간 줄까?"

조일국의 말에 신이 말했다.

"네."

신의 말에 조일국이 속으로 후후 웃었다.

'벼는 익을수록 숙인다더니……'

바람의 공주 오디션 때와 달리 신은 정말 성숙해졌다. 조일국 작가는 신이 어떤 연기를 펼칠까 기대되었다.

신은 대본을 외우며 중얼거리기 시작했다. 신의 분위기가 뾰족한 가시처럼 날카롭게 변해가기 시작했다.

이것만이 아니었다.

신의 표정에도 변화가 살짝 생겼다.

눈매가 매서워지고 얼굴에도 냉소가 어렸다.

곧이어, 신은 눈을 지그시 감고 상황을 연상했다.

그러자 신의 눈앞에는 극 중의 상황이 생생히 그려지기 시작했다.

지금 신은 정부기관 내부에 서 있었다. 적의 기습을 받은 기관 내부는 엉망이 되어 있었고 동료들은 죽어 있었다.

극에 몰입한 신은 입술을 깨물었다.

정말 분해하는 거 같았다.

이는 신이 연기를 시작하겠다는 준비 신호라는 걸 오PD는 잘 알고 있었다. 하마터면 "레디! 액션!"을 외칠 뻔했다.

신은 주변을 둘러보기 시작했다. 동공이 흔들리는 거 하나 놓치지 않았다. 세 사람은 신의 연기가 생생하면서 훨씬 섬세해진 것을 느꼈다.

'몰입감 장난이 아니구나.'

신 덕분에 세 사람은 실제 장소에 서 있는 것 같았다.

한편, 신은 속에서 차오르는 분노를 애써 억누르고 있었다.

"어째서……"

눈가가 붉게 충혈된 신의 입이 열렸다.

"이런 짓을 벌인 것이지?"

신은 상대를 노려보며 말했다.

"조형석!"

상대방에게서 대답은 없다. 이때, 킬러 조형석은 이도진을 그저 응시한다.

"네 짓이냐, 묻잖아."

조일국 작가가 입술에 침을 축이며 대본을 바라보았다.

'내 짓인지 아닌지 뭐가 중요하지?'

"말하는 본새 봐라……."

신은 소리를 질렀다.

"내 말에 대답해!"

'원래 제일 맛있는 음식은 나중에 먹는 법이지.'

광기 서린 조형석의 대사에 신은 쿡쿡 웃었다.

"지금 네가 내뱉은 그 말 감당할 자신 있나?"

'당연한 거 아닌가?'

"지금 네가 한 말 후회하지 마라."

신은 목 쪽에서 넥타이를 우악스럽게 뜯어내는 동작을 흉내 내며 말했다.

"너 씹어먹어 줄 테니까."

여기서 오 PD가 말했다.

"신아."

신은 허공을 노려보고 있었다.

"잠시만."

오 PD가 손뼉을 치자 신은 정신을 퍼뜩 차리고는 숨을
거칠게 내쉬며 말했다.

"네."

"서효원과 한번 호흡을 맞춰 보지 않을래?"

"…지금 이 자리에서요?"

"그래."

오 PD의 말에 신은 눈을 둥그렇게 떴다.

☆　★　☆

예상 밖의 전개다.

신은 서효원과는 최종 캐스팅 이후 대본 리딩 모임에서
만나게 될 줄 알았다.

"두 사람이 배역을 어떻게 소화하고 어떻게 호흡하는지
미리 봐보고 싶어서 말이지."

오 PD는 드라마 촬영에 들어가지도 않았는데도 연출을
어떻게 해야 할지가 고민되고 있었다.

'덕분에 머리가 벌써 복잡해지지만, 연출자 입장에서
즐거운 고민이지.'

신은 오 PD의 제안에 기꺼이 응하기로 했다.

"좋아요."

서효원과 호흡을 맞춰볼 생각에 신은 마음이 두근거리
는 걸 느꼈다.

'굉장할 거 같아.'

신이 잠시 대기하는 사이, 서효원이 내부로 들어섰다. 두 사람의 시선이 마주쳤다. 두 사람은 서로를 향해 미소 지었다.

서효원은 신과 연기를 해볼 생각에 몸이 후끈 달아올랐다.

그러나 일단 참아내기로 했다.

'제일 맛있는 음식은 나중에 먹는 법이니까.'

서효원은 조형석의 대사를 마음속으로 외우며 자리에 앉아있는 세 사람을 향해 인사했다.

"안녕하십니까, PD님. 작가님. 함께 작업하게 되어 영광입니다."

"저도 영광입니다. 서효원 씨."

오 PD가 싱긋 웃으며 말했다.

"두 사람이 이 자리에 모인 건 두 사람이 보여줄 호흡이 기대되어서 이런 자리를 마련해보기로 한 거에요."

오 PD의 말이 떨어지기도 전에 신과 효원은 서로를 응시하고 있었다.

어찌나 뜨겁게 바라보는지 두 사람 사이로 열기가 후끈거리는 거 같았다.

'벌써 신경전에 들어서다니. 정말 못 말리는군.'

오 PD는 두 사람이 보여줄 훌륭한 앙상블이 기대되었다.

'서효원이 배우를 뭉개버릴 정도로 연기력이 뛰어나기 때문에 대부분 연기자는 서효원과 호흡을 같이 하는 걸 꺼리지만……'

신은 바람의 공주를 촬영하면서 그의 기대를 언제나 충족시켜 왔다. 게다가 신은 여러 작품을 하면서 성장했다. 오 PD가 봤을 때 신의 기량은 이전보다 성장해 있었다.

'신이라면……. 신이라면 잘해낼 수 있을 거야.'

신에게는 사람의 기대를 자극하게 하는 특별한 무언가가 있었다. 게다가 정감이 더 가는 구석도 있고 말이다.

오 PD가 다른 배우들보다 신을 애지중지하는 건 이런 이유에서였다.

이때, 조일국이 말했다.

"강신 씨가 이도진 배역으로 서효원 씨가 조형석 배역으로 해서 호흡을 하는 걸 보도록 해보죠."

지금 이 자리는 단순히 호흡을 맞춰보는 자리가 아니었다. 배역이 누구에게 잘 어울리는지 보는 자리이기도 하면서 진검승부를 펼치는 자리이기도 했다.

이제 검이 아니라 연기력으로 승부를 펼치는 것이지만.

한편, 신을 바라보는 서효원의 눈가에는 기이한 열기가 서려 있었다.

"후후, 그럼 시작해보자고."

"좋아."

서효원은 의자에 들고 와 의자에 앉아 있기로 했다.

신은 눈을 감고 배역에 몰입하기 시작했다.

서효원은 신의 분위기가 뜨겁게 바뀌는 걸 온몸으로 느낄 수 있었다.

'배역으로 살겠다는 강렬한 마음가짐이 분위기로 자연스레 투사되는 것이지.'

한편, 서효원은 생각했다.

차가운 살인마인 조형석의 얼음 심장도 지금 이 순간 뜨겁게 달아오를 것이라고.

서효원은 신의 뜨거운 기세에 혈관을 타고 흐르는 차가운 피가 서서히 달아오르는 걸 느꼈다.

'후후… 기다린 보람이 있었어.'

역시 기대는 배신 되지 않았다.

주위를 둘러보던 신이 서효원을 응시하고는 말문을 조용히 열었다.

"어째서…."

어금니 쪽을 악무는 게 화를 억지로 참아내려는 게 보인다.

목소리는 격렬한 감정로 들끓고 있는 게 당장에라도 폭발할 거 같은 마그마 같다.

신과 마주하고 있는 서효원은 웃음을 그만 터뜨리고 싶었다.

'그래, 이거라고!'

"이런 짓을 벌인 것이지?"

한편, 신의 눈동자가 이글이글 타오르고 있는 게 서효원을 잡아먹을 듯이 바라보고 있었다.

"조형석!"

신의 목소리는 갈라지고 있었다. 그러면서 낮게 울부짖는 것이 맹수가 상대를 경계할 때 내 짖는 소리 같았다.

"네 짓이냐, 묻잖아."

두 사람의 눈동자가 서로에게 닿았다.

서효원의 눈빛은 신의 눈빛과는 대조적이었다. 아무리 슬픈 일이 있어도 눈물 한 방 울도 흘릴 거 같지 않은 냉혈한 눈빛 그 자체였다. 한데, 기이한 열기가 눈동자에 서려 있는 것이 신에게 한 판 붙어보자고 말하는 거 같았다.

두 사람 연기를 바라보는 세 사람은 두 사람 사이로 새빨간 불똥이 툭툭 튀겨 대는 걸 느꼈다.

세 사람은 서로를 바라보면서 의견을 교환했다.

'눈빛이 잘 살아 있어서 대립 구도가 잘 살아나네요.'

'긴장감도 잘 살아나고.'

'양보가 없어.'

이때, 서효원의 입가에 차가운 미소가 맺혔다.

"내 짓인지 아닌지 뭐가 중요하지?"

감정도 없고 고저도 없다. 그렇지만 말끝은 정말로 날카로웠다. 뜨겁게 타오르던 장내에 차가운 물이 확 끼 얹혀진 거 같았다.

한편, 신은 등골이 오싹해지는 걸 느꼈다.

'서효원과 연기하는 배우는 치밀함을 느끼는구나.'

그러나 신은 서효원에 휘말리지 않았다.

지금 신은 악의 화신 조형석에 맞서는 이도진 자체로 살아 있으니까.

신은 냉소를 지으며 이죽거렸다.

"말하는 본새 봐라……."

신이 내뱉는 대사는 서효원에게는 정말 자극적으로 다가왔다. 뜨거운 송곳이 차가운 심장을 후벼 파는 거 같았다.

서효원도 이런 생각을 했다.

'강신과 연기하는 배우는 이런 강렬함을 느끼는군.'

"내 말에 대답해!"

서효원의 눈동자가 가늘어졌는데 먹잇감을 노리는 뱀 눈동자 같았다.

그러던 이때, 서효원의 눈동자가 납빛같이 희멀건 뱀 눈동자처럼 가라앉았다.

"원래 제일 맛있는 음식은 나중에 먹는 법이지."

서효원이 입술에 침을 축였다.

이때, 서효원의 음울한 기세가 신을 감쌌다.

뱀 한 마리가 먹잇감에다 제 몸을 빙빙 에두르는 거 같았다.

신은 기분이 축축해지고 나빠지는 걸 느꼈다.

'이것이 서효원이 표현하는 킬러 조형석이구나.'

신은 간담이 서늘해지는 걸 느꼈으나 웃음을 쿡 터뜨렸다. 자신을 음식으로 비유하는 조형석이 가당찮아서다.

"지금 네가 내뱉은 그 말… 감당할 자신 있나?"

신이 서효원의 대사를 맞받아치자 서효원의 눈동자에 이채가 서렸다.

'호오, 이것 봐라.'

'자, 어떻게 나올 거냐. 서효원?'

서효원은 사나운 웃음을 짓는 신에게 히죽 웃었다.

이 두 사람의 연기를 바라보는 사람들은 묘한 것을 느꼈다. 신의 연기에 가뜩이나 즐거워하는 서효원이 이도진과 싸움을 기대하는 조형석같이 보였기 때문이었다.

"당연한 거 아닌가?"

두 마리의 맹수가 서로를 향해 이빨을 드러내기 시작했다.

그리고 지금 이 순간 신과 서효원이 지닌 연기 스타일이 각 배역으로 두드러지게 드러나고 있었다. 신이 활활 타오를 준비하는 휴화산이라면 서효원은 빙하가 잔뜩 있는 북극의 물이었다.

두 사람의 스타일은 극과 극을 달릴 정도로 달라서 조화되지 않았다. 그러나 이 극명한 대조가 서로를 더더욱 강조했고, 서로를 살려주고 있었다.

'극과 극이 통하다니 정말 아이러니해.'

두 사람의 연기에 오 PD는 이도진과 조형석이라는

인물이 극 중에서 튀어나온 듯한 인상을 받기까지 했다.

'이 두 사람을 카메라에 담으면 그림이 정말 잘 살아나 겠는데.'

한편, 서효원은 여기서 더더욱 강렬한 자극을 받고 싶었다.

'서로가 지닌 역량을 제대로 끌어 내보자고.'

이때, 신이 서효원을 향해 대사를 내뱉었다.

"지금 네가 한 말 후회하지 마라."

조형석은 이도진의 대사에 그저 웃는다.

서효원이 미친 듯이 웃었다. 크와 캬가 섞인 정말 기괴한 웃음소리였다.

신이 대사를 또박또박 내뱉으며 서효원 쪽으로 다가가기 시작했다.

"너… 씹어먹어 줄 테니까."

장내가 쩌렁쩌렁할 정도로 웃던 서효원이 웃음을 멈추며 어깨를 으쓱였다.

"한번 해 봐. 할 수 있다면 말이지."

두 사람의 거리가 숨이 닿을 정도로 단숨에 가까워졌다.

두 사람 사이로 험악한 기세가 흐르는 게 정말 싸움이라도 일어날 거 같았다. 그리고 신과 서효원이 부딪히려는 순간에 세 사람이 박수를 치기 시작했다.

짝짝짝.

"와, 진짜 훌륭하다."

두 사람은 지금 이 순간 서로를 향해 주먹을 꽂으려 하고 있었다. 극에 워낙 몰입하여 배역 대결 하고 있다는 걸 까먹고 만 것이다.

서로를 뜨겁게 노려보던 두 사람은 숨을 거칠게 내쉬다 시선을 돌렸다.

"이번에는 배역을 바꿔서 해보죠. 두 사람 괜찮죠?"

오 PD의 말에 두 사람이 대답했다.

"네."

"알겠습니다."

이번에는 신이 의자에 앉고 서효원이 일어 서 있었다.

잠시 간의 대기가 있고 난 후 두 사람의 연기가 시작되었다.

"어째서 이런 짓을 벌인 것이지? 조형석……?"

서효원이 표현하는 이도진은 신과 달랐다.

신의 이도진이 동료의 죽음에 감정을 억누르지만, 감정을 활활 태우는 이도진이라면 서효원의 이도진은 차갑게 분노하는 이도진이었다.

"네 짓이냐, 묻잖아."

서효원의 물음에 신이 입을 조용히 떼었다.

"내 짓인지 아닌지 뭐가 중요하지?"

신이 표현하는 조형석도 서효원과 달랐다.

피에 굶주려서 당장에라도 날뛰려는 야수 같았다.

피에 대한 강렬한 갈망은 끝이 보이지 않는 바다 같이 무한한 것이다. 속에서 끓어오르는 피의 욕망은 해소되지 않는다. 지금 신의 속에서는 피에 대한 무한한 갈구가 들끓어 오르고 있었다.

킬러가 된 신과 정의의 사도가 된 서효원이 서로 노려보았다.

주변의 분위기가 날이 선 것과 같이 날카로워지고 팽팽해졌다.

'흥, 제법이군.'

'서효원은 정말 만만치 않아.'

서효원은 신이 지닌 강렬한 감각이 부러웠고, 신은 서효원이 지닌 압도적인 기술이 부러웠다.

두 사람의 연기가 끝으로 향할수록 두 사람은 서로를 더더욱 인정하게 되었다.

'내가 인정할만할 호적수군.'

'서효원은 대단해.'

연기가 끝난 순간 두 사람은 서로를 뜨겁게 노려보았다.

그리고 두 사람은 웃음을 터뜨렸다.

"…쿡."

"하…."

코웃음 치는 게 서효원의 웃음이었고, 하하 웃는 게 신의 웃음이었다.

누가 먼저라고도 할 거 없이 동시에 터진 웃음이었다.

한편, 조일국과 김윤희는 서로를 죽일 듯이 노려보다가 동시에 웃음을 터뜨리는 두 사람이 이해가 되지 않았다.

오 PD는 흐뭇한 미소를 지으며 속으로 후후 웃었다.

'서로 인정하게 된 건가.'

신과 서효원이 사이좋게 돌아가고 난 후 세 사람은 아무 말도 꺼낼 수 없었다. 말문을 먼저 연 것은 김윤희였다.

"기가 차네요."

그녀는 말을 하다가 입을 다물었다.

"굉장해서 기가 차지."

조일국 작가가 고개를 끄덕였다.

"…너무 매혹적이었지. 두 사람 다."

신은 인류에게 예술이란 훌륭한 문물을 선물했다. 훌륭한 음악은 귀를 즐겁게 해주지만 이야기 같은 서사가 없다. 위대한 이야기는 사람의 상상을 즐겁게 하나 인물들이 행동화되지 않는다. 뛰어난 그림은 사람의 눈을 즐겁게 하나 뭔가 밋밋하다.

영상은 음악과 그림 그리고 이야기를 모두 다 포괄하는 종합 예술이다.

이 두 사람의 연기를 영상으로 담아내면 정말로 멋진 예술이 될 게 분명했다.

세 사람은 이를 생각만 해도 가슴이 떨리는 걸 느꼈다.

"이제 결정하죠."

"이거 고민되네."

오 PD도 두 사람의 의견에 동감이었다.

세 사람은 이에 대해 열띠게 토론했다.

"서효원의 이도진도 좋은데 강신의 이도진이 이도진이라는 인물에 더 어울려."

"신의 조형석도 좋은데."

어느덧 세 사람의 의견은 이렇게 향하고 있었다.

"각자의 스타일이 잘 드러나는 방향으로 가야 할 거 같은데."

"윤희 의견에 동감."

"나도 그게 나을 거 같아."

세 사람은 최종 결정은 이렇게 내렸다.

"이도진은 신이가 하고 조형석은 서효원이 하는 거로 하지."

ACT 22.
강신 VS 서효원

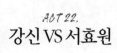

강신 VS 서효원

서효원과 연기 호흡을 한 이후 신은 흥분을 주체할 수 없었다.

트레드밀 위에서 미친 듯이 달리면 거칠게 뛰는 심장이 진정될까 싶었으나, 입에 단내가 날 정도로 뛰어도 두근거리는 가슴은 좀처럼 진정되지 않았다.

'단지 호흡을 나눈 것에 불과한데 이 정도라니.'

극에 완전히 몰입하여 카타르시스 부분에서 모든 것을 터뜨릴 때는 어떤 느낌이 들까 싶었다.

'생각만 해도 정말 굉장할 거 같아.'

아마 전율에 휩싸일 테다.

하나, 이건 나중에 벌어질 일이다.

지금 당장 신을 흥분하게 하는 건 이 사실이었다.

서효원은 신의 연기를 완전히 살려준다는 것…!

'내가 확 살아나니 서효원의 연기도 살아나게 되고.'

이는 서로가 서로에게 리액팅·연기를 하면서 각자가 지닌 잠재력이 온전히 표출되는 것이었다. 즉, 대립하는 길항적인 관계가 질적으로 고양된 차원으로 나아가게 해주는 것이었다.

'상대와 호흡하면서 극의 인물로 강렬하게 살아날 수 있다니.'

서효원은 신을 제대로 자극하여 신이 극에 잘 몰입할 수 있도록 유도했다.

'그 서효원이……. 나 정말 성장했긴 성장했구나.'

신은 이런 엄청난 재능을 지닌 배우가 동시대에 있다는 게 정말 기뻤다.

'경쟁자이면서 좋은 친구가 될 수 있을 거 같아.'

이후, 신은 오 PD에게서 최종 통보를 받았다.

이도진 역으로 배역이 확정되었다는 소식에 신은 속으로 쾌재를 불렀다.

'좋았어!'

물론 예리도 주연으로 완전히 확정이 났다.

그리고 신은 KTS 방송국 측과 계약하기로 했는데 로만 소속사 매니지먼트 사업부가 나서서 신의 출연료를 놓고 열띤 협상을 벌였다. 박빙과도 같은 치열한 협상을 치른 결과 신은 이번 드라마에서 회당 1,000만이라는 거금을 받게 되었다.

이는 바람의 공주 이후 영화 양과 늑대 그리고 라이팅 클럽 홍행으로 신의 인기가 거품이 아니라는 게 반영된 것이기도 했고, 신이 홍행을 보장하는 배우로 자리를 잡아가는 것이기도 했다.

'나에게 거는 기대도 커진 것이기도 하지.'

많은 돈을 받는 것만큼 최선을 다하겠노라고 신은 결심했다. 제작진은 촬영 일정을 세세히 잡아나가며 일정을 조율했다.

한편, 신은 특수공작원이라는 배역을 소화하기 위해 바람의 공주에서 액션 분야를 담당했던 정지훈 액션 감독과 만나기로 했다. 이번 드라마도 바람의 공주와 같이 극 중에 액션 장면이 나오기 때문에 여러 가지를 익혀야 했다.

"귀염둥이 오랜만이구나."

"간만이에요. 감독님. 잘 지내셨죠?"

"나야 뭐 잘 지냈지. 그나저나, 근육이 자리 잡은 게 그때 이후 운동 꾸준히 했나 보구나."

그가 신에게 잘 대하는 건 오랜만에 만난 것도 있지만 바람의 공주 이후 그의 주가가 확 뛴 것도 있었다.

연호랑과 서윤도의 전투 장면 이후 액션을 담당해달라는 요청이 여기저기서 물밀 듯이 몰려왔고 최근까지만 해도 정말 바쁜 나날들을 보내야만 했다. 정지훈 감독 입장에서 신은 복덩이를 물어다 준 금 돼지였다.

'귀여운 자식. 이번에도 신나게 굴려주마.'

그러던 이때, 한 여인이 액션 스쿨에 찾아왔다.

"안녕하세요, 감독님."

"오, 예리 양. 오랜만이에요."

"어서 오세요. 선배."

예리는 이곳에 올 때부터 운동에 적합한 복장을 갖춰 입고 왔다. 상체 쪽 래쉬가드가 가슴과 잘록한 몸매의 굴곡을 강조하고 있었고 하이웨스트 레깅스가 다리의 매끈한 굴곡을 드러내고 있었다. 운동으로 줄곧 다져온 예리의 몸매는 정말로 탄탄해 보였다. 신은 그녀의 매혹적인 모습에 침을 꿀꺽 삼켰다.

'오늘 예리 누나와 특별 훈련을 같이하니까. 난 정지훈 감독님에게서 훈련을 받고 예리 누나는 액션 배우로 보이는 여인한테서 훈련을 받으려나.'

한데, 신은 이상한 걸 눈치챘다.

'왜 우리밖에 없지.'

이때 까지만 해도 신은 어떤 일이 다가올지 몰랐다.

"강신 씨 기본적인 건 제가 단련시켜 드릴게요."

"에이, 참. 선배가 어떻게 절 가르쳐요."

"왜요?"

"아무래도 제가 가르쳐줘야 하지 않을까요?"

신의 말에 예리는 눈웃음을 지으며 호호호 웃었다.

정지훈 감독은 아무 말도 않고 있었는데 신을 불쌍하다

는 듯이 바라보고 있었다.

"그럼 링 위로 올라가서 저랑 한판 붙어볼래요?"

신은 그녀의 말을 귀엽게 생각하며 대수롭지 않게 대꾸
했다.

"그러죠."

사각 링 위에 올라서기 전 신은 머리에 보호구도 차고
글러브를 꼈다. 한데, 예리는 머리에 보호구를 차지 않고
올림머리만 하고서 링 위에 올라섰다.

"보호구 안 차도 돼요?"

"네. 전 걱정 안 해도 돼요."

그녀는 자신만만했다.

"살살 할게요."

"그 말 후회할 텐데."

이때 신은 예리에게서 이런 말을 들은 기억이 어렴풋이
났다.

– 신아, 너도 종합격투 배워보지 않을래? 스트레스 푸
는 데 아주 직방이야.

'그래도 내가 남잔데 호되게 당하겠어?'

예리는 너 이제 죽었다는 눈빛으로 신을 바라보고 있었
다. 이에 신은 설마 하는 생각이 들었다.

'여자친구니 살살 대해야지.'

정지훈 감독이 두 사람에게 이런저런 주의사항을 말하
고는 종을 뎅 쳤다. 예리가 자세를 잡았다. 주먹을 쥐는

모양새도 발놀림도 예사롭지 않았다. 두 사람이 서로에게 가까이 다가섰다.

그러던 이때 예리가 신을 향해 주먹을 내뻗었다.

제법 매서웠다.

'누나 정말 화끈한 여자라니까.'

신이 이를 피하니 예리가 신에게 파고들었다. 신이 주저하자 정지훈 감독이 엄하게 소리쳤다.

"링 위에 남자 여자 없다!"

맞는 말이었다.

이도진은 여자라고 해서 봐주지 않는다. 신이 발을 휘둘렀다.

한데, 동선이 컸다.

그녀는 신이 휘두르는 발을 유유히 피해내며 신의 중심을 잽싸게 무너트렸다.

신이 방심은 하고 있었으나 경계를 아예 푼 건 아니었다. 그녀가 신의 몸 위에 재빨리 올라타자 신은 당황했다.

"자… 잠시만."

신은 발버둥을 쳤지만, 그녀는 신을 놓지 않고 오히려 깊숙이 파고들었다. 신이 어어 하는 사이 그녀의 두 다리는 신의 목을 꽉 붙잡고 있었다. 그리고 신의 팔이 꺾였다. 주짓수 암바라는 기술이었다.

"아아…!"

신은 꺾인 관절이 아팠지만, 예리의 풍만하면서 말캉한

가슴이 닿고 있어서 행복해서 죽을 거 같았다. 무엇보다 성숙한 여인이 풍기는 살 내음이 신의 후각을 자극했다. 신은 이 강렬한 유혹에 정신이 아득해지는 걸 느끼며 손바닥으로 바닥을 세 번 탁탁 쳤다.

"하… 항복."

정지훈 감독이 종을 뎅 치고는 혀를 쯧쯧 차며 말했다.

"예리 양은 내가 가르쳐서 그렇다 치고 넌 손 볼 게 많구나."

그러던 이때, 예리가 내뱉는 야릇한 숨결이 신의 귓가에 닿았다.

"다음에 누나가 더 센 거 걸어줄게."

신은 다음이 언제인지 묻고 싶었다.

그녀는 이에 대해 아무 말도 하지 않고 후후 웃으며 자리에서 일어섰다. 신도 몸을 일으켰다.

'예리 누나와 결혼하게 되면 예리 누나한테 완전히 잡혀 살지도…….'

이는 강렬한 직감이었다. 신은 내향적인 성격을 지니고 있었고 예리는 외향적인 성격을 지니고 있었다. 성격 궁합 면에서 두 사람은 정말 잘 맞았다.

'예리 누나와 속 궁합은 어떨까.'

신도 왕성한 욕구를 지닌 사내. 성에 관심이 아주 많았다.

'하지만…….'

예리의 시선도 신에 닿았다.

'점점 멋있어지네.'

그녀도 신과 육체적인 대화를 나누며 사랑을 나누고 싶었다. 신은 어느덧 그녀의 마음속 깊이 들어왔으니까.

'이제 나 너 없이는 못 살 거 같아.'

그녀는 신을 사랑하고 있었다.

신을 위해서라면 몸과 마음도 다 줄 수 있었다.

신이 별도 따달라고 하면 따다 줄 수 있고 달도 따달라고 하면 달도 따다 줄 수 있었다.

'신아, 너는 이런 누나의 마음 아니.'

그러나 그녀는 신과 육체적인 선을 넘고 싶지 않았다. 마지노선이라는 걸 지키고 싶었다. 그녀는 신에 대한 확신이 설 때 모든 걸 다 내어주고 싶었다. 왜냐하면, 신은 지금 흔들리고 있으니까.

'나 기다릴게. 네가 수연이를 완전히 놓아줄 때까지.'

그녀도 신이 고민하고 있다는 걸 모를 리 없었다.

이는 여인 특유의 직감이기도 했고……

'네가 수연이 껴안은 걸 목격했으니까.'

그녀는 어느 날 신이 보고 싶어서 신을 몰래 보고 갈까 하고 신의 집으로 차를 몰고 가다 껴안는 두 사람을 보게 되었다. 예리는 일부러 모른 척하기로 했다. 그녀로서는 넘을 수 없는 세월이라는 벽이 있으니까.

'내가 너보다 너를 더 많이 좋아하니까. 내가 더 손해를

294 신의
연기 3

봐야 하지 않겠어?'

사람을 진정으로 좋아하는 게 이런 거다.

자기를 희생하고 그 사람의 행복을 빌어주고 그 사람을 위해 떠날 줄도 아는 것.

'네가 날 선택하지 않으면 난 어떻게 해야 할까?'

잠시 후, 예리는 한 여자와 함께 스파링하며 궁한 마음을 털어냈고 신은 정지훈 감독에서 무술을 배우기로 했다.

"주짓수도 익히고 여러 가지를 익히겠지만, 칼리 아르니스를 중점으로 배우게 될 거다."

이 무술은 필리핀 전통 무술로 적의 급소를 공격해 적을 죽이는 살상무술이다.

"이 실전 무술의 모토는 이거다. 무기는 손의 연장이고, 손에 잡히는 어떤 것도 무기가 된다는 거다."

설명만 들어도 피비린내가 물씬 난다.

"무시무시하네요."

신이 이 무술을 배우려는 건 이도진의 특기가 '칼리 아르니스'라서다.

이 무술은 킬러 조형석의 특기이기도 한지라 서효원도 이를 배우기로 했다.

서효원이 이 자리에 없는 건 박건우라는 액션 감독에게 개인 교습을 받기로 해서다. 제작진은 세 사람이 함께 교습을 받으면 집중이 분산되지 않을까 하고 우려해서 팀을 두 개로 나눈 것이었다.

그리고 정지훈 감독은 이 박건우 감독과 경쟁하는 사이에 있었다.

　　정 감독은 무예의 우열이 무예에서 오는 게 아니라 숙련도 차이에서 비롯되는 걸 누구보다 잘 알고 있었다. 신과 서효원이 누가 칼리 아르니스를 잘 펼치느냐도 이 숙련도에 달려있다. 하나, 어느 액션감독이 더 잘 가르치느냐는 자존심도 걸려있기도 했다.

　　'질 수 없는 싸움이야…!'

　　정 감독은 신을 뜨거운 눈으로 바라보고 있었다.

　　"우선 무기를 다루는 걸 먼저 배우고 맨손을 다루는 걸 익힐 거다. 그리고 이 무술을 배울 때 상대와 끊임없이 대련하는 거다. 상황에 따라 공격도 하고 방어도 해야 하거든."

　　무술을 생각해볼 때 동작들이 생생함이 넘치고 박진감이 넘칠 거 같았다.

　　한데, 대련이라는 대목이 마음에 걸린다.

　　'인간샌드백이 될 거 같은데.'

　　이런 불안한 예감은 언제나 적중하는 법이었다.

　　"오늘부터 무한 대련이다."

　　"…하."

　　신의 실소에 정지훈 감독이 웃음을 터뜨렸다.

　　"하하하."

　　"화장실 좀 다녀와도 될까요?"

　　"아니, 그럴 시간 없다."

신은 정 감독에게 붙잡힌 채로 링 위로 올라서게 되었다.

"네 쓸만한 몸뚱이를 더 쓸만하게 단련시켜주마!"

이후 신은 정 감독과 대련하게 되었다.

말이 수련이지 대련을 빙자한 구타였다.

정 감독은 쉴 새 없이 신을 몰아붙였다.

신은 입에 단내를 풀풀 피우며 호흡을 헐떡였다.

"다시 부탁합니다."

정 감독도 숨차 했지만, 신의 도전정신에 전의가 활활 타오르고 있었다.

"흥, 눈은 좋구나."

곤봉을 든 신이 정 감독에게 달려들었다.

하나, 정 감독은 신을 어린아이 다루듯 가지고 놀뿐이 었다.

"각오하세요!"

"좋다!"

악에 받친 신이 정 감독을 향해 곤봉을 휘둘렀으나 정 감독은 신의 공격을 하나하나 다 쳐냈다.

탁! 탁! 탁!

그리고 그는 신을 막다른 골목까지 몰아갔다.

인정사정없었다.

"네가 잘 나가는 배우라고 봐주는 거 없다."

"저도 봐달라고 할 생각 없습니다!"

어금니를 악문 신은 정 감독을 향해 회심의 일격을

날렸으나 정 감독은 신의 곤봉을 쳐냈다.

그러자 곤봉이 공중으로 날아갔다.

맨손이 된 신은 어쩔 수 없이 두 손을 들었다.

"항복해야겠네요."

정 감독이 신의 목젖을 향해 곤봉을 겨냥하며 말했다.

"방금 실전이었으면 넌 죽었다."

예리는 몸에 멍이 들고 볼썽사납게 구르는 신을 보니 속상하기만 했다. 그러나 신을 걱정할 때가 아니었다. 팔 색조 매력을 지닌 여전사로 변신하기 위해서는 그녀도 소화해야 할 게 많았다.

두 사람이 무술 훈련에 차차 익숙해지게 될 즈음 서울 신도림역에 있는 제작사 덕원에서 대본 리딩을 하기로 했다.

☆　★　☆

대본 리딩을 하기로 한 건물에 도착한 신은 내부로 서서히 들어섰다. 신이 제일 먼저 도착한 것인지 아무런 인기척이 없었다. 신은 만족스러운 표정을 지었다.

'역시 일찍 와줘야지.'

촬영장 장소같이 중요한 장소에 미리 도착하는 건 신의 철칙이 되어버렸다.

'미리 도착하면 준비 좀 더 할 수 있고 마음에 여유도 지니고 얼마나 좋아.'

신은 콧노래를 흥얼거리며 대회의실 안으로 들어섰다. 이때, 제 자리에 앉으려는 서효원과 시선을 마주치게 되었다. 두 사람은 말없이 서로를 바라보았다. 서효원이 말문을 열었다.

"내가 늦게 올 줄 알았다고 바라보는 기분 나쁜 눈빛이군."

"솔직히 뜻밖이야."

신의 이실직고에 서효원이 코웃음 치며 말했다.

"이런 중요한 자리라면 당연히 일찍 와야 하는 거 아닌가?"

신은 서효원이 지닌 새로운 면모를 알게 되었다.

'표현하는 게 모나고 오만하기도 하지만 성격 자체는 나쁘지는 않구나. 연기에 관해서 타협하지 않는 것일 뿐.'

연기에 관한 열정과 더욱더 나은 연기를 위해 기울이는 노력은 서효원과 비교해도 뒤지지 않으리라고 신은 자부했다.

한편, 두 사람은 약속 시각보다 일찍 온 것에 경쟁심을 불태우고 있었다.

'다음에는 더 일찍 와야겠군.'

'이런 것에 질 수 없어.'

신은 강신이라는 두 글자가 적힌 명패가 놓인 자리에 앉았다.

서효원과 마주 보는 자리였다.

두 사람이 극 중에서 경쟁하는 상대이기에 제작진은 이를 신경 써서 배치해놓은 것이었다.

잠시 후 신이 대본을 꺼내 들고 대본에 열중하기 시작했다. 서효원의 입가가 실룩였다.

'흥, 역시 기본은 되어 있군.'

서효원도 대본에 집중하기 시작했다.

대본 리딩을 시작하기 30분 전부터 촬영 관계자들이 하나둘 등장했다.

장내에 들어서는 사람들은 대본을 열정적으로 바라보는 두 사람을 바라보며 혀를 내둘렀다.

'진짜 열심히 하는군.'

대본에 어찌나 집중하고 있는지 인기척에도 두 사람은 고개를 들지도 않았다. 사람들은 행여나 방해 끼칠까 싶어 자리에 조용히 앉기로 했다. 잠시 후, 예리가 대본 리딩 현장에 도착했다. 한데, 사람들이 쥐죽은 듯이 있었다. 그녀는 이게 웬일인가 싶었다.

'대본에 열중하고 있는 두 사람 때문인가?'

그녀는 속으로 쿡쿡 웃었다.

'귀여워라.'

그녀의 눈에는 대본을 진지하게 읽고 있는 신이 늠름해 보였다. 시간이 지나 조연을 맡은 중견 배우들이 속속히 들어왔다. 신, 예리, 효원 세 사람은 자리에서 일어나 인사하기 시작했다.

"안녕하십니까."

"안녕하세요."

"반갑습니다!"

대본 리딩을 할 시간이 다가오면서 촬영 카메라를 든 기자와 조일국 작가가 들어왔다. 이어서 오민석이 김윤희와 함께 장내에 들어섰다.

"안녕하세요. 오민석 PD입니다. 바쁘신 와중에도 이 자리를 빛내주셔서 감사합니다. 오늘 대본 리딩하면서 서로 얼굴도 보고 호흡도 맞춰보고 즐겁게 대본 리딩 하고 회식합시다. 우선 강신 씨부터 인사하는 거로 하죠."

이도진 역을 맡은 강신이 이 작품에서 주요한 첫 번째 주축이다.

"안녕하세요. 강신입니다. 이제 연기가 무엇인지 어렴풋이 알아가고 있습니다. 아직 부족한 점이 많습니다. 많은 지도 부탁하겠습니다."

신의 소개에 우렁찬 박수가 터졌다.

이어서 조형성 역을 맡은 서효원이 자리에서 일어나 인사했다.

"반갑습니다. 서효원입니다. 선배님들과 호흡을 함께 되어 크나큰 영광이라 생각합니다. 또……."

짝짝짝.

박수가 터지는 소리에도 신과 효원은 서로를 의식했다.

'저 녀석이 박수를 많이 받은 거 같아.'

301

'나보다 서효원 인사할 때 박수 소리가 더 큰 거 같은데?'

사실 박수갈채는 막상막하였다.

"주예리입니다. 여러 작품을 했지만 새 작품을 할 때마다 마음이 떨리네요. 항상 신인과도 같은 마음으로……."

예리의 소개가 끝나고 조연 소개가 이어졌다. 박수가 연거푸 터졌다.

"그럼 대본 리딩을 시작하는 데 액션은 말로 흉내 낼 필요는 없어요."

확실히 총소리를 말로 탕탕하며 흉내 내면 이상할 듯했다. 오 PD의 너스레에 사람들이 하하 웃으며 대본을 펴고는 처음 부분을 바라보았다. 일사불란한 동작이었다.

오 PD는 그의 자리에 앉았다.

그리고 이야기 시작 부분은 이렇다.

한 건물 안에서 두 사람이 은밀한 대화를 주고받는 것으로 시작한다.

한 사람은 한국인 남자고 나머지 한 사람은 러시아 남자다.

이제 한국인은 기밀 정보를 외국으로 팔아넘기는 것이었다.

이 은밀한 거래를 저지하는 부분이 국정원 소속 특수공작원 이도원이 어떤 활약을 하는지 보여주는 대목이었다.

장 국장 역을 맡은 중견 배우 이혁재가 입을 열었다.

그가 앉아 있는 곳은 신의 오른쪽이었다.

"시작해."

상황은 이렇게 흘러간다. 요원들이 건물 내부에 침투하지만, 난전이 벌어진다.

"코드 원. 들어가라."

맞은편 건물에 있는 이도원이 로프 건을 쏘고 건물의 유리창을 뚫고 안으로 침투하여 이런 말을 한다.

"안녕, 멍청이들아."

여기서 이도원은 현란한 액션으로 적들을 하나하나 제압하고, 한국인 남자를 바라본다.

이때 신이 히죽 웃으며 입을 열었다.

"맞고 내놓으실래요. 아니면 그냥 주실래요."

단역은 이렇게 반응한다.

"드, 드려야죠."

"여기는 코드 원. 물건 확보하는 데 성공했습니다."

이도원이 확보한 물건의 정체는 조그마한 USB. 그러나 단순하지 않다.

SNC 그룹의 자금비리, 주가 조작 등 주요한 기밀이 담겨 있기 때문이었다.

이 USB에 있는 정보가 새어나가면 대한민국 전체가 뒤흔들릴 정도다. 국정원은 누군가가 SNC의 정보를 빼돌렸다는 걸 비밀리에 입수했고 이 증거를 입수하기 위해 나선 것이었다.

국정원은 이 정보로 SNC를 압박하려고 하지만 사태는 잘 풀리지 않는다.

이때, 신은 책상을 강하게 내리쳤다.

쾅!

"국장님. 놈들을 옭아맬 확실한 물증도 확보했고 증언도 확보했지 않습니까."

신의 호흡은 거칠었다.

"그런데 혐의가 없다뇨! 아니, 증거불충분이라니 말도 안 됩니다!"

이혁재가 턱수염을 쓰다듬으며 한숨을 내쉬었다.

착잡한 감정이 그대로 묻어나오고 있었다.

"증거가 유실되었단다."

"증거가 왜 흘러나갑니까! USB에 발이라도 달렸습니까. 달아나게!"

신이 화를 씩씩 내며 내뱉는 대사에 묵직한 감정이 실려있었다.

'한 마디 한마디가 강렬하군.'

이혁재는 가슴이 철렁거렸으나 능청스레 대꾸했다.

"아, 심장 떨어지겠다. 소리 좀 그만 질러라."

신은 숨을 길게 내쉬며 눈을 질근 감았다. 그리고 무언가 마음에 들지 않는 듯 미간을 좁혔다.

"좋아요. 그러면 증인… 증인은요? 그 남자가 카피 본도 들고 있지 않습니까."

"도진아. 화 안 낸다고 약속할래?"

극 상황에 가뜩이나 몰입한 신은 저도 모르게 욕을 내뱉을 뻔했다. 화가 나지 않고서 배겨낼 수 없는 상황이었다. 신은 입 바깥으로 튀어나오려는 욕을 애써 삼켜내고는 입을 열었다.

"말하는 거 보니 그 어리바리 뒈졌나 보네요."

신이 어금니를 꽉 물었다. 이혁재는 몸을 움찔 떨고는 하하 웃었다.

한편, 신은 고개를 살짝 가로저었다. 장 국장의 말은 말도 안 되는 것이었다.

"어제만 해도 제가 그 사람 살아있는 거 똑똑히 확인했습니다."

"…뚫렸다."

"몇 사람한테서요?"

이혁재는 머뭇머뭇하다가 입을 열었다.

"한 사람한테."

물론 이 사람의 정체는 킬러 조형석이다.

그는 사람을 죽이는 데 정말로 뛰어난 기술을 지닌 살인귀다.

뛰어난 무술 실력을 지닌 이도진을 위협하는 막강한 빌런이다.

이때, 신이 웃음을 터뜨렸다.

"하하하하!"

장내가 쩌렁쩌렁하고 울리는 것이 신은 정말 기뻐서 웃는 거 같았다. 이때, 신이 웃음을 멈췄다. 장내는 정적에 휩싸였다. 신의 표정이 경직되었다. 얼굴이 굳은 것이다. 신의 분위기도 무섭게 돌변했다.

이전이 불같이 활활 타올랐다면 이제 얼음같이 차갑게 가라앉았다. 이때, 얼어붙은 신의 표정이 금세 회복되었다. 놀라운 표정 변화였다. 서효원은 속으로 미소 지었다.

'감정을 능수능란하게 잘 조절하는군. 후후. 근육도 잘 조정하고.'

신의 연기를 바라보던 사람들은 사람의 분위기가 어떻게 저리 순식간에 바뀔 수 있는지 신기하기만 했다. 그들이 보기에 신은 환경에 따라 몸 보호색을 바꾸는 카멜레온 같았다.

"국장님 저랑 웃자고 농담하시는 거 아니죠?"

"야, 인마! 내가 이 판국에 농담 따먹기를 하는 거 같아?"

"오늘따라 여기 국정원 맞는지 의심되네요. 국 빼고 개를 달아야 할 거 같네."

냉소가 섞인 신의 대사에 이혁재가 소리를 버럭 질렀다.

"그래도 여기 네가 소속한 곳이야. 하아. 아무튼, 국정원이든 개정원이든 간에 내가 생각할 때 SNC와 연관된 윗분들이 계신 거 같다."

"정경유착이야 한두 번이 아니잖아요."

이때, 이혁재는 주변을 조심스레 둘러보았다. 누가 두 사람의 대화를 엿듣기라도 한 게 아닌지 의심돼서다.

"내 생각에 내부에 스파이가 있는 거 같다. 어쩌면 지금 이 순간에도 있는지도 모르지."

"설마 저를 의심하는 거 아니시죠?"

"너를 의심하는 게 아니고 정황상 그렇다는 거잖아. 야! 네가 스파이였으면 내 대가리에 총 쏘고 도망갔겠지."

"에이 참, 무슨 그런 험악한 말을 해요."

두 사람은 서로를 바라보고 씩 웃었다. 오늘 처음으로 만나는 사이지만, 서로를 바라보며 친근하게 웃는 것이 오랫동안 서로를 봐온 사이인 거 같았다. 장 국장과 이도진 사이도 이랬다. 그리고 장 국장은 이도진에게 아버지 같은 인물이었다.

"당분간 조심히 하고 다녀. 낌새가 심상치 않다."

한편, 이 둘의 대화를 엿듣고 있는 사람이 있었다.

바로 킬러 조형석.

이제 주예리의 차례가 다가왔다.

"흐음, 이 녀석을 왜 죽이라는 거지?"

서효원이 그녀의 대사를 이어받았다.

"1급 기밀 정보를 빼돌린 스파이다."

지금 이 순간 서효원은 차가운 살인마로 변해 있었다.

별다른 동작이 없는데도 싸늘한 한기가 흐르고 있었다.

"이 잘생기고 매력적인 녀석이?"

예리는 선홍빛 입술에 침을 살짝 축였다. 뇌쇄적인 매력이 드러나는 동작이었다. 그녀의 말에 서효원은 아무 말도 하지 않았다. 그녀가 되묻는 것에 심기가 언짢아진 것이다. 예리는 효원의 눈치를 보다 매혹적인 눈웃음을 그리며 미소 지었다.

"뭐, 나야 보수 받으면 되니까."

"이름은 이도진. 나이는 27세. 무술에 정말 뛰어나니. 조심해라."

"보수는?"

"10억."

"그 제안 받아들일게."

그녀는 냉혹한 여전사지만 이도진과 불같은 사랑에 빠지고 마는 여인이다.

물론 이때는 아니다.

이후 스파이의 내용은 이렇게 흘러간다.

이도진은 진희연에게 습격받고 그녀를 생포하는 데 성공한다. 그리고 그녀를 기절시키고 본부로 다급하게 향하기로 한다. 뭔가 조짐이 심상치 않아서다.

아니나 다를까.

본부는 습격을 받은 상태였다.

어떤 미친놈이 차로 건물의 외벽을 뚫고는 내부로 진입하여 총기를 갈겨버린 것이었다. 덕분에 본부 내부에 끔찍한 참상이 펼쳐져 있었다. 아까까지 웃고 떠들던 이도진의 동료들이 죽어 있었다.

이제 이 부분은 이도진과 조형석이 첨예하게 대립하기 시작하는 대목으로 1화 절정에 해당하는 부분이었다.

지금 신은 분노로 타올라 있었다. 그러나 이를 억눌러야 했다. 감정에 취해서는 안 된다. 어느 정도 냉정해질 필요가 있었다.

신은 어금니를 물었다.

으득.

그리고 신은 서효원을 바라보며 입을 조용히 열었다.

"어째서… 이런 짓을 벌인 것인지?"

대답은 없다.

"조형석! 네 짓이냐, 묻잖아."

서효원은 차가운 표정으로 신을 바라보고 있었는데, 신을 비웃고 있는 거 같기도 했다. 이때, 두 사람의 시선이 마주쳤다. 장내에 긴장이 흘렀다. 사람들은 두 사람을 응시했다.

"내 짓인지 아닌지 뭐가 중요하지?"

"말하는 본새봐라……."

사람들은 타오르는 불과 차가운 얼음이 부딪히는 걸 고스란히 느꼈고 두 사람의 기세에 빨려드는 듯한 기묘한 느낌도 받았다.

이때, 신이 외쳤다.

"내 말에 대답해!"

"원래 제일 맛있는 음식은 나중에 먹는 법이지."

서효원의 입가에 시린 미소가 맺혔다. 이에, 신의 입가에 사나운 미소가 걸렸다.

두 사람의 신경전이 점점 치열해지기 시작했다.

"지금 네가 내뱉은 그 말 감당할 자신 있나?"

"당연한 거 아닌가?"

"지금 네가 한 말 후회하지 마라."

서효원이 기괴한 웃음을 터뜨렸다.

"크캬하하하!"

광기가 서린 웃음.

신이 서효원을 노려보며 대사를 외웠다.

대사를 읽는 게 아니었다. 대사를 자신의 언어로 소화하여 말하는 것이었다.

"씹어먹어 줄 테니까."

묵직한 감정이 묻어 나오는 강렬한 감정 투사.

신은 정말 서효원을 씹어먹을 거 같았다.

아마 눈빛으로 사람을 죽일 수 있다면 서효원은 갈기갈기 찢어져 죽었을 테다.

이 타오르는 눈빛에 마주하면 움츠려 질만도 한데 서효원은 태연자약하기만 했다. 서효원은 지금 이 순간을 즐기고 있었다.

'후후… 넌 최고야.'

사람들은 숨을 억누르며 두 짐승이 벌이는 향연을 바라

보았다.

이때, 오 PD가 말했다.

"잠시 10분 정도 쉬었다가 하죠."

10분간의 휴식 후, 대본 리딩이 이어졌다.

이도진은 조형석과 접전을 벌이며 이런 이야기를 나눈다.

"네가 스파이였다니!"

조형석의 정체는 SNC 그룹와 긴밀한 협력을 지니고 있는 범죄조직에서 국정원에 침투시킨 첩자. 이도진은 조형석이 첩자일 줄 상상도 못 했다.

친한 친구이기도 했기에.

이도진은 조형석을 사로잡아 배후를 밝혀내려고 하지만 조형석을 그만 놓치고 만다.

조형석을 돕는 세력이 연기를 뿜어내는 연막탄과 함께 나타난 것이다.

한편, 신은 조형석을 놓쳐 악에 받쳐 하는 이도진을 생생히 재현해냈다.

"이런 빌어먹을!"

책상을 내리치거나 동작을 거칠게 한 것도 아니었다. 소리를 내지르는 게 다였다. 그런데도 감정이 고스란히 전달되었다.

'연기가 정말 선명해서 진짜 현실적으로 느껴져.'

'대본 리딩에서 이런 데 현장에서는 어떨까?'

촬영 관계자들은 신이 선보이는 인상적인 연기에 잔뜩 고무되었다. 기자는 손을 바삐 놀리며 기사를 써내려가고 있었다. 이 기사의 헤드라인은 '강렬히 대비되는 강신과 서효원의 연기! 전율적!' 라는 식으로 인터넷포탈 사이트에 올라갈 예정이었다.

이후 스파이의 이야기는 이렇게 흘러간다. 이도진은 진희연을 이용하여 조형석을 추적하려고 하는데, 진희연은 조형석이 그녀를 처음부터 속였다는 사실을 알게 된다.

그리고 이 사건 이후 두 사람은 협력하는 관계를 유지하게 된다.

조형석을 쫓기 위해서.

이도진은 살아남은 장 국장과 함께 반격을 준비하기로 한다. 그러나 가만히 있을 조형석이 아니다. 이들이 움직이기 전에 먼저 선수 쳐서 이들을 죽이려고 한다.

이것이 2화의 줄거리다.

이야기의 호흡이 긴박하고 힘이 넘쳐서 그런지 다들 상황에 정말 몰입하고 있었다. 대본 리딩이 끝나니 몇 시간이 훌쩍 지나 있었다.

"수고하셨습니다!"

사람들이 박수를 짝짝 쳤다.

대본 리딩 모임 이후로도 신은 한가할 새가 없었다. 무술 훈련으로 정말 바쁠 나날을 보내야 했기 때문이다.

'대학교에 가는 건 보류해야겠네.'

10월로 향하는 지금 고3들은 11월에 있을 수능에 전력을 다 쏟을 테지만 신은 달랐다.

'대학에 가봤자 촬영하느라 바쁠 텐데 굳이 가야 하나 싶기도 하고.'

지금 정도의 이력만으로 특별전형으로 얼마든지 갈 수 있었다.

'그러고 보니 군대가 문제네.'

이것도 상당히 골치가 아픈 문제다. 이 문제에 관해서 나중에 생각해보기로 했다. 지금 신의 주가는 한창 뜨는 중이었으니까.

이러던 차에, 수연이 배리어 프리를 위한 독립 영화를 찍을 텐데 도와줄 수 없느냐고 신에게 요청했다. 신은 기꺼이 응하기로 했다. 한편, 수연은 신이 촬영에 들어가게 된다는 걸 알게 되고는 정말 미안해했다.

— 요새 나도 바빠서 네가 촬영한다는 거 몰랐네.

"괜찮아. 촬영 도중 적당히 휴식하는 때가 있으니까."

— 바쁠 텐데 괜찮겠어?

"일단 시간 맞춰 보자."

신은 전화로 그녀와 일정을 맞추기로 했다. 일정이 맞지 않기라도 하면 곤란한 일이 발생할 테니까. 그리고 신이 정 감독에게 나름대로 반격을 가할 수 있게 될 즈음 촬영 날이 성큼 다가오고 있었다.

신은 지원과 함께 경기도 여주에 있는 촬영장소로 향하

기로 했다.

촬영 장소는 반쯤 완공된 공사 현장이었다.

'극 전개에서 클라이맥스에 해당하는 부분을 가장 먼저 찍는다고 했지.'

이 부분은 극 중의 전개에서 5화에 해당하는 부분으로 정말로 강렬한 장면이었다. 이도진과 조형석이 3차전을 벌이는 부분이었다. 이제 이 부분이 제작보고회에서 선보일 장면이면서 사람들의 흥미를 강렬히 자극할 트레일러 홍보 영상으로 쓰이는 대목이기도 했다.

'바람의 공주 때와는 좀 다르네.'

스파이는 20부작 드라마다. 바람의 공주와는 다르게 호흡이 빠르고 한 화마다 긴장감이 넘친다. 화려하게 빵빵 터지는 액션 장면도 많으니 바람의 공주 때와는 다를 수밖에 없다.

신은 촬영장에 향하는 와중에 대본을 읽으며 만반의 준비를 기울였고 촬영장에 도착해서도 점검을 또 했다.

잠시 후, 신은 고사상 앞에서 제작관계자들 그리고 배우들과 함께 고사를 지내며 대박을 기원했다.

"자, 그럼 준비 좀 하고 촬영 시작해봅시다!"

신은 정장을 입고 메이크업을 받았다.

'이런 옷을 입고 액션 배우들하고 서효원이랑 다퉈야 한다니.'

옷이 좀 불편하긴 했지만 적응되면 움직이는 데 괜찮을

거 같았다.

신은 촬영진 그리고 배우들과 함께 건물 내부로 들어섰다.

빌딩 내부는 콘크리트 기둥과 회색빛만 가득했다. 창문도 없고 문도 없어서 내부는 바깥과 이어져 있었다.

신은 공사장에서 볼 수 있는 노란 엘리베이터 위에 올라타 촬영 장소로 이동했다.

14층. 상당히 높은 고층이다.

촬영진이 세팅을 완료하는 사이 신은 액션 감독들과 서효원 그리고 액션 배우들과 리허설을 하기로 했다.

'1대 17이라니.'

어떤 장면일지 상상만 해도 박진감이 넘치는데, 이 장면이 실제화되면 정말 굉장할 거 같았다. 정지훈 감독과 박건우 감독 지휘 하에 신과 서효원은 동작을 하나하나 맞췄다.

그러던 이때, 드럼통 여러 개가 도착했다. 스태프들이 분주히 움직이며 드럼통 내부에 무언가를 넣었다. 이윽고 드럼통 내부에서 불이 활활 타올랐다.

촬영 그림이 서서히 나오고 있었다.

"여기서 최종 점검 하기로 하고 촬영에 돌입하기로 하죠."

이번에는 구도와 동선을 맞췄고 촬영팀과 조명팀 그리고 음향팀은 장비를 단단히 점검했다. 잠시 후, 스탠바이가 완료되었다.

"자 TAKE 1 가봅시다. 레디! 액션!"

오 PD의 큐 사인에 슬레이트가 탁 부딪쳤다. ENG 카메라가 엘리베이터를 응시하던 이때, 엘리베이터 문이 열렸다.

슥.

신이 엘리베이터 내부에서 서서히 걸어 나왔다.

지금 이 순간 신은 이도진이었다.

분위기도 그렇고 이도진만의 뜨거운 느낌이 흐르고 있었다.

카메라가 신의 움직임을 따라 이동하기 시작했다.

그러던 이때, 신의 움직임이 멎었다.

주변의 분위기가 심상치 않다는 걸 눈치챈 것이다.

신이 말문을 조용히 열었다.

"있는 거 다 아니까 선수끼리 이러지 말자고."

소리가 울렸다.

텅. 텅. 텅.

무언가 바닥에 질질 끌리는 소리도 났다.

기둥 뒤에 있던 액션 배우 몇몇이 나타나기 시작했는데 야구 배트와 쇠 파이프 심지어 회칼까지 들고 있었다.

이들은 공구를 껄렁한 동작으로 손이나 어깨와 같은 신체 부위에 툭툭 치고 있었다. 여기에 인상을 험악하게 짓고 있으니 정말 조폭들같이 보였다.

신이 사람 하나하나를 응시하며 미소를 씩 지었다.

"겨우 이 쪽수로 나 감당할 수 있겠어?"

이때 액션 배우들이 더 나타났다.

카메라 사각 틀이 마주 선 신과 액션 배우들을 담아냈다.

다수의 피사체를 담아내는 모브 씬이었다.

오 PD가 미소를 지으며 중얼거렸다.

'각 좋다.'

이때, 신이 미소를 씩 지으며 말했다.

"그래, 이 정도 돼야 할만하지. 그보다 조형석 여기 있지?"

카메라가 신의 얼굴을 중점적으로 담아냈다. 표정이 살아 있었다.

이도진은 싸움을 하려고 안달 난 인물은 아니지만 싸움 자체는 굉장히 좋아한다.

전장 특유의 공기가 심장을 거칠게 뛰기 해주기 때문이었다.

이도진은 싸움을 할 때, 적을 무너트릴 때 자신이라는 존재가 살아있음을 체감한다.

지금 신의 표정이 정확히 이랬다.

앞으로 다가올 싸움을 잔뜩 기대하는 표정이었다.

'너무 몰입에 빠져서는 안 돼.'

마음을 관조하고 가다듬어도 몰입을 하다 보면 감정적으로 영향받는 건 어쩔 수 없었다.

'내가 먹혀서는 안 돼.'

솔직히 말해 인물로 완전히 살아난다는 건 신에게는 강렬한 유혹이었다.

정신적으로 흥분을 자극하는 일이었다.

이 '경계'를 지키는 건 신에게는 정말 참기 힘든 일이었다.

그러나 유혹에 빠지면 안 된다. 신은 감정적으로 고무되어 있지만, 지극히 냉정했다.

그리고 이때! 한 액션 배우가 신의 사각지대로 향해 슬금슬금 다가오고 있었다. 액션 배우가 야구 배트를 신의 머리 쪽으로 휘두르려고 할 때 신은 품에서 모조 총을 꺼내 남자 다리 쪽으로 방아쇠를 당겼다. 번개같이 신속한 동작이었다.

총구가 불빛을 뿜어냈다.

탕!

남자가 다리를 쥐고 소리를 질렀다.

"끄아아아악!"

"저… 미친."

"총 들고 있잖아!"

"이런 이야기는 없었잖아!"

"빌어먹을! 우리도 총 있어."

신이 심드렁하게 대꾸했다.

"그럼 쏘던가."

이때, 상대편 쪽에서 불빛을 내뿜었다.

탕! 탕! 탕!

신은 바닥에 뒹굴뒹굴하는 남자의 목덜미를 잡고 방패막이로 내세우고 총을 쏘았다.

한 발 한 발이 적에게 적중했다.

액션 배우들이 소리를 내질렀다.

"끄아아아아!"

철컥.

이제 방아쇠를 당겨도 총구에서 총알이 나오지 않았다. 총알이 다 떨어진 것이다.

예상 밖의 전개에 액션 배우들은 어쩔 줄 몰라 했지만 신을 저지하기 위해 어떻게든 움직이기로 했다.

지금 이들 입장에서는 죽기 아니면 까무러치기니 움직여야 했다. 그러나 총을 든 상대와 마주하는 건 무서운 일이었다.

신은 신 앞에 마주 선 상대를 바라보며 말했다.

"이거 너무 불공평하나?"

액션 배우가 고개를 미친 듯이 끄덕였다.

"원래 세상은 불공평한 거야."

신은 방아쇠를 당겼다.

탕!

이제 신의 총도 다 떨어졌다.

철컥.

신이 사람들을 향해 손가락으로 까닥였다.

"와라."

"조겨!"

액션 배우들이 신에게 달려들었다.

살기 위해서.

하나, 이들은 불에 달려드는 부나방들이었다. 신은 공격해오는 액션 배우의 맨주먹을 손으로 쥐고는 가슴 쪽에 주먹으로 찍었다.

퍽!

액션 배우가 나가떨어졌다.

측면 카메라가 움직이며 격투 상면은 생생하게 담아냈다.

이번에는 회칼을 든 액션 배우가 신을 공격했다.

공격은 재빨랐다.

신은 남자의 공격을 막아내고는 관절을 꺾었다.

이때, 배우들이 신 주위로 우르르 몰려들었다.

이도진을 제압할 수 있다고 생각하고 움직인 것이겠지만, 이에 당할 이도진이 아니다.

신은 배우들을 향해 달려들며 배우들의 공격을 피해냈다.

이때 배트가 신의 머리 쪽을 노리며 움직였으나 신은 바닥 위로 몸을 재빨리 굴렸다. 신은 배트를 휘두른 남자의 발을 차 중심을 무너트렸다.

퍽!

신은 배트를 빼앗아 사람들의 공격을 막아냈다. 신과 배우들이 벌이는 난투를 봉에 매달린 카메라가 위에서 담아냈다. 박진감 넘치면서 생생한 전투 장면이 나오자 오 PD와 정지훈 액션 감독이 주먹을 불끈 쥐었다.

'그림이 잘 살아나.'

'크, 역시 대역 안 쓰길 잘했어.'

정지훈 감독은 신이 각종 동작을 소화해내는 걸 보며 무술 감독으로서 큰 보람을 느꼈다.

'확실히 그동안 이를 악물며 훈련한 보람이 있긴 있었군.'

그러던 이때, 신에게서 떨어져 나간 배우가 불에 타오르는 드럼통에 부딪혔다.

텅!

드럼통이 시뻘건 화염을 내뱉었다.

화르르르-!

불똥이 이곳저곳 튀었다. 화상이라도 입을 수 있는 위험한 스턴트 묘기.

다행히 부상은 없었다.

잠시 후, 장내에 서 있게 된 건 오직 신뿐이었다.

주위로 사람들이 쓰러져 있었다.

고통에 겨운 신음을 내뱉으며 발버둥 쳤다. 이때, 박수가 짝짝 울리며 어둠 속에서 한 인물이 등장했다. 신은 호흡을 가다듬으며 어둠 속에서 나타난 서효원을 응시했다. 서효원과 2차전을 벌일 순간이 다가온 것이다.

신은 가슴이 두근거리며 뛰는 걸 느꼈다. 몸이 달아올랐다. 신은 억누른 감정을 토해냈다.

"오늘 절대 안 놓친다."

장내에 선 두 사람이 서로를 바라보며 움직였다.

카메라가 두 사람의 동선을 따라 원을 그리며 움직였다.

그리고 두 사람은 마주 섰고 두 사람은 서로를 향해 다가가기 시작했다. 누가 먼저 움직이자고 할 것도 없이 동시에 움직이는 것이었다. 무기는 없었다. 맨손으로 치고받고 싸울 작정이었다.

두 사람이 격돌하기 시작했다.

선공은 서효원 쪽이었다.

신은 서효원의 주먹을 받아내며 관절을 꺾어 내려고 했으나 서효원은 만만치 않았다.

오 PD는 두 사람의 난투를 홀린 표정으로 바라보았다.

카메라가 두 사람이 펼치는 결투를 숨 가쁘게 그리고 쉴 새 없이 담아냈다.

'앵글 좀 더 다양하게 가야겠는데. 이 장면 한 번 더 가야겠다.'

결과는 막상막하였다. 서로가 몸을 비틀거렸다. 서효원의 입가에 피가 흘러내리고 있었고, 신의 입가에서도 피가 흘러내리고 있었다. 물론 실제 피는 아니다. 캡슐에서 터진 피다.

지금 이 순간 두 사람은 서로의 존재감을 느끼고 있었다.

아무것도 들리지도 않고 보이지 않았다.

이때 서효원이 웃음을 미친 듯이 터뜨렸다.

"크캬하하하!"

광기가 깃든 웃음이었다.

웃음이 멎었다.

"넌 역시 굉장해."

이는 이도진에게 보내는 감탄사이기도 했고 신에 대한 감탄사이기도 했다. 이 장면을 바라보는 오 PD는 묘한 오한을 느꼈다.

한편, 서효원의 표정에는 이도진에 강렬한 집착이 묻어 나오고 있었다. 아니, 이는 신에 대한 집착이었다.

"네 광기가 날 자극해. 넌 다른 사람들과 달라. 오로지⋯ 오직 너만이 날 완벽하게 만들어 주지."

바로 이 대목이 이도진에 대한 조형석의 솔직한 속내가 드러나는 순간이었다.

신은 서효원이 내뱉는 대사에 가슴이 울렁이는 걸 느꼈다.

서효원이 내뱉는 대사는 신이 서효원에게 하고 싶은 말이기도 했으니까.

원래라면 신은 여기서 서효원을 응시해야 한다.

그러나 신은 지금 이 순간 이도진으로서 생생히 살아 숨 쉬고 싶었다.

아니, 신으로서 생각을 표출하고 싶은 것일지도 몰랐다.

신의 입가에 미소가 맺혔다.

주위에 정적이 멎었다.

아무 말도 없었다.

무거운 정적이 두 사람 사이를 억눌렀다.

그러던 이때, 신이 말문을 열었다.

"까고 있네."

두 사람의 연기를 바라보던 스태프들은 속으로 감탄사를 토해냈다.

'진짜 박빙이다.'

한 치의 양보도 없는 게 진검을 들고 승부를 펼친 거 같았다.

두 사람의 연기를 보는 내내 심장이 쫄깃쫄깃했다.

한편, 장내에 있는 사람들은 이번 드라마도 바람의 공주처럼 제법 준수한 성적을 거두지 않을까 하고 생각했다. 이는 강렬한 직감이기도 했고 곧 다가오는 일이기도 했다.

이때 쓰러져있던 액션 배우들이 시선을 서로 교환했다.

'왜 컷이 안 떨어지지?'

'이제 끝난 거 같은데?'

사람들의 시선이 오 PD에게 향했는데, 그는 무언가에 홀린 것처럼 스크린을 바라보고 있었다. 저 정도의 반응이면 정말 좋은 장면이 나왔다는 거다.

이때, 오 PD가 소리를 질렀다.

"컷! 지금 장면 정말 좋았어요. 두 사람 연기 정말 좋았어!"

오 PD는 신과 효원을 불러내 피드백을 서로 주고받았다. 이 사이 액션 배우들은 그대로 대기하기로 했다. 분장팀이 액션 배우들의 상태를 꼼꼼히 점검했다.

"촬영 한 번 더 가는데 이번에 부분 촬영을 가는 거야."

오 PD의 지시에 신이 고개를 끄덕였다.

이제 이전에 찍었던 밑그림 위에 세세한 그림을 그려나가는 식이었다. 부분을 다시 찍는 건 좀 더 사실적이고 생생한 묘사가 들어간 장면을 넣기 위해서였다.

신과 액션 배우들이 또다시 합을 맞췄다. 혹여나 미진한 점이 보이면 정지훈 무술 감독이 동작을 시연해가며 이런저런 충고를 했다.

촬영이 숨 가쁘게 이어지면서 특수 분장팀도 분주히 나섰다. 이들은 배우들 몸에 특수 분장을 하나하나 칠해갔다.

"총 쏘는 파트 다시 갑시다."

의상팀과 특수효과팀이 나섰다. 배우들은 옷을 갈아입으며 옷 안에 차고 있던 조끼를 벗어냈다. 이 조끼엔 소량의 화약과 모조 혈액 그리고 전기 센서가 장치되어 있었다.

총이 화염을 토해내면 배우나 특수효과팀이 모조 혈액을 터뜨린다. 이제 배우는 총소리에 맞게 움직임을 취하는 것이었다.

한편, 총기를 일컫는 전문용어도 있다.

프롭총.

여기서 프롭이란 영화 소품을 일컫는 프로퍼티의 준말이다.

이 프롭총은 실탄을 발사할 수는 없지만 개조하면 사람을 죽일 수 있어서 경찰서가 관리한다. 이제 영화나 드라마에서 모든 총기를 이 프롭총으로 도배하는 건 아니다.

제작비 문제도 달려있기도 하지만 조연이나 주연이 아니면 총을 쏘지 않으니 프롭총을 들고 있을 필요가 없는 것이다.

화면에 확실하게 잡히지 않는 이상 플라스틱 모형이나 서바이벌용 총기로 대체하는 편이었다. 이는 효율의 문제였다.

한편, 촬영은 밤늦게까지 진행되었다.

오 PD가 제대로 작심한 것이다.

촬영이 끝나고 난 후 신은 밥차에 서서 오뎅과 따끈한 국물로 속을 든든히 채우며 노곤해진 심신을 달랬다. 촬영장 스태프들과 이런저런 이야기를 나누며 이야기꽃을 피웠다. 신은 서효원을 힐긋 바라보았다.

'서효원은 남들이랑 잘 어울리지 않네.'

자신이 세상을 왕따를 시키는 건지 아니면 왕따를 당하는 건지…….

신이 볼 때 서효원은 일정 자격만 되는 사람만 어울리려 하는 거 같았다.

'사람 너무 가려가면서 사귀는 것도 안 좋은데.'

신은 종이컵에 오뎅 국물을 떠서 서효원에게 가져다주었다.

"뭐냐?"

"마시라고."

"흥, 특별히 마셔 주지."

'아, 예……. 그러세요.'

"그런데 사람들이랑 너무 거리 두는 거 아니야?"

"사람들은 고독한 날 이해해주지 못하지."

서효원이 후후 웃으며 하는 말에 신은 시공간이 오그라드는 걸 느꼈다.

'어떻게 이런 말을 잘도 하는 거지.'

점점 새로이 드러나는 서효원의 면모에 신은 서효원에 대한 환상이 깨지는 걸 느꼈다.

뭐, 이렇다고 서효원을 이해하지 못하는 건 아니었다.

세상은 넓고 각양각색인 사람들이 있으니까.

모든 이가 신과 같은 사람이라면 이건 이거대로 끔찍할 테다.

'뭐, 서효원은 나쁜 놈은 아니잖아. 대인배인 내가 이해해줘야지.'

〈4권에서 계속〉

슬레이트 구성

scene CUT로 구성되는 씬의 내용을 장소나 제목으로 적는다.

cut 씬을 구성하는 CUT로 몇 번째 해당하는 CUT인가를 적는다.

take 한 CUT을 OK가 날 때까지 촬영하기 때문에 NG 또는 더 좋은 CUT을 찍기 위해 반복되는 횟수를 적는다.

date 촬영 일자

prod.co. 영화사 이름

roll 필름이나 테잎, 데이터 하드등 기록 매체의 번호.

director 감독 (연출자) 이름

cameraman 촬영 감독